田漢與大正東京

公共空間的文化體驗與新女性的形構

盧敏芝 著

中華書局

田漢與大正東京：
公共空間的文化體驗與新女性的形構

盧敏芝 著

責任編輯　郭子晴　許　穎
裝幀設計　霍明志
排　　版　賴艷萍
印　　務　劉漢舉

出版
中華書局（香港）有限公司
香港北角英皇道四九九號北角工業大廈一樓 B
電話：（852）2137 2338　傳真：（852）2713 8202
電子郵件：info@chunghwabook.com.hk
網址：http://www.chunghwabook.com.hk

發行
香港聯合書刊物流有限公司
香港新界荃灣德士古道 220-248 號
荃灣工業中心 16 樓
電話：（852）2150 2100　傳真：（852）2407 3062
電子郵件： info@suplogistics.com.hk

印刷
美雅印刷製本有限公司
香港觀塘榮業街六號海濱工業大廈四樓 A 室

版次
2020 年 12 月初版

規格
32 開（230mm×153mm）

ISBN
978-988-8675-94-4

目錄

不成為「序」的「序」

一個十分偶然的機會，我有幸讀到盧敏芝教授的新作《田漢與大正東京：公共空間的文化體驗與新女性的形構》。使我感到驚喜的是，盧教授以精深的學術功底與優美的文字，紮實深入地跨越世紀時空與疆界，把田漢研究推進到一個更深的層次，使我再次感受到置身於全球語境之中的「田漢學」的持久魅力和潛能。由於精通日文、英文，熟悉西方理論話語以及中、英文前輩學者的研究成果，盧教授令人折服地指出，田漢先生在「大正摩登」時期——留學東京的六年（1916-1922），奠定了他的人生理想、藝術品位、政治訴求，並使他成為最早翻譯介紹西方女性（權）主義和社會主義思潮的開拓型學者之一。

通過發掘田漢先生和友人的回憶、日記、書信往來、詩歌互贈等屬於私人空間的原始資料，盧教授濃筆重繪了田漢在這個被稱之為「兩性解放的時代」的大正年間，真情投入異國都市文化、仔細閱讀新聞媒體，積極觀賞並介入劇場藝術、體驗並書寫咖啡店文化等公共空間的生動圖景。年僅十八歲抵達域外他鄉的青年田漢親歷了日本新劇與新興電影的初創與興盛時期，目睹了兩性解放的大正時代，觀賞了以扮演《玩偶之家》中娜拉等角色知名的女優明星松井須磨子的現場演出，並為她舞台之外為戀人殉情自盡的人生悲劇而感動。正如盧教授所言，青年田漢早期劇作與電影腳本中對「新女性」的深刻感悟是「二十世紀初中、日兩國共同的重要產物」。

此書引發我進一步思考東京松井須磨子飾演的「娜拉」到一九三五年的藍蘋（江青）演繹的「娜拉」。這是又一個東京至上海的藝術之旅。在這兩個當時在東亞地域最「摩登」、最「西化」的現代都市裏，我們再次領悟了中日兩國在不同的歷史時期與公共空間中營造的女性文化與共享人生。江青之後從延安到北京的生命路程更展示了家國情懷、婚姻政治、革命進程與個人理想之間的衝突與決絕。沙葉新先生一九九四年創作的傑作《江青和她的丈夫們》出色地「還原」了江青反叛的「娜拉」精神，描述了她一生尋求愛情、藝術與獨立人格，但最終敗在強權政治與男權中心主義的淩威之下。

這一聯想使我進一步領悟田漢全方位地擷取多國文化的精華，將其融進他對本土資源、西方話語、藝術美學、傳統根基的不斷梳理與思辯；留日六年的獨特經歷不僅奠定了他一生的道路與創作，而且開創了有別於「五四」主流文化的田漢之路。從東京都的揚帆啟程到上海灘的「南國」初創，盧教授的這部新作《田漢與大正東京》以獨特視角強調個人體驗、主觀立場、東亞視野、跨國語境，不僅疏理了西方現代性的迂迴轉譯，也反證了左翼文化研究與現代主義、世界主義、資本主義、無政府主義、社會主義呼應轉換的歷史成因與複雜性。

此書不僅為田漢研究開拓出新疆界，而且有助於我們進一步審視二十世紀一二十年代間中國現代文化藝術的生成與嬗變，更好地解讀民國文壇風情以及社會主義時期主流文化的歷史淵源。此書也有益於更深入地探討歷來認為由田漢所代表的「宣傳美學」（propaganda studies）豐富多彩的歷史淵源與藝術內涵。

拜讀本書，盧教授考證原始資料的孜孜以求和不懈努力使我感動，深厚的研究功底和多元的理論視角使我敬佩。我學到了很多。我期盼着盧教授和新一代田漢研究學者、戲劇文化研究同仁在今後的教學與科研工作中更上一層樓，取得更加豐碩的成果。

陳小眉
加利福尼亞大學戴維斯校園
2020 年七月

第一章

緒論：文化視野下的田漢與大正東京

一、田漢・大正時期・東京：研究意義

田漢（1898-1968）是現代中國重要的文化人物，以中華人民共和國國歌《義勇軍進行曲》的作詞人身份最為人熟悉，同時是中國現代戲劇和電影的奠基人。田漢的生命進程象徵性地囊括了整個中國現代史：他出生於清末戊戌維新政變，早年留學日本並作為五四追求個人自由的一代，二十世紀二十年代活躍於上海文化界，三十年代投身左翼陣營，最後在文革中去世。田漢的文化跨度亦為中國現代史上所罕見：他橫跨文學、戲劇、電影、戲曲、音樂、美術、出版、教育、政治等眾多領域，並在各個領域都留下重要而獨特的印記。然而，過往受到政治因素的影響，田漢研究長期局限於既定論述中，直至近年在新的研究資料、方法和視野下，逐漸得到重大突破。

對本書來說，把「田漢」、「大正時期」和「東京」三者串連起來進行研究，至少有三個重要意義。第一，對中國現代文學研究來說，這可以再分為田漢研究本身、創造社作家、中日現代文學與文化交流等方面。田漢在1916年至1922年間留學日本六年，這段旅日經歷對他往後的文學生涯而言是極為重要的起點，基本上田漢相關的研究課題都不能繞過其早年的留日經歷：田漢為甚麼會從事話劇和電影運動？為甚麼田漢作品多以女性為中心，展現了一種論者所謂的「女性崇拜」？為甚麼田漢會轉向左翼？……這些問題都必須回置到他的留日時期尋找相應背景。另一方面，儘管田漢在參與創造社不久後便脫社，但不少創造社作家都與田漢有頗深淵源，他們生活於日本大正時期的同一時空，田漢不但充當他們認識和接觸東京都市文化的引路人，通過都市文化而開展共同的文學討論，他們當中的不少人更是因為田漢的介紹而在後來加入創造社。田漢活躍於中國現代文化的不同領域，加上交遊廣闊，在中國現代文化以至中、日文化交流中扮演重要角色，故此，田漢研究可為創造社作家，以至中日現代文學與文化的研究補充許多重要的資料和角度。

第二，二十世紀一二十年代中國現代文學和作家往往未經細緻分類就一律被稱為五四文學或五四作家，長期被一概劃歸為五四新文化運動的產物。事實上，田漢與創造社的文學與五四精神頗有差異，如創造社成員鄭伯奇（1895-1979）就曾指出，創造社與「五四運動的」「主導團體」《新青年》「沒有直接關係」，與「當時最大的文學團體『文學研究會』，還曾發生過一段小小的誤會，一時形成了對峙的局面」，以及被「資產階級文學團體『新月派』」

「看作眼中釘」，「成為不可調和的敵對力量」。[1] 本書的研究希望擺脫國內五四主旋律的定調，而是以國外的日本大正時期為切入點，作為重新考察二十世紀一二十年代中國留日作家文學的另一重線索。正如郁達夫（1896-1945）的《沉淪》作為中國現代文學史上第一部個人白話短篇小說集，實際上是在日本而不是在中國寫的，田漢的創作也有這個情況。田漢早期劇作中對女性解放和青年婚戀問題的關注，在過去往往被放置在五四文學的框架當中考察，然而 1919 年五四新文化運動前後數年間，田漢其實一直身處日本。大正時期被稱為「兩性解放的時代」，當時日本社會發生了不少著名的戀愛事件，女性理論與運動呼聲高漲，女性地位逐步提升，這些都在田漢的筆下有所記載和反映。與其說以田漢為例的這些中國留日作家是受到「遠方」的五四新文化運動的影響，當時他們「設身處地」的日本社會和文化思潮會否對他們的影響更為深遠？本書呼應近年學界對「東亞視野」的重視，從中、日文學和文化關係的角度，重新考察以田漢為例的二十世紀一二十年代中國現代文學作品，從而引申至中國留日知識分子對西方現代性的轉譯，乃至在地化的過程。反過來說，由此亦可反映出二十世紀一二十年代中國現代文學的內涵的複雜性。

1　鄭伯奇：〈憶創造社〉，載鄭伯奇著，鄭延順編：《憶創造社及其他》（香港：生活．讀書．新知三聯書店，1982 年），頁 3。

第三，本書的研究希望擴展對於「中國現代性」（Chinese modernity）問題的文化地理空間的想像。自二十世紀九十年代以來，學界對三十年代的上海研究投射了大量關注，相關研究早已蔚為大觀，「上海摩登」也被認為是探討中國現代性問題的重要切入點。倘若上溯比三十年代更早之前的上海文壇，一個頗為有趣的現象似乎仍待深入探討：為甚麼那麼多中國留日作家，以至日本訪華作家，都不約而同地選擇駐足上海？這背後會否牽涉二十世紀一二十年代／大正時期東亞兩個最西化的都市——東京與上海雙城之間互為鏡像的議題？上海是否為中、日兩國作家提供了類近於東京都市經驗的延續？田漢著作中處處流露對大正時期東京都市體驗的深情和詳細記述，他在回國之時，就決定選擇有「十里洋場」之稱的上海作為落腳地，上海自此成為他長期活動的地方，著名的「南國運動」便是在此開展，這背後都可視為田漢對大正時期東京都市經驗的眷戀，而以上海作為延續。上海的另一個膾炙人口的說法「魔都」亦與田漢有關：1923年3月底，日本作家村松梢風（1889-1961）抵達上海，帶着佐藤春夫（1892-1964）給他的介紹信到靜安寺路（今南京西路）的中華書店編輯部去找田漢，這次會面同時是中國現代作家與訪問中國的同時代日本作家的首次接觸，回國以後村松梢風便把這次訪華的回憶錄命名為《魔都》。[2] 另一個值得注意的

2 村松梢風：《魔都》（東京：小西書店，1924年）。

事實是，上海研究衍生出近年為學界熱烈討論的概念「摩登」，而這個 modern 的音譯詞的發明者亦是田漢。[3] 本書從「大正摩登」（大正モダン）着手，把探討「中國現代性」問題的關鍵時空，提前到二十世紀一二十年代的異國都會日本東京之中，考察以田漢為例的中國作家的現代性體驗如何從東京開始。

3　1928 年 2 月，田漢主編上海《中央日報》的「摩登」副刊，刊名同時標出「modern」，該刊出至同年 3 月 13 日第廿四期後停刊。1928 年秋冬，南國社社員趙銘彝（1907-1999）、陳明中（?-?）等組織了名為「摩登社」的文藝社團，1929 年 6 月創辦了《摩登》雜誌，封面上除中文「摩登」外，亦同時寫着英文「modern」。1932 年，田漢為電影《三個摩登女性》編劇。另可參考以下一則記載的第三點：「摩登一辭，今有三種的詮釋，即：（一）作梵典中的摩登伽解，係一身毒魔婦之名；（二）作今西歐詩人 James J. McDonough 的譯名解；（三）即為田漢氏所譯的英語 Modern 一辭之音譯解。而今之詮釋摩登者，亦大都側重於此最後的一解，其法文名為 Moderne，拉丁又名為 Modernvo。言其意義，都作為『現代』或『最新』之義，按美國《韋勃斯脫新字典》，亦作『包含現代的性質』，『是新式的不是落伍的』的詮釋。（如言現代精神者即為 Modern spirit 是。）故今簡單言之：所謂摩登者，即為最新式而不落伍之謂，否則即不成其謂『摩登』了。」浩：〈摩登〉，《申報月刊》第 3 卷第 3 號（1934 年 3 月），「新辭源」欄，頁 103。相關考證及討論參見張勇：《摩登主義：1927-1937 上海文化與文學研究》（台北：人間出版社，2010 年），頁 24-27。

二、兩個關鍵詞：「公共空間」與「新女性」

（一）研究方法

1.「公共空間」

「公共空間」（public sphere，或譯「公共領域」）的概念由德國哲學家哈貝馬斯（Jürgen Habermas）在 1962 年出版的《公共領域的結構轉型：論資產階級社會的類型》一書中提出並作出充分闡釋後，[4] 對各領域的學術研究產生了重大影響。李歐梵把哈貝馬斯的「公共空間」理論移植到中國的文化語境中來討論中國現代性問題，在他的一系列著作中，通過對「公共空間」學說的故意「誤讀」，彰顯了晚清至解放前的上海之於重新解讀中國現代文學的重

4 Jürgen Habermas, *The Structural Transformation of the Public Sphere: An Inquiry into a Category of Bourgeois Society* (Cambridge, Mass.: Polity Press, 1989)；中譯本見哈貝馬斯著，曹衛東、王曉玨、劉北城、宋偉杰譯：《公共領域的結構轉型》（上海：學林出版社，1999 年）。

要意義。〈「批評空間」的開創——從《申報》「自由談」談起〉一文開篇便回應了哈貝馬斯的「公共空間」理論如何挪用到中國社會當中來討論知識分子與中國現代性的問題，李歐梵自言「一向把『空間』一詞視為多數，在英文詞彙中是 space，而不是 sphere。而中國學者似乎對『空間』一詞較易認同和共鳴，而對 sphere（領域）一詞反而不易了解」，[5] 言下之意似乎認為「公共空間」的理念通過「空間」的眾數化和具體化將較能落實到中國的語境中來討論。這個想法在之後出版的《上海摩登：一種新都市文化在中國（1930-1945）》一書中得以實現，李歐梵通過上海都市文化的角度來討論二十世紀三四十年代的「新感覺派」和張愛玲（1920-1995）等作家，在他描繪的上海都市文化的藍圖中，便除了延續對印刷文化的討論外，還包括作為西方物質文明具體象徵的多種建築，例如百貨大樓、咖啡館、舞廳、公園、跑馬場、電影院等。[6] 通過對這些實體的「公共空間」的考察，李歐梵刻劃出特定語境中一種由下而上的、日常生活的現代性。此外，《上海摩登》第一、二部分分別以都市文化和作家文本為中心，如李歐梵自言，他是通過這兩個部分「顯示物質生活上的都市文化和文學

5　李歐梵：〈「批評空間」的開創——從《申報》「自由談」談起〉，《二十一世紀》總第 19 期（1993 年 10 月號），頁 39。

6　Leo Ou-fan Lee, *Shanghai Modern: The Flowering of a New Urban Culture in China, 1930-1945* (Cambridge, MA: Harvard University Press, 1999)，中譯本見李歐梵著，毛尖譯：《上海摩登：一種新都市文化在中國（1930-1945）》（增訂版）（香港：牛津大學出版社，2006 年）。

藝術想像的都市模式的互動關係」。[7] 之後，史書美在乃師李歐梵的研究上再作推進，指出日本在西方現代主義傳播到中國的過程中發揮了重要的中介角色。[8] 本書則希望進一步指出，日本所扮演的中西之間的中介角色除了見諸文學的現代主義層面，更體現在整體社會文化的現代性層面。早在二十世紀二十年代，不少中國現代作家便在作品中表現出對都市文化的各種經驗和感受，其中不少便是在大正時期留日的中國學生，尤其以創造社成員為代表。本書因應田漢的著述，選取了日本大正時期東京的「印刷媒體」、「劇場」和「咖啡店」為中心，考察田漢筆下對這三個「公共空間」的現代性的再現（representation），以及通過重回文學現場來重讀田漢的劇作。

本書之所以選擇「公共空間」而非「都市文化」作為題目中的關鍵詞，主要是認為後者有其偏頗之處，未能兼容前者所包涵或涉及的一些重點。本書固然涉及日本大正時期東京都市文化的大量歷史重述，然而「都市文化」一詞主要強調資本主義和消費文化等物質文明層面的特徵，卻似乎無力涵蓋隨之衍生的反資本主義的左翼力量。大

7　季進訪談：〈都市文化的現代性景觀——李歐梵訪談錄〉，載李歐梵著，毛尖譯：《上海摩登：一種新都市文化在中國（1930-1945）》（北京：人民文學出版社，2010 年），頁 353。

8　Shu-mei Shih, *The Lure of the Modern: Writing Modernism in Semicolonial China, 1917-1937* (Berkeley and Los Angeles: University of California Press, 2001), pp. 16-30；中譯本見史書美著，何恬譯：《現代的誘惑：書寫半殖民地中國的現代主義（1917-1937）》（南京：江蘇人民出版社，2007 年），頁 20-36。

正時期的東京是非常複雜多樣的國際都市，它既體現以資本主義和消費文化主導的世界主義（cosmopolitanism）特徵，同時又體現以社會和政治運動主導的國際主義（internationalism）內涵。以上兩種視野缺一不可，因此大正時期的東京都會實際上同時具備左與右、文化與政治、物質與思想、頹廢與革命等不同面向的混雜與互動，體現了一種雙重現代性（double modernity）。田漢可說是這種雙重現代性的代言人，單就留日時期的作品而言，已可見他一方面對新劇、電影和咖啡店等都市文化的眷戀深情，一方面對社會主義和無產階級等相關思想的強烈興趣和認同，箇中展現了他對都市文化既投入又批判的複雜取態。

與此同時，「公共空間」亦體現於知識分子討論社會議題的公共性。田漢性格疏朗熱情，加上日文造詣極高，[9] 在日期間交遊廣闊，在當時中、日兩國重要的公共知識分子之間有着極為罕見的跨國和跨組織人際網絡。田漢曾加入神州學會、少年中國學會、東京帝大新人會、可思母俱

9　如谷崎潤一郎描寫在上海初見田漢時的情形：「私はその時、再び彼の声音にびっくりさせられた。キビキビとしたその調子は全然東京弁ではないか。」（我當時再次因他的聲音而感到吃驚，那流利的語調豈不根本就是東京腔嗎？——筆者自譯）；回國後致田漢的信中亦表示讀到《午飯之前》的稿本後的感受：「君の日本文の達者なことに驚いただけで」（僅驚奇你的日本文的熟練——田漢譯）。谷崎潤一郎：〈上海交遊記〉，《女性》第 9 卷第 5、6 期、第 10 卷第 2 期（1926 年 5、6、8 月）；轉引自伊藤虎丸監修，小谷一郎、劉平編：《田漢在日本》（北京：人民文學出版社，1997 年），頁 105、135；另見谷崎潤一郎著，田漢節譯：〈與田漢君書〉，《南國》（不定期刊）第 5 期（1928 年 8 月），頁 43。

樂部（コスモ倶楽部、Cosmo Club）等重要的國際性政治組織，這些組織橫跨社會主義、無政府主義、國家主義、民主主義等不同的政治光譜。正如小谷一郎所形容，在內山書店成為中日近代文學交流的「沙龍」（salon）之前，田漢就與訪問過中國的同時代日本作家有過最早的交流，同時他也是和最多同時代日本作家有交誼的中國作家。[10] 單在留日時期，田漢已曾會晤過佐藤春夫、廚川白村（1880-1923）、芥川龍之介（1892-1927）、秋田雨雀（1883-1962）等日本現代文壇上的重要人物，他們在日本文壇中亦分屬不同文學定位和派別。之後田漢回到上海，亦曾接待過村松梢風和谷崎潤一郎（1886-1965）等日本作家（詳見第四章第四節）。1927 年 6 月田漢再度訪日，[11]

---

10 小谷一郎：〈同時代日本作家與田漢會見記以及有關田漢的著作、報道．前言〉，《田漢在日本》，頁 70；小谷一郎著，小松嵐譯：〈田漢與日本——以在日時的田漢及其與日本作家的交流為中心〉，《田漢在日本》，頁 460。相關考察可見此文頁 528-546，以及小谷一郎：〈日中近代文学交流史の中における田漢：田漢と同時代日本人作家の往来〉，《中国文化：研究と教育：漢文学会会報》第 55 卷（1997 年 6 月），頁 66-77。

11 田漢在〈我們的自己批判〉中引用日記記述這次二度訪日的經歷，日期旁有加上「（1927 年 7 月）」的補充，沈仍福、張向華等的田漢繫年均沿用此說，惟小谷一郎在《田漢在日本》（頁 461-462）綜合書中各項資料，考證田漢訪日月份應為 6 月。另參見田漢：〈我們的自己批判——「我們的藝術運動之理論與實際」上篇〉，《南國月刊》第 2 卷第 1 期（1930 年 4 月），頁 47；沈仍福編：〈南國社大事記〉，《中國現代文藝資料叢刊》第 8 輯（上海：上海文藝出版社，1984 年），頁 372-373；張向華編：《田漢年譜》（北京：中國戲劇出版社，1992 年），頁 91。《南國月刊》第 2 卷第 1 期封面後頁標注為「一九三〇年三月廿日」出版，惟〈我們的自己批判〉文末標注寫於四月四日，而該刊〈編輯後記〉文末標注寫於四月十五日，故該刊實際出版日期為 4 月。

一天之中就會見了三十多位日本作家，[12] 這項紀錄在中國作家中僅田漢能為。至於中國現代重要文學團體創造社於1921年在東京成立時，田漢亦因與同時期留學日本的郭沫若（1892-1978）、郁達夫、張資平（1893-1959）等人互通聲氣而參與其中，他在早期創造社的成立過程中佔有相當重要的位置，直至回國後才因與成仿吾（1897-1984）個人間的齟齬而脫離創造社。本書亦關注田漢留日期間在不同場域與中、日及他國公共知識分子的跨地域、跨文化交流情況及其相關意義。

2.「新女性」

「新女性」是二十世紀初中、日兩國共同的重要產物，正如文棣（Wendy Larson）在《現代中國的女性與寫作》一書中所指出，在世界各地的現代化進程中，「女性解放」都是現代性的一個重要指標，女性被看成是民族健康和力量的晴雨表，中國亦不例外。中國現代作家和批評家，正是在女性解放這個現代性標誌的範圍內討論和分析女性問題和文學問題的。[13] 在過去傳統社會中，女性一直與家

12　「田はその一日のうちに数個所で三十人ばかりの人にあった。」佐藤春夫：〈人間事〉，《中央公論》第42卷第11号（1927年11月）；轉引自《田漢在日本》，頁292-293。

13　Wendy Larson, *Women and Writing in Modern China* (Stanford: Stanford University Press, 1998); 沈睿：〈她者的眼光——兩本女性主義的中國現代文學研究著作〉，《二十一世紀》總第69期（2002年2月號），頁143。

庭、閨閣等私人領域相關，但公共空間的建立，使「新女性」的概念得以迅速和廣泛傳播，成為近代影響深遠的社會思潮。「新女性」這個中文術語和概念一直被認為最早來自五四新文化運動的重要推手、留美歸來的胡適（1891-1962），他在1918年7月的演講稿中把「The New Woman」這個英文新名詞直接翻譯成「新婦女」，[14] 這項資料亦與一般中國現代文學史中普遍描述五四新文化運動衍生女性解放話語的說法互為印證。然而，在當時中國知識分子大多留學日本的情況下，「新女性」一詞的概念和相關討論更多來自日本的「新しい女」（亦作「新しき女」）的轉譯，例如陳望道（1891-1977）、章錫琛（1889-1969）等中國早期女性理論翻譯者，便是從日文著作翻譯相關學說，而田漢甚至有過比上述兩人更早的女性理論引介（詳見第二章）。

日本「新女性」一詞最早出現於坪內逍遙（1859-1935）於1910年在大阪市教育委員會發表的一篇題為〈近代劇中出現的新女性〉的演講中。[15] 坪內逍遙在演講中不僅介紹

---

14 「『新婦女』是一個新名詞，所指是一種新派的婦女，言論非常激烈，行為往往趨於極端，不信宗教，不依禮法，卻又思想極高，道德極高。」胡適：〈美國的婦人——在北京女子師範學校講演〉，《新青年》第5卷第3號（1918年9月15日），頁213-224。相關考證和討論見胡纓著，龍瑜宬、彭姍姍譯：《翻譯的傳說：中國新女性的形成（1898-1918）》（南京：江蘇人民出版社，2009年），頁5註2；楊聯芬：〈「新女性」的誕生〉，載王德威、宋明煒編：《五四@100：文化，思想，歷史》（新北：聯經出版事業股份有限公司，2019年），頁98-100。

15 坪内雄蔵：〈近世劇に見えたる新しき女〉，《婦人くらぶ》第3巻第12号（1910年11月），頁51-55。

了易卜生（Henrik Johen Ibsen, 1828-1906）的《玩偶之家》（*A Doll's House*, 1879）等近代戲劇中的女主人公，也介紹了西方婦女運動，並預示着日本很快就會迎來女性的覺醒時代。1911 年，《東京朝日新聞》連載一篇題為〈新女性〉的文章。同年 11 月，坪內逍遙領導的文藝協會於帝國劇場演出了《玩偶之家》，獲得巨大的轟動效應。劇中塑造的覺醒後反叛丈夫、離開家庭的娜拉這一「新女性」形象，成為當時人們議論的話題。[16] 劇中的娜拉由後來成為日本第一位真正的國家級明星松井須磨子（1886-1919）飾演，有評論家認為娜拉這一虛構人物可以激勵日本的「新女性」重新定位她們在家庭和社會中的角色。[17] 同年，日本首份女性雜誌《青鞜》由平塚雷鳥（1886-1971）創辦，「青鞜」意即藍色長統襪，源於十八世紀英國倫敦新女性沙龍團體 Blue Stockings Society，顯示了該雜誌與國際女權運動的緊密聯繫。1913 年平塚雷鳥在《青鞜》上發表的重要宣言〈新女性〉，讓「新女性」這個新詞在日本真正成為流行語：

新女性絕不滿足於因男性的自私所造成的無

16　胡澎：〈從「賢妻良母」到「新女性」〉，《日本學刊》2002 年第 6 期，頁 137。

17　James L. McClain, *Japan, A Modern History* (New York: W.W. Norton & Co., 2002), pp. 379-380; 中譯本見詹姆斯．L. 麥克萊恩著，王翔、朱慧穎、王瞻瞻譯：《日本史》（海口：海南出版社，2014 年），頁 356。

> 知、如奴隸般徒具軀殼的女性生活。新女性決意要破壞為了男性的利益所造成的舊道德和法律。[18]

田漢相當關注日本近代劇的演出情況和發展，他曾提到留日期間適逢藝術座和近代劇協會兩個新劇團的全盛期，[19] 這兩個劇團的兩名女台柱松井須磨子和山川浦路（1885-1947），早年同樣是坪內逍遙創辦的劇團文藝協會的學生，開啟演出女優劇的先河（詳見第三章）。田漢亦相當關注大正時期「新女性」的事件和話語，亦有引用平塚雷鳥的言論（詳見第二章）。由此可見大正時期的「新女性」與公共空間的息息相關：一方面，「新女性」的概念和討論不論是來自西方理論家的直譯還是日本理論家的轉譯，通過演講、演出和報刊等媒介，得以在文化圈子中廣泛傳播；一方面，「新女性」亦以叛逆的姿態，在社會上不同階層，不論是現實社會中的華族還是底層女性的生命實踐，或是虛構劇場或文學中女主人公的處境探討，得以不同角度的展現。本書通過田漢對「公共空間」和「新女性」的發現和融合，刻劃當時日本的文化和社

18　「新しい女は男の利己心のために無智にされ、奴隷にされ、肉塊にされた如き女の生活に満足しない。新しい女は男の便宜のために造られた旧き道徳、法律を破壊しようと願っている。」平塚らいてう：〈新しい女〉，《平塚らいてう著作集》第 1 巻（東京：大月書店，1983 年），頁 257。引文為筆者自譯。

19　田漢：〈創作經驗談〉，載魯迅等著：《創作的經驗》（上海：天馬書店，1933 年），頁 65。

會現象，進而探討田漢在不同文體中對相關議題的反映和思考。

（二）章節架構

本書全文四章。第一章導言，梳理本書的研究背景，包括本書的研究意義、問題意識和研究方法、日本學者的相關研究及本書對他們的借鑑和回應、日本大正時期東京的歷史面貌及其與田漢的密切關係，以及把田漢回置到大正時期東京的意義和重要性。本章從幾個方面論證從文化研究的方法閱讀田漢作品如何給予我們重新觀察中日文學／文化關係的重要視角：從人際網絡和交誼的角度而言，田漢與不同時期的創造社作家乃至中國留日知識分子均相交甚篤，甚至是向他們介紹或共同經歷東京都市文化的重要中介者；從文化地理考證的角度而言，田漢留日期間一直居於東京最繁華的核心地帶，並在著作中留下大量東京都市體驗的記載。因此，本書以田漢作為中心人物，對其周邊資料作出詳盡考證，意圖輻射和還原當時中國留日文人遭遇現代性體驗的重要歷史圖景。本章亦以田漢的詩作為分析對象，闡述大正時期東京的世界主義與國際主義的雙重現代性，進而把田漢的東京經驗連結到他日後以上海作為長期定居和開展南國運動的舞台，以至對法國文化的熱衷和對俄國革命的興趣。

第二章以「印刷媒體」為切入點，除了以大正時期空前發達的報章、雜誌等掌握公共輿論的新聞媒體為核心外，亦會把日記、書信等原屬私人領域的出版物納入公共空間的視野中討論。本章梳理田漢分別發表於公共領域（少年中國學會刊物《少年中國》與《少年世界》）與私人領域（《三葉集》、《薔薇之路》）對日本大正時期著名戀愛事件的評論，以及田漢對當時女性理論之引介、取捨與評價，並論析田漢的早期劇作與上述理論的關係。從「公共空間」和「新女性」的角度出發，本章最為耐人尋味的發現之一，正是在日本大正時期的社會以及田漢著作中，同樣體現了私人領域和公共領域之間的互滲。首先是公共領域的私人化，這可見於田漢對當時日本報章雜誌的閱讀傾向，他首要關心的並非政經大事，而是淑女名姝的「羅曼史」（romance）；但與此同時，通過田漢對當時相關社會輿論的梳理，卻也可以發現日、中兩國知識分子對相關事件的關注並非停留於獵奇層面，而是上升到性別、文化，乃至兩國國民性的公共議題的探討。與此相對應的則是私人領域的公共化，這可見於田漢對原屬私人性質的文體的公開出版，例如他與宗白華（1897-1986）、郭沫若的書信結集《三葉集》和日記《薔薇之路》，當中內容與其說是對於個人生活、婚戀、交際的大膽暴露，更大程度上應看成是當時的文藝青年對留學生活、兩性解放、外國文學等問題的思考和經驗共享。

第三章以「劇場」（げきじょう）為切入點，除了由於戲劇是田漢畢生最重要的文化事業之外，亦因為大正時期是日本新劇運動的開端，引入了西式劇場、劇目和演出範式等，田漢日後成為「中國話劇的奠基人」之一，[20] 這重文化體驗對他影響深遠。田漢是少有的以現代戲劇作為志業的中國留日學生，作為東京劇場的常客，他不僅觀賞了不少重要演出，甚至曾在這些劇場搬演個人創作，他的劇場經驗因此彌足珍貴。不同於當時中國的戲園為娛樂場所，大正時期的西式劇場之內涵更接近於公共空間，自「現代戲劇之父」易卜生以降，西方戲劇被賦予了社會和現實意義，劇作家通過舞台演出傳遞對相關社會議題的思考和詰問，而在觀演過程中，觀眾亦可視為被邀請了共同參與相關議題的探索。受到大正時期的社會氛圍影響，劇作家紛紛搬演以兩性解放為主題的一系列西方劇作，而當時最受注目的當屬由女演員松井須磨子所主演的一系列「女優（じょゆう）劇」（指主要由女演員表演的戲劇，特別於明治末期至昭和早期盛行）。松井須磨子對待自己的早期婚姻和演藝事業均表現出桀驁不馴的態度，她與島村抱月（1871-1918）的不倫戀乃至後來的殉情更是大正時期的著名社會事件，「藝術座」是須磨子和抱月共同創立的劇團，當時須磨子演出了大量西方現代戲劇中的「娜拉」（Nora）型人物，既為這些女性角色提供了當行本色的詮釋，亦為當時的女性解放風潮進一步推波助瀾。哈貝馬斯曾以歌德（Johann Wolfgang von Goethe, 1749-

20　夏衍：〈悼念田漢同志〉，《收穫》1979 年第 4 期；轉引自上海戲劇學院、柏彬、徐景東等編選：《中國當代文學研究資料叢書．田漢專集》（南京：江蘇人民出版社，1984 年），頁 268。

1832）的小說作品《威廉・邁斯特的學習時代》（*Wilhelm Meister's Apprenticeship*, 1795）為例，分析威廉獻身於戲劇的祕密所在：他意識到戲劇表演可以和公共表現互相混同，渾然一體，因此以舞台來代替公共空間。[21] 以此觀之，劇場作為公共空間的情況可謂相當複雜：觀眾通過戲劇中的故事情節，接收了劇作家對相關社會現象的質詢，同時又會聯想起女演員在現實中的戀愛事蹟，而與劇中所詰問的女性解放和婚戀議題互相印證，由此，「女性解放」的議題在戲裏戲外皆得到了豐富的相互辯證，甚至可以說是雙重效應。田漢可說是把松井須磨子介紹到中國文化界的最重要的中介者，在少年中國學會同人中引起過頗大的共鳴和回響；田漢亦曾觀看過松井須磨子的演出，這項觀演經驗引領他對婚戀議題和戲劇藝術有更深入的思考。更進一步，往後田漢與作為靈魂伴侶的第一任妻子易漱瑜（1903-1925）共同經營藝術和戲劇事業，亦同樣編寫了一系列有關女性議題的劇作，並在麾下培養專門演出這些劇作的女演員，於是田漢在不同時空中既是觀眾（接受影響者）又是劇作家（施與影響者），並在劇場這個公共空間中發揮了極為重要作用的中介角色。另一方面，戀愛的私領域亦借助戲劇藝術而得以在舞台的公共空間上發揮其巨

21　Jürgen Habermas, *The Structural Transformation of the Public Sphere: An Inquiry into a Category of Bourgeois Society*, p. 14；中譯本見哈貝馬斯著，曹衛東、王曉珏、劉北城、宋偉杰譯：《公共領域的結構轉型》，頁 13。

大的力比多（libido）能量和社會效能。

第四章以「咖啡店」（カフェー）為切入點，咖啡店在大正時期日本十分流行，在田漢的留日生涯和著作中亦扮演了重要角色。哈貝馬斯曾指出咖啡店所具有公共空間的政治功能，指出「早在十七世紀七十年代，政府就發現有必要號召人們提防咖啡館辯論所引發的危險；咖啡館被視為政治動亂的溫床」，[22] 咖啡店作為文藝辯論和沙龍的輿論場所，在歐洲一直被視為一個充滿政治和文化意味的公共空間。田漢與不少中、日文人都因咖啡店而結緣，對於他和創造社成員如郁達夫、李初梨（1900-1994）、郭沫若等人而言，咖啡店既是具體的聚會場所，也是寄托對於西方文學的崇拜的想像的烏托邦；既是作為傾吐心曲的私人空間，也是作為文化沙龍的公共空間，這可以體現在田漢記述自己與李初梨在咖啡店的「熱辯哀歌」這四字當中：[23]「熱辯」指的是對於國族政治等公共議題的理智雄辯，「哀歌」一詞則暗示了對於家庭戀愛等私人問題的情感宣洩，體現在文藝取向中便是他們對浪漫主義的服膺實際上兼具頹廢和革命兩個面向。田漢把咖啡店這個特殊場景放到「出世作」《咖啡店之一夜》和電影《到民間去》之中，從中體現了他對城市與農村、藝術與革命等重要議題的思

22　Ibid, p. 59；同前註，頁 69。

23　田漢：〈《田漢戲曲集》第一集自序〉，《田漢戲曲集》第 1 集（上海：現代書局，1933 年），頁 4。

考，其中亦暗示了田漢日後左轉的軌跡。本書尤其關注的是田漢在以上兩個作品中對兩性解放問題的探討，以及對咖啡店女侍的「新女性」形象塑造和轉變，這個由男性作家所塑造的理想女性形象與真實之間存在着裂縫。往後田漢在上海的咖啡店因緣，以及在其中與日本文人的交誼，均可視為田漢對大正時期東京咖啡店經驗的延續。

三、日本學者的研究借鑑

對於研究如田漢般的中國留日學生的早期生平和創作，日本因素和日本學者的研究自是極為關鍵。以下概述兩名研究中國現代文學的日本重要學者伊藤虎丸（1927-2003）和小谷一郎的相關論述，以及本書如何建基於他們的研究進行借鑑、回應和推進。

（一）伊藤虎丸：田漢、創造社作家與大正精神

日本學者伊藤虎丸在〈創造社和日本文學〉一文中指出，「我們今天讀創造社作家們所寫的小說、評論，或者回憶錄，常常像過去的畫報一樣，從中看到了值得懷念的大正時代的風貌」，[24] 進而從日本思想史的角度，把中國

24　伊藤虎丸著，白木石譯：〈創造社和日本文學〉，載伊藤虎丸著，孫猛等譯：《魯迅、創造社與日本文學：中日近現代比較文學初探》（北京：北京大學出版社，1995 年），頁 190。

留日學生概括為兩種典型，認為創造社作家是「大正時期『都市文化』的產物」，[25] 以區別於以魯迅（1881-1936）為代表的明治精神。為說明這點，伊藤虎丸引用了郁達夫自傳中的一段記述：

> 兩性解放的新時代，早就在東京的上流社會——猶［尤］其是智［知］識階級，學生羣眾——裏到來了。當時的名女優像衣川孔雀，森川律子輩的妖艷的照相，化裝之前的半裸體的照相，婦女畫報上的淑女名姝的記載，東京聞人的姬妾的艷聞等等，凡足以挑動青年心理的一切對象與事件，在這一箇［個］世紀末的過渡時代裏，來得特別的多，特別的雜。伊孛生的問題劇，愛倫凱的戀愛與結婚，自然派文人的醜惡暴露論，富於刺激性的社會主義兩性觀，凡這些問題，一時竟如潮水似地殺到了東京，而我這一個靈魂潔白，生性孤傲，感情脆弱，主意不堅的異鄉遊子，便成了這洪潮上的泡沫，兩重三重地受到了推擠，渦旋，淹沒，與消沉。[26]

以上這段引文生動地呈現了大正時期的日本（尤其

25　同前註，頁 199。

26　郁達夫：〈雪夜（日本國情的記述——自傳之一章）〉，《宇宙風》第 11 期（1936 年 2 月 16 日），頁 521。

是東京）在文化面向上的璀璨景致，展示了當時中國留日知識分子在一衣帶水的異國所耳濡目染的社會面貌。「兩性解放」開宗明義地作為當時的時代精神，以社會上不同「新女性」顛覆性的出場作為標誌：著名女演員衣川孔雀（1896-1982）和森律子（1890-1961，郁達夫誤作「森川律子」）、日本華族和上流社會中的淑女名姝，以及東京名人的姬妾，其事跡和戀愛軼聞被刊登在當時蔚為大觀的女性雜誌上，得以廣泛傳播。西方文學和思潮進入日本亦圍繞着兩性解放的時代精神：易卜生（伊孛生）的「娜拉」型問題劇、愛倫・凱（Ellen Key, 1849-1926）針對戀愛與結婚問題的「新性道德」論、社會主義的兩性觀等。伊藤虎丸還列舉了郁達夫作品中的其他有關大正時期的代表元素，可想而知，當時中國留日學生面對這個嶄新的時代風潮時是如何「成了這洪潮上的泡沫，兩重三重地受到了推擠，渦旋，淹沒，與消沉」：

> ［……］小石川的植物園，也有佐藤春夫、秋田雨雀、廚川白村、河上肇等人，［……］易卜生、當生、歌德等人，［……］在《民眾社》演出的《青鳥》以及東京的咖啡店情調，世紀末的頹廢……[27]

27　伊藤虎丸著，白木石譯：〈創造社和日本文學〉，頁190。

伊藤虎丸的論述主要以郁達夫和郭沫若這兩個創造社代表作家為中心，實際上以上大正時期的風貌在早年退出創造社的田漢筆下有更詳盡深入的反映，甚至從不少地方可見田漢是向創造社作家介紹或共同經歷相關日本社會文化的重要中介者。本書的三個正文章節便重新整理和歸納以上所列的多項因素，以此統攝田漢的留日經驗和在作品中的反映：第二章論及當時報章雜誌對「大正三美人」等淑女名姝和東京聞人的艷聞記載、愛倫・凱對戀愛和結婚的論述、社會主義女性解放理論、女權運動、田漢與郭沫若在《三葉集》中展現對歌德的共同興趣等；第三章論及名女優松井須磨子的演出和事跡、易卜生的問題劇、由民眾座演出的《青鳥》和公眾劇團演出的《沉鐘》等新浪漫主義劇作；第四章論及東京的咖啡店情調、《黃面誌》（*The Yellow Book*）作家當生（Ernest Dowson, 1867-1900，又譯道生、道森）和世紀末的頹廢等。

田漢是創造社草創過程中的重要參與者之一，他與郭沫若、郁達夫、張資平、成仿吾、鄭伯奇、方光燾（1898-1964）、滕固（1901-1941）、穆木天（1900-1971）等早期創造社人物，以及後期創造社成員李初梨等，均是在大正日本的異國時空中互相認識。本書在論述田漢的留日經驗時，亦會穿插他和以上多名創造社人物的密切交流，包括與郭沫若在《三葉集》對婚戀問題和現代劇的討論，以及兩人在東京的見面（第二、三、四章）；與郁達夫的初次見面，以至兩人面對大正時期「兩性解放」的漩渦時所展現的不同反應，從而引申至兩人文學觀的差異（第四章）；與鄭伯奇和方光燾相偕觀劇的經驗（第三、四章）；與李初梨對婚戀問題的討論、在咖啡店的「熱辯哀歌」等（第二、四章），從中亦可見這批受到日本大正文化熏陶洗禮的文人之間的共同生活經驗和語言。

（二）小谷一郎：田漢與大正時期東京的文化地理考證

小谷一郎是田漢研究的重要學者，其研究可說是部分繼承了伊藤虎丸對於創造社作家是「大正時期『都市文化』的產物」的思路和論述。《田漢在日本》一書由他和另一位田漢研究的中國學者劉平共同編著，伊藤虎丸監修，是「有關田漢與日本文學關係的至今所能獲得的最完備的資料集」，[28] 書中輯錄了田漢以日文在日本發表的作品、日本現代作家對田漢的評價、他們與田漢會見的記述、兩者之間的通訊、有關田漢的日本報道等，極具史料價值。這裏關注的是《田漢在日本》最後所附由小谷一郎撰寫的研究論文〈田漢與日本——以在日時的田漢及其與日本作家

28　伊藤虎丸對《田漢在日本》的讚辭，參見伊藤虎丸：〈值得紀念的中日學術交流史上的里程碑——替亡友馬良春為了《田漢在日本》作序〉，《田漢在日本》，頁 1-2。

的交流為中心〉。[29] 小谷一郎是首位考察田漢早期作品與日本大正時期文化關係的田漢研究學者，該文全面而翔實，尤其較多着重於資料整理和考證，包括田漢生平的年份問題、田漢自述與當時日本情況的一些出入、田漢在日期間參與的團體活動、田漢與同時代日本作家的交流，以及在考證過程中所碰到的問題等。小谷一郎的考證為本書提供了豐富的資料和論述基礎，幫助本書進一步論述田漢與大正時期文化的關係，從而對田漢的作品和生涯有更為細緻深入的分析和探討。同時，本書亦延續小谷一郎的考證方法，補充不少與田漢相關的日本資料。以下主要從文化地理的角度，闡述對田漢的生活環境的考證與本書研究的關係。

小谷一郎曾對田漢留日期間的住處作過詳細的考證和親身考察，[30] 當中最為重要的是田漢 1916 年 8 月到達東京後至 1917 年 11 月的一年半左右，與舅父易梅園（又名易象，字梅臣，1881-1920）同住於其工作地點「湖南省經理所」，後來田漢所上的東京高等師範學校（今筑波大學），

29　小谷一郎著，小松嵐譯：〈田漢與日本 —— 以在日時的田漢及其與日本作家的交流為中心〉，頁 459-549。往後小谷一郎以日文重新發表此文，主要選取了田漢與「現代」的相遇的相關內容和補充了不少新資料，見小谷一郎：〈田漢と日本（一）——「近代」との出会い〉，《日本アジア研究》創刊号（2004 年 1 月），頁 87-103。除非涉及新資料，否則本書一律引用〈田漢與日本〉一文。

30　小谷一郎著，小松嵐譯：〈田漢與日本 —— 以在日時的田漢及其與日本作家的交流為中心〉，頁 474-475、520-527；小谷一郎：〈田漢と日本（一）——「近代」との出会い〉，頁 91-93。

就在距此步行十來分鐘的大塚窪町（今大塚三丁目）；[31] 以及他在 1921 年 1 月至 1922 年 9 月回國前夕，與表妹和第一任妻子易漱瑜同住在「月印精舍」。「湖南省經理所」位於「小石川區茗荷谷町 96」，現址為「東京都文京區小日向 1 丁目 27 番 15 號」；「月印精舍」位於「東京府下戶塚町大字諏訪 82」，現址為「東京都新宿區高田馬場一丁目 12-6」。至於田漢在這兩個時段中間的住處，能夠確定的是田漢於 1919 年夏回國，帶同易漱瑜回到日本後，住在「本鄉區湯島天神町」的「第一中華學舍」，此後又搬到「本鄉區追分町 31 番地」的「第二中華學舍」。另外，田漢可能住過「牛込區一間貸家的小房子裏」，[32] 以及在 1920 年 1 月至 11 月期間很可能住在「東京礫川松葉館寓樓」。[33]

31　據小谷一郎考證，田漢入學東京高等師範學校的時間並非大多認為他來日時的 1916 年，而是在 1920 年 4 月才成為該校的正規生。參見小谷一郎著，小松嵐譯：〈田漢與日本 —— 以在日時的田漢及其與日本作家的交流為中心〉，頁 466。

32　易君左：〈田漢和郭沫若〉，《大人》第 24 期（1972 年 4 月），頁 20；另參見小谷一郎著，小松嵐譯：〈田漢與日本 —— 以在日時的田漢及其與日本作家的交流為中心〉，頁 474。

33　小谷一郎從田漢詩作〈漂泊的舞蹈家〉和〈莫明其妙〉詩末分別記為「一九二〇．一．二七．在東京礫川一寓樓」和「十月二十九日夜十二時於松葉館寓樓」，推論出田漢於 1920 年 1 月至 10 月期間居於「東京礫川松葉館寓樓」。參見田漢：〈漂泊的舞蹈家〉，《時事新報．學燈》，1920 年 4 月 27 日，轉引自《田漢全集》（石家莊：花山文藝出版社，2000 年）第 11 卷，頁 19；田漢：〈莫明其妙〉，《民國日報．平民》第 65 期（1921 年 8 月 20 日），第四版；小谷一郎著，小松嵐譯：〈田漢與日本 —— 以在日時的田漢及其與日本作家的交流為中心〉，頁 474。另外，筆者發現《靈光》劇末記為「一九二〇年 [……] 十一月二十二日午後二時修正於松葉館」，因此可以把田漢居於松葉館的時間推遲到 11 月。參見田漢：《靈光》，《太平洋》第 2 卷第 9 期（1921 年 1 月），頁 28。

無論如何，以上地點都是位於現時的東京文京區和新宿區一帶，一直是東京最繁榮的地區，因此，通過小谷一郎對田漢住處的考證，可見田漢接觸東京都市文化具有近水樓台之便。田漢可能是最珍視留學東京的都市經驗的留日中國作家，其中原因與地理因素息息相關，例如同時代的創造社作家中，留學九州福岡的郭沫若便不能與他同日而語，郭沫若甚至對田漢的東京經驗流露出艷羨之情（詳見第四章）。

田漢留日期間最後的居住地點月印精舍尤其值得注意，這是由於田漢的留日日記《薔薇之路》所記載的便是田漢和易漱瑜住在月印精舍的時期，因此相關資料最為詳盡。田漢在日記中深情地述說在東京留學時難忘的都市體驗，例如記錄當時如何乘坐開通不久的市營市內電車（簡稱市電，即路面電車，1911 年開通）到神田上法文課，[34] 或者跑到牛込神樂坂逛夜市和看電影等。[35] 即使在回國多時以後，田漢在自傳式小說〈上海〉中仍在回味和亡妻一同在異國都市所經歷的這段美好時光。[36] 這些作品揭示了中國留日學生田漢在深受歐風美雨洗禮的異國首都東京所

34　田漢 1921 年 10 月 10、12（書中誤重植為 11 日）、19 日日記，《薔薇之路》（上海：泰東圖書局，1922 年），頁 2、13、42。

35　田漢 1921 年 10 月 11 日日記，《薔薇之路》，頁 7。

36　田漢作，朱應鵬畫：〈上海・一、刺戟（下）〉，《申報・本埠增刊・藝術界》，1927 年 10 月 18 日，第 3 版；另見田漢：〈上海〉，《南國月刊》第 1 卷第 1 期（1929 年 5 月 1 日），頁 96。

得到的現代都市體驗。

此外，從小谷一郎對田漢在日期間所參與的政治與文學組織的考證，亦可見與田漢住處，尤其是月印精舍的連繫。李大釗（1889-1927）曾於1916年2月至5月期間住在月印精舍，[37] 1917年田漢初到日本時，因易梅園的關係而投稿到留日學生組織「神州學會」的機關雜誌《神州學叢》，[38] 得到李大釗的鼓勵信，此後李大釗把田漢介紹到以東京帝國大學（今東京大學）為中心的學生運動團體「新人會」。[39] 另外，田漢於1919年4、5月份左右加入「少年中國學會」，[40] 並在1919年6月29日參加「少年中國學會東京會員第一回談話會」，這次會議在距離月印精舍不遠的「東京府下戶塚町大字諏訪173松山莊」召開，而少年中國學會的發起人曾琦（1892-1951）和張夢九（1893-1974）亦曾在同一地址的「渡邊方」住過。[41] 此外，1921年年中，經過郁達夫、郭沫若、張資平、田漢等人在郁達

37　小谷一郎著，小松嵐譯：〈田漢與日本——以在日時的田漢及其與日本作家的交流為中心〉，頁477。

38　漢兒：〈俄國今次之革命與貧富問題〉，《神州學叢》第1期（1917年9月20日）；轉引自《田漢全集》第18卷，頁254-274。

39　小谷一郎著，小松嵐譯：〈田漢與日本——以在日時的田漢及其與日本作家的交流為中心〉，頁476。

40　黃日葵致王光祈和曾琦函（1919年6月7日），《少年中國》第1卷第1期（1919年7月15日），頁43；另參見小谷一郎著，小松嵐譯：〈田漢與日本——以在日時的田漢及其與日本作家的交流為中心〉，頁491。

41　小谷一郎著，小松嵐譯：〈田漢與日本——以在日時的田漢及其與日本作家的交流為中心〉，頁491。

夫的寓所東京帝國大學第二改盛館的多次討論後，會議議決出版定名為《創造》的刊物，暫出季刊，標誌着創造社的正式成立。[42] 田漢在 1919 年左右曾住在位於「本鄉區追分町 31 番地」的第二中華學舍，[43] 該處正位於改盛館的貼鄰，[44] 因此田漢與郁達夫亦有過頗為密切的交誼（詳見第四章第二節）。另外，與田漢同是湖南人的成仿吾亦曾在田漢之前住過月印精舍。[45] 通過相關考證，可見住處（地利）亦為田漢在日期間認識不同背景人士和參與眾多組織（人和）帶來得天獨厚的優越條件。

本書在小谷一郎的考證基礎上，補充有關《薔薇之路》和月印精舍的另一項資料考證。《薔薇之路》正文中多次出現一位名叫「老大」的人物，然而過去並無田漢研究論者提及這個「老大」為何人，實際上《薔薇之路》原版本開首附有「自記」、「漱漱的序」和「老大的序」，「漱漱」自然是易漱瑜，「老大的序」最後落款為「新命」，考證其人即為後來的著名報人王新命（1892-1961）。王新命與田

---

42 郭沫若：《創造十年》（上海：現代書局，1932 年），頁 161；王自立、陳子善：《郁達夫研究資料》（天津：天津人民出版社，1982 年），頁 573；張向華編：《田漢年譜》，頁 51-52。

43 小谷一郎著，小松嵐譯：〈田漢與日本 —— 以在日時的田漢及其與日本作家的交流為中心〉，頁 475。

44 田漢作，朱應鵬畫：〈上海．一、刺戟（下）〉，《申報．本埠增刊．藝術界》，1927 年 10 月 21 日，第 4 版；另見田漢：〈上海〉，《南國月刊》第 1 卷第 1 期（1929 年 5 月 1 日），頁 101。

45 郭沫若：《創造十年》，頁 151。

漢、易漱瑜同住月印精舍，三人關係密切，王新命的名字亦是由他和田漢以隨機翻書的方法而另改的，[46] 他的著作為考察田漢在月印精舍期間的生活提供了許多過去不為人知的重要資料，惟筆者目前僅見一位非專門研究田漢的論者談到王新命的記述對田漢研究的重要性。[47] 王新命的回憶錄《新聞圈裏四十年》的第五十五節題為〈月印精舍七弟兄〉，當中提到月印精舍的主人名為辻敬之助，租住者幾乎全是湖南人，因此可稱得上是東京的「湖南小會館」；[48] 自王新命加入後，田漢便提議大家互稱兄弟姊妹，王新命因年最長而為「老大」，田漢為「老三」，易漱瑜為「老六」。[49] 此外，王新命在回憶錄中提到的不少地方皆對田漢研究提供了補充、修正或存疑。[50] 筆者進一步發現，王新

46　王新命：〈滿載悲傷返大連〉，《新聞圈裏四十年》（上）（台北：龍文出版社股份有限公司，1993 年），頁 241。

47　陳青生：〈《狗史》．王新命．田漢研究〉，《中國現代文學研究叢刊》2007 年第 4 期，頁 61-71。

48　王新命：〈月印精舍七弟兄〉，《新聞圈裏四十年》（上），頁 214-215。書中將日本姓氏「辻」誤為「迂」。

49　王新命：〈月印精舍七弟兄〉，頁 217。

50　例子之一是不少田漢研究著作皆記載田漢與易漱瑜在遷到月印精舍後便「同居結婚」或「同居生活」，實際上通過王新命的記述，可知當時王新命才是田漢的同室，而易漱瑜獨居另室。參見王新命：〈月印精舍七弟兄〉，頁 215。陳青生舉出了一些田漢研究著作，它們對田漢和易漱瑜兩人自入住月印精舍後的記述，或是沒有斷定兩人是否「同居」，或是確定兩人的「同居結婚」或「同居生活」：（一）何寅泰、李達三：《田漢評傳》（長沙：湖南人民出版社，1984 年），頁 25；（二）張向華編：《田漢年譜》，頁 50；（三）劉平、小谷一郎：〈田漢留學日本大事記〉，《田漢在日本》，頁 441；（四）劉平：《戲劇魂：田漢評傳》（北京：中央文獻出版社，1998 年），頁 113。參見陳青生：〈《狗史》．王新命．田漢研究〉，頁 68-70。

命更曾在田漢作品中粉墨登場，《鄉愁》中的「汪右文」又稱「汪大哥」，便是以王新命為藍本（詳見第三章）。回國以後，田漢曾將他與王新命和康白珊（康景昭）的合照刊登於《上海畫報》的「南國專號」上。[51] 本書在考察田漢在月印精舍乃至他在東京的生活及《薔薇之路》時，亦有以王新命的回憶錄作為資料考證的補充。

51 〈王新命先生、康白珊女士、田漢〉（照片），《上海畫報》第 492 期（1929 年 7 月 30 日），無頁碼。

四、歷史文本與文學文本：大正時期東京的世界主義與國際主義的雙重現代性

近年來，由李歐梵倡議的中國現代文學中的「左翼世界主義」（leftist cosmopolitanism）研究逐漸受到關注，相關學術研討會自 2012 年起每年召開，而田漢可謂此一議題的中心人物，會上以田漢作為研究對象的論文佔最多。[52] 其中尤其值得注意的是海外學者羅靚，其博士論文

52　「左翼國際主義」（後改為「左翼世界主義」）學術研討會自 2012 年起由香港中文大學文化及宗教研究系與中央研究院中國文哲研究所每年合辦，會上以田漢為中心的論文包括：Liang Luo, "Cosmopolitanism in Interwar China: Centered on Tian Han's 'Spiritual Light' (1920) and 'Mother' (1932)"、張歷君：〈愛力與解放：田漢的戀愛神聖論與「情」的現代性〉、彭麗君：〈左翼知識分子，從國家機器外到國家機器內〉，以上三篇論文皆發表於「現代中國的左翼國際主義」研討會上的「田漢、世界文學與文化政治」小組場次，2013 年 5 月 27 日；羅靚：〈高爾基的《母親》在世界文學與視覺文化中的旅程：以普多夫金的電影、布萊希特的戲劇、和田漢的文本為中心〉，「『赤』的全球化與在地化：二十世紀蘇聯與東亞的左翼文藝」學術研討會，2014 年 6 月 5 日；吳佩珍：〈日本戲劇與東亞左翼思潮：秋田雨雀、田漢與吳坤煌〉、Liang Luo, "Joris Ivens, Left-wing Cosmopolitanism, and Visualizing Modern China"，「視覺再現、世界文學與現代中國和東亞的左翼國際主義」研討會，

由李歐梵指導，由此修改而成的專書是英文學界迄今唯一一本全面研究田漢的學術著作，該書第一章從國際先鋒（international avant-garde）的角度重新審視大正時期東京與田漢的關係。[53] 本書在以上研究基礎上，希望從世界主義與國際主義雙重現代性的角度，把田漢回置到大正時期東京，以至一戰以後國際都市的歷史情境當中。本書一方面鈎沉大正時期社會文化的歷史材料作為論述背景，幫助對田漢作品的理解；一方面通過田漢這位中國留日知識分子的作品，作為重新觀察當時日本社會狀況的視角，從而達致歷史文本和文學文本的互相發明和印證。

田漢在日本六年的留學生涯，實際上見證了關東大地震（1923 年）前夕日本歷史中一段短暫的和平時期。大

2015 年 5 月 22 日；潘少瑜：〈七襲面紗之舞：田漢譯《沙樂美》的「見」與「不見」〉，「翻譯與跨文化協商 —— 華語文學文化的現代性、認同、性別與創傷」，2016 年 7 月 28 日；潘少瑜：〈唯美主義與革命：論田漢翻譯《沙樂美》之策略及文學史脈絡〉、盧敏芝：〈「藝術的社會主義」—— 田漢、南國運動與左翼世界主義視野下的唯美主義藝術實踐〉，「華文與比較文學協會雙年會：文本、媒介與跨文化協商」上的「跨文化協商、跨語際實踐與左翼世界主義」三天大型研討小組，2017 年 6 月 21 日。2013 年大會提供的研討會簡介指出「左翼國際主義」「較著重文化、文學和藝術的面向」，「有別於政治意涵較重的 Internationalism」；到了 2017 年，會議小組改以「左翼世界主義」中譯相關術語。本書使用「左翼世界主義」的翻譯，同樣著重該詞所賦予的文化、文學和藝術的面向，並認為此翻譯能避免左翼政治組織（如「共產國際」）的聯想，同時此術語亦與田漢的自身說法吻合。有關田漢思想和藝術實踐中的左翼世界主義，可參見盧敏芝：〈「藝術的社會主義」—— 田漢、南國運動與左翼世界主義視野下的唯美主義藝術實踐〉，《中國文化研究所學報》第 68 期（2019 年 1 月），頁 109-135。

53 Liang Luo, *The Avant-Garde and the Popular in Modern China: Tian Han and the Intersection of Performance and Politics* (Ann Arbor: University of Michigan Press, 2014), pp. 23-59.

正時期（1912-1926）是日本一段具有特殊意義的歷史時期，它夾在政治史上著名的明治（1868-1912）和昭和時期（1926-1989）之間，是日本近代史上曇花一現的和平、自由、繁榮的時期，有「大正摩登」（大正モダン）、「大正浪漫」（大正ロマン）、「大正德謨克拉西」（大正デモクラシー）等美名。[54] 在日本歷史上，大正時期在政治上雖未如此前的明治和此後的昭和時期般突出，在經濟、文化、社會價值觀等各方面卻有着翻天覆地的變化，是日本史上最西化的時代，被譽為日本邁向現代化之始。大正時期的日本出版行業蓬勃，民主和社會運動勃興，女性理論與運動呼聲高漲，個人和兩性解放的新時代理念逐漸盛行。

明治維新後，日本遷都江戶並改為現名東京，並因開國政策開始吸收西方文明，以當時全世界最繁華的都會巴黎作為都會文化的效法對象，使整個東京瀰漫着異國風情。往後，日俄戰爭和一戰後造就日本經濟起飛，形成巨大的資本主義消費市場，大正時代的東京開始蛻變為日益複雜化和多樣化的國際都市，以及東方最繁華的都市代表。與此同時，大正時期個人解放與新理念的盛行，加上出版行業的蓬勃，使東京集結多家報社與出版社，以及成

54　論者指出，「大正デモクラシー」雖有譯作「大正民主主義」，但因為這個運動的代表人物吉野作造曾特別把「德謨克拉西」解釋為「民本主義」而不提「民主」，日文著作中也不使用「民主主義」，故中文以音譯為宜。參見靳明全：《中國現代文學興起發展中的日本影響因素》（北京：中國社會科學出版社，2004 年），頁 26。

為民主運動、無政府主義運動、社會主義運動和女性運動等革命行動的集中地。對於當時嚮往西歐卻無力負笈留學的中國留學生來說，這個現代化／異國化的都會景觀正為他們提供了感受新鮮的異國都會情調的環境。整個東京都內，又以銀座最為繁華，1911 年，日本第一座西式劇場「帝國劇場」在丸之內區正式開幕，佇立於皇居前，建築宏偉，並意味着日本民眾與西式表演藝術的初次相遇；同年，日本第一家歐洲式咖啡廳 Café Printemps 亦在銀座正式開業。此外，日本多家重要報社均在此設立總部，故銀座又有「日本報業的故鄉」之稱。西式劇場、咖啡店、報社、電影院等現代化西式建築，使銀座成為當時東京最富有異國情調和文化氣息的地方。田漢對新劇、電影和咖啡店等都市文化的熱愛，在當時的中國留學生中可謂無出其右，這與大正東京的熏陶密不可分。

在新詩此一形式面世不久的二十世紀二十年代初，田漢便已在日本發表了多首作品，其中名為《江戶之春》的組詩，顧名思義地記錄了他在東京各種新鮮的都市體驗和觀察。[55] 這些詩作不但在內容上體現了都市現代性（urban modernity），從字裏行間中、日語言的混用，更反映了劉

---

55 田漢：《江戶之春》組詩，《少年中國》第 4 卷第 1、2 期（1923 年 3、4 月），無頁碼。這些詩作包括〈黃昏〉、〈浴場的舞蹈〉、〈七夕〉、〈初冬之夜〉、〈銀座聞尺八〉、〈珈琲店之一角〉、〈珊瑚之淚〉、〈東都春雨曲〉、〈落花〉、〈秋風裏的白薔薇〉、〈月下的細語〉，〈落葉〉（共兩首）、〈秋之朝〉、〈暴風雨後的春朝〉、〈秋葉庵飲冰〉。

禾所論的「被譯介的現代性」（translated modernity）與彭小妍所論的「跨文化現代性」（transcultural modernity）。[56]

〈銀座聞尺八〉一詩以東京都內最為繁華的中心銀座為背景，最能體現田漢對東京都市經驗的複雜感受：

強烈的光線
　酖毒的色彩
車水馬龍
　人山人海！

迎公子的高襟
　送美人的東髮
這銀座街頭
　那［哪］來那一聲聲的尺八？

像敗殘者的慨慷
　像遲暮者的嗚咽——

56　Lydia H. Liu, *Translingual Pratice: Literature, National Culture, and Translated Modernity – China, 1900-1937* (Stanford: Stanford University Press, 1995)，中譯本見劉禾著，宋偉杰譯：《跨語際實踐：文學、民族文化與被譯介的現代性（中國，1990-1937）》（北京：三聯書店，2002年）；Hsiao-yen Peng, *Dandyism and Transcultural Modernity: The Dandy, the Flâneur, and the Translator in 1930s Shanghai, Tokyo, and Paris* (New York: Routledge, 2010)，中譯本見彭小妍：《浪蕩子美學與跨文化現代性：一九三〇年代上海、東京及巴黎的浪蕩子、漫遊者與譯者》（台北：聯經出版事業股份有限公司，2012年）。

在那噪雜的交響樂中間
　獨淒然而欲絕。

咳！辜負你的悲詞［歌］
　奈游足之難留
試訴與中天的寒月
　和京橋下的長流。[57]

田漢在這首詩中放進了許多日本詞彙，既有當時最時髦的現代元素，同時又摻雜着古典氣息。「銀座」（ぎんざ）和「京橋」（きょうばし）同是東京最繁榮的地區，「高襟」（ハイカラ，即 high collar）是大正時期男性的制服樣式，「束髮」（そくはつ）是當時「美人」（びじん）的流行髮型。與此同時，在這個現代化的鬧市之中卻也摻雜着古意：強烈的光線和色彩有如「酖毒」（ちんどく），街頭傳來「尺八」（しゃくはち）這種自唐代由中國傳入日本的古代管樂。在這個現代化的異國都市，以及新舊事物迅速更替的時代，來自古代的聲音和幽靈卻也尚未完全消逝，像「敗殘者」（はいざんしゃ）的「慨慷」（「慷慨」（こうがい）的倒裝）和遲暮者的嗚咽，混雜在都市的「交響樂」（こうきょうらく）中間，獨淒然而欲絕，儘管最終它的命運

57　田漢：〈銀座聞尺八〉（《江戶之春》組詩之一），《少年中國》第 4 卷第 1 期（1923 年 3 月），無頁碼。

似乎會被「游足」（或可理解為都市「漫遊者」（flâneur））所「辜負」。在此詩中，田漢流露出他對現代文明的熱切嚮往，但同時又對傳統藝術和自然風物不無眷戀，展現了他對繁華都市既迎又拒的複雜取態。

儘管詩人熱愛都市正面的華美，但同時亦憎惡都市背後的醜陋。〈一個日本勞働家〉（「労働」一詞為日語ろうどう）以詩人所目睹的東京春日町（はるひちょう）沿線砲兵工場（ほうへいこうじょう）的一個失業工人為主角，他躺在工場的階級邊上吞聲痛哭；與此同時，鬧市中人來人往忙着過年，電車（でんしゃ）空窿窿地來回往返，砲兵工場內依舊劈哩啪啦地打個不住，無人理會他的死活。[58] 這首詩具體地表現了當時田漢的社會主義傾向，儘管田漢在 1930 年發表〈我們的自己批判〉才正式和公開轉向左翼，[59] 但實際上此一思想傾向早在留日時期已有跡可循，而這與他的東京都市經驗關係密切。

另外，發表於 1923 年的詩作〈漂泊的舞蹈家〉，當中的主人公原為皇室的鋼琴家和舞蹈家，俄國革命後從聖彼德堡漂泊到西伯利亞，爾後又漂泊到日本，並打算到東京。在詩的前面，田漢引《朝日新聞》紀事介紹此事的原

58　田漢：〈一個日本勞働家〉，《少年中國》第 2 卷第 2 期（1920 年 8 月 15 日），頁 38。本詩原題為〈竹葉〉，後稍作文字改動及易題為〈一個日本勞働家〉而重新發表。可參見田漢：〈竹葉〉，《少年中國》第 1 卷第 9 期「詩學研究號」（1920 年 3 月 15 日），頁 168。

59　田漢：〈我們的自己批判——「我們的藝術運動之理論與實際」上篇〉，《南國月刊》第 2 卷第 1 期（1930 年 4 月），頁 2-145。

委，而在詩中則大談他對俄國革命的看法，以及民眾藝術的立場。詩中最耐人尋味的是最後一句赫然寫道「第二俄都的東京府」，[60] 可見當時的東京與俄國在革命運動上的連繫，以及東京作為國際革命運動聖地的另一重角色。

從田漢留日期間參與的不同組織，亦可見二十世紀一二十年代以東京為中心的國際主義運動，田漢亦通過這些組織而得以與日本不同界別的重要人物直接交流。上節曾提及，1917 年，田漢因易梅園的關係曾投稿到「神州學會」的機關雜誌《神州學叢》，該會是由李大釗在日本創立的反袁世凱（1859-1916）祕密政治組織。1919 年4、5 月間，田漢加入了李大釗等發起組織的「少年中國學會」（簡稱「少中」，1918-1925），[61] 作為五四時期人數最多、影響最大的全國性青年社團，少中卻是先在東京發起組織和召開東京分會會員的第一次談話會，接着才在北京舉行成立大會的。[62] 田漢又曾因李大釗的介紹和以少中的代表身份，參加戰前日本最有影響力、以東京帝國大學法

60　田漢：〈漂泊的舞蹈家〉，《時事新報．學燈》，1920 年 4 月 27 日；轉引自《田漢全集》第 11 卷，頁 19。

61　有關田漢與少年中國學會的研究，可參見陳明遠：〈田漢和少年中國學會〉，《新文學史料》1985 年第 1 期，頁 139-140；周鵬飛：《田漢與少年中國學會》（湘潭大學碩士學位論文，2009 年）；周鵬飛：〈田漢加入少年中國學會考〉，《當代教育理論與實踐》2010 年 2 月，頁 168-170。有關少年中國學會的研究，可參見吳小龍：《少年中國學會研究 —— 從最初的理想認同到政治思想的激烈論爭》（中國社會科學院研究生院博士學位論文，2001 年）；陳正茂：《理想與現實的衝突 ——「少年中國學會」史》（台北：秀威資訊科技股份有限公司，2010 年）。

62　劉平、小谷一郎：〈田漢留學日本大事記〉，頁 435。

學部成員為主的學生政治組織「新人會」(1918-1929) 的活動，[63] 並曾跟新人會會員、日後的著名社會學者新明正道 (1898-1984) 一起在東京大崎鐵工場作過演說，[64] 以及認識了支持辛亥革命的日本革命家宮崎滔天 (1871-1922) 之子宮崎龍介 (1892-1971)、社會主義運動家赤松克麿 (1894-1955) 等日本近代史上的重要人物。[65] 二十年代，新人會中的很多積極分子都成為工人運動的組織者，並自認為是馬克思主義者，祕密加入日本共產黨，致力用革命的手段來治療大正時期的經濟和社會頑疾。[66] 1920 年，田漢又以少中代表的身份參加了以東京神田中國基督教青年會 (YMCA) 為總部的跨國政治組織「可思母俱樂部」(1920-1923)，並在該會的第一次講演會中認識了左翼劇作家秋田雨雀，[67] 自此與秋田雨雀等人建立了連繫，正如 1927 年到

63　有關田漢、少年中國學會與新人會之間的關係，可參見小谷一郎：〈創造社と少年中国学会・新人会——田漢の文学及び文学観を中心に—〉，《中国文化》1980 年第 38 号，頁 41-56。

64　田漢致康景昭信，〈憂愁夫人與姊姊——兩個不同的女性〉，《南國月刊》第 1 卷第 1 期 (1929 年 5 月 1 日)，頁 163。另外，與田漢認識的日本文學家山口慎一 (1907-1980) 亦曾記載此事：「田漢は或る女に与へた手紙の中で、『暗い夜に、新人会の新明正道君と汽車に乗って大崎の鉄工場に演説に行った時の勇気はもうどうして起こらないのか』と嘆いてゐる。」山口慎一：〈支那の新文学街逍遥〉，《満蒙》第 10 巻第 6 号 (1929 年 6 月)；轉引自《田漢在日本》，頁 388。

65　田漢 1921 年 10 月 22 日日記，《薔薇之路》，頁 57。

66　James L. McClain, *Japan, A Modern History*, p. 383; 中譯本見詹姆斯・L. 麥克萊恩著，王翔、朱慧穎、王瞻瞻譯：《日本史》，頁 360。

67　田漢 1921 年 10 月 12 日 (書中誤重植為 11 日) 日記，《薔薇之路》，頁 14。

上海訪問郁達夫、田漢等人的日本無產階級作家小牧近江（1894-1978）所言，「田君因曾加入可思母俱樂部，所以跟秋田雨雀、佐野袈裟美君他們很熟。」。[68] 可思母俱樂部是日本社會主義同盟的姊妹團體，其本身之名字即顯示了世界主義（cosmopolitanism）的意涵，是由反對日本帝國主義對亞洲侵略政策的日本社會主義者與民本主義者發起，創會宗旨在於「使人類除去國民的憎惡及人種的偏見達本然互助之生活」，[69] 成員為來自日本、韓國和中國，包括堺利彥（1870-1933）、宮崎龍介、大杉榮（1885-1923）、權熙國（?-?）、李大釗等。由上述田漢所參與的眾多跨國家和跨主義的政治組織，可見當時的「帝都東京」在推動國際革命運動方面的重要地位。

回歸歷史現場，可見世界主義和國際主義這兩種現代性在十九至二十世紀的多個不同時空中，均曾有過短暫的交融共存、互不對立矛盾的時期：從大正時代的日本東京，可上溯到其模仿對象拿破崙三世（Napoléon III, 1808-1873）時期的法國巴黎，並下溯到另一東亞大都會民國年間的中國上海。田漢對法國文化的熱衷，以及回國後選擇

68　「田君はコスモ倶楽部にゐたことから、秋田雨雀さんや佐野袈裟美君たちをよく知ってゐる。」引文為筆者自譯，小牧近江：〈田漢君の新映画〉，《都新聞》（1927 年 5 月 17、18、19 日）；轉引自《田漢在日本》，頁 230。

69　松尾尊兊：〈コスモ倶楽部小史〉，《京都橘女子大學研究紀要》第 26 号（2000 年 3 月），頁 54。

在上海長期定居，實際上皆為東京都市經驗的延續。田漢於 1922 年回國的一年後，日本發生關東大地震，空前的災難對東京造成毀滅性的破壞，亦加速了軍國主義的抬頭，田漢遂成為日本歷史上這個短暫的開放時期中罕有的異國經歷者和記錄者。從第二帝國時期的巴黎、到大正時期的東京、到民國時期的上海，當中體現了當時世界上最繁華的三大都市的文化傳播軌跡，加上俄國革命風潮的影響，法、俄、日、中四國之間的複雜關係和共有的世界／國際主義內涵，在田漢身上的體現頗為值得關注，在二十世紀都市文化和世界革命史的研究中亦有待進一步深化。

第二章

印刷媒體、羅曼史與女性理論

同棲十年の良人を捨て、白蓮女史情人の許に走る
東京驛に傳右衛門氏を見送り其儘姿を晦ます

東京《朝日新聞》1921年10月22日的報道標題為「同棲十年の良人を捨てて、白蓮女史情人の許に走る」。田漢1921年10月22日日記《薔薇之路》記載：「《朝日》heading之曰：『白蓮女史捨其同棲十年之良人，到情人那裏去了。』」。

> 當我在東京的某一個時候我真是這麼一個夢想家。我以為人生是這麼甜蜜的。至少我的旅路是這麼滿開這薔薇的。所以當時曾為寫過一種名為日記的小冊子題為《薔薇之路》。我說「名為日記」是因為這二十九天［引者按：應為二十二天］的日記根本不含着甚麼深刻的內心的記錄，大部分都是些當時日本社會的雜報。如白蓮夫人與宮崎龍介底戀愛事件之類。
>
> ——壽昌（田漢）：〈薔薇與荊棘〉，《中央日報．摩登》，1928 年 2 月 2 日，第 3 張第 4 面。

> 諸君！我們為甚麼要發行這本小冊子？我們刊行這本小書的動機，並不是想貢獻諸君一本文藝的娛樂品，做諸君酒餘茶後的消遣。也不是資助諸君一本學理的參考品，做諸君解決疑問的資料。我們乃是提出一個重大而且急迫的社會和道德問題，請求諸君作公開的討論和公開的判決！
>
> 這個問題是甚麼呢？這個問題範圍很大：簡括言之，就是「婚姻問題」［……］。
>
> ——宗白華：〈宗序〉，載田壽昌、宗白華、郭沫若：《三葉集》（上海：亞東圖書館，1920 年），頁 1。

作為大正時期的時代精神，女性解放思潮在當時非常流行，日本社會上發生了多宗轟動一時的戀愛事件，論者亦從西方引進不同派別的女性解放理論以為己用，上述理論與實踐通過報章雜誌的印刷媒體得以廣泛傳播。田漢留日期間出版了與宗白華、郭沫若合著的書信集《三葉集》和日記《薔薇之路》，兩書在當時大受歡迎，曾經多番再版，當中除了記載作家本身的戀愛事跡，亦為上述大正時期的戀愛事件和女性理論留下了珍貴的社會紀錄。這番鋪天蓋地的社會風潮，亦為田漢早期作品中對女性婚戀議題的探討提供了現實和理論根據。通過考察田漢對日本婚戀事件的述評，以及他對國外女性解放理論的引介，本章希望發掘田漢早期劇作的理論來源，並全面地論證日本大正時期的女性解放風氣與思潮如何在現實和理論層面上對田漢的思想和作品造成深刻影響。

本章首先整理田漢對日本大正時期女性事件的記述和評論，接着探討田漢對日本大正時期女性理論之引介、取捨與評價，最後論析田漢的早期劇作與日本大正時期女性理論的關係。藉此，本章希望對田漢的早期創作和思想有更全面的認識，從而提供另一種理解田漢劇作的方法，並使田漢過去罕受注意的生平資料、論著和劇作重新浮出歷史地表和予以解讀，進而強調田漢在劇作家的身份以外，對中國現代早期女性理論的先驅性貢獻。

一、田漢與大正時期日本的「羅曼史」

大正時期的日本發生了不少轟動社會的戀愛事件，令女性解放、戀愛自由的話題和風氣愈趨熾熱。田漢留學期間，適值「大正民主」這段新聞出版業空前發達的時期，報刊輿論在社會上具有強大的力量，報章雜誌亦五花八門，時事政治性的報紙有《朝日新聞》、《讀賣新聞》、《日日新聞》、《時事新報》等，競爭相當激烈；綜合雜誌亦如雨後春筍般湧現，《中央公論》以民主主義主張而傲視同群，《改造》和《解放》則隨着社會主義的興起而次第急進；婦女雜誌亦陸續出版，如《婦人公論》、《女性改造》等，而且它們更能投合知識女性的口味。[1] 大正時期日本發達的新聞業，正為當時的中國留學生提供認識世界的重要窗口，田漢通過對報章雜誌的大量閱讀而對當時日本的

1　周佳榮：《近代日本文化與思想》（香港：商務印書館，1985 年），頁 98、100、109-110。

社會狀況非常熟悉，例如田漢赴日後以十九歲之齡發表的第一篇文章、有關俄國二月革命的長達六千字的文言論文〈俄國今次之革命與貧富問題〉，[2] 便是「由日本的報刊上知道俄國發生了震動世界的大革命」，「開始注意一些社會問題，並搜集報刊上的經濟材料」而寫成。[3] 留日時期的他對日本的社會情況研究甚深，對日本和世界狀況的引介亦往往在時間上領先於同儕。通過田漢此時期的文章，我們可以看見一位中國留學生對日本社會狀況珍貴而豐富的記述，並能從中管窺他對這些事件的接受和評價。

《薔薇之路》是田漢寫於 1921 年 10 月 10 日至 10 月 31 日期間的日記，由於易梅園在一年前遭到湖南軍閥趙恆惕（1880-1971）的暗殺，田漢與表妹兼未婚妻易漱瑜在此時已結褵並遷到月印精舍。由於日記只有短短三星期的記載，歷來論者對此不太關注，僅以此作為田漢生平的補充和佐證資料。然而若仔細閱讀《薔薇之路》的內容，會感覺到與其說它是日記，倒不如說它類近於報告文學，因為當中記錄的重點並非個人生活點滴，而是每天日本報章上報道的要聞軼事。若統計《薔薇之路》所提及的報章，當中包括《日日新聞》、《朝日新聞》、《讀賣新聞》、《時事新報》、《報知新聞》、《國民報》、《日華公論》、《國民新

2　漢兒：〈俄國今次之革命與貧富問題〉，《神州學叢》第 1 期（1917 年 9 月 20 日）；轉引自《田漢全集》第 18 卷，頁 254-274。

3　田漢：〈我所認識的十月革命〉，《戲劇報》第 22 期，1957 年 11 月 26 日；轉引自《田漢全集》第 18 卷，頁 356。

聞》（與前述之《國民報》應為同一報章）和《朝日夕刊》（即前述《朝日新聞》的晚報），此外還提及《改造》、《日本一》和《解放》雜誌，可見田漢對日本報章雜誌涉獵之廣。小谷一郎猜測，「那時的田漢，早上起床後就閱讀數種報紙，恐怕這也是出於易梅園的教導，同時也是他學習日語的方法之一吧」，[4] 實際上田漢對日本報刊的大量閱讀很大可能是受惠於王新命，這位田漢月印精舍時期的室友從辛亥革命爆發以後就選擇投身當時新興的新聞事業，開展其長達四十餘年的報人生涯，從他的自述可知當時他每天看四、五份報紙，包括東京《朝日新聞》、《每日新聞》、《讀賣新聞》、《時事新報》和《報知新聞》，[5] 王新命同時提到當時田漢的經濟狀況拮据，[6] 可以想像田漢閱讀的其中一些報刊很可能來自王新命。儘管田漢大量閱讀日本報章，《薔薇之路》記載的卻非日本的政治要聞，而是在當時社會上引起重大輿論的各種「羅曼史」，至於日記的形式，主要只是為了方便追蹤每天的事態發展。田漢自言平日喜歡看「新聞第三面記事（即社會欄）」，[7]「居東以來，常好觀察日本的社會上的種種相，又以好奇愛美之心，尤好搜集日本歷史上和現代美人才女的逸話，而日本的書報亦好

4　小谷一郎著，小松嵐譯：〈田漢與日本——以在日時的田漢及其與日本作家的交流為中心〉，頁476。

5　王新命：〈月印精舍七弟兄〉，《新聞圈裏四十年》（上），頁218-219。

6　同前註，頁217-218。

7　田漢1921年10月22日日記，《薔薇之路》，頁55。

傳這一類愁紅醉綠的羅曼斯」。[8] 的確，大正時期社會上的婚戀事件較政治事件來得矚目，甚至可說是反映着當時特有的時代精神，因此田漢的閱讀傾向十分符合大正時期的社會氛圍。

歸納《薔薇之路》的內容，其題名本身已暗示了其核心思想：田漢喜以「薔薇」象徵「愛情」或「女性」，[9] 而「薔薇」這個意象本身亦可作正反兩面的詮釋，其「美而多刺」的特質，正如通往圓滿的愛情和蛻變成獨立女性之路可能荊棘滿途，但若能排除萬難，則愛情亦能花繁葉茂，團圓收場，而女性本身的價值亦將得以綻放。從這個角度來看，《薔薇之路》講述的便是日本大正時代的新青年如何排除萬難求取愛情，以及女性如何走向解放獨立的故事，當中雖有悲劇，亦不乏圓滿收場。在《薔薇之路》的第一篇日記中，田漢亦已提綱挈領地暗示了自己對婚戀問題的整個取態和立場：田漢和友人對於戀愛應偏向「靈」還是「肉」作出激烈爭論，田漢的友人主張應偏向「靈」，而田漢自己則是主張「人」的，「因為人是有靈有魂的，同時

8　田漢 1921 年 10 月 19 日日記，《薔薇之路》，頁 45-46。

9　以「薔薇」喻「愛情」之例，可見於田漢的戲劇「處女作」《環珴璘與薔薇》，明顯以環珴璘（小提琴）喻藝術，以薔薇喻愛情。此外，田漢詩作〈秋風裏的白薔薇〉（《江戶之春》組詩之一）的寫作時間與《薔薇之路》重疊（1921 年 10 月 21 日），而當時為田漢和易漱瑜新婚。田漢亦喜以「薔薇」比喻女性，田漢劇作中的女主角便有以白秋英（《咖啡店之一夜》）和白薇（《湖上的悲劇》）為名。

是有血有肉的，不能偏榮靈魂而枯血肉」，[10] 當中暗示了田漢在批評日本社會的戀愛事件時，正是以「靈肉一致」的人性論作出評價，而這與當時流行於日本社會的愛倫・凱「新性道德」論的思想是互相配合的（詳見下節）。在《薔薇之路》裏，田漢記述和評論了多宗在當時日本社會上極為轟動的婚戀事件，本節把這些事件分為「『大正三美人』事件」和「男性戀愛醜聞」兩大類別，並從中分析田漢對有關事件的取態和所受到的影響。

（一）「大正三美人」事件

綜觀整部《薔薇之路》，記載得最為詳細的是三名以美貌著稱的淑女名姝的戀愛史。日記記載田漢在神田的書店買下舊雜誌《日本一》，該期為「美人研究號」，其中有〈懊惱的名花〉一文，講述當時著名的「大正三美人」的軼事，其中「頗多照片，論述亦富興味」，田漢為此看得入迷，忘記下電車而乘到終站。[11] 筆者搜尋相關資料，該文章名為〈（東西社交界の花）悩める名花（武子　燁子　欣子）〉，刊載於大半年前出版的《日本一》雜誌，當中記述了九條武子（1887-1928）、柳原白蓮（1885-1967）和林欣子（1884-1967）三人的事跡（《薔薇之路》中分別

10　田漢 1921 年 10 月 10 日日記，《薔薇之路》，頁 2。

11　田漢 1921 年 10 月 19 日日記，《薔薇之路》，頁 43、46。

稱為「武子夫人」、「白蓮女史」和「日向欣子」）。[12] 田漢在日記中對三人的記載各有詳略，從介紹的先後次序亦可見有別於《日本一》把「日本第一美人」九條武子放在首位，而是把和他有一定淵源和私心更為偏愛的柳原白蓮放到更重要的最後位置，並給予最多篇幅。從田漢的記述可見他對三人的關注重點：儘管三人的故事各有不同，但她們的共通點均為身世顯赫，以及與首任丈夫的關係未能圓滿；從她們的故事中可以看到當時女性衝破家庭和社會道德枷鎖的努力，乃至社會對風行一時的「自由戀愛」和「自由離婚」等議題的看法。

《薔薇之路》中首先是對林欣子的記載。林欣子原稱日向欣子，作為眾議院議員的丈夫日向輝武（1870-1918）因被捲入政治醜聞「大浦事件」而死；而她不到一年即與比自己年輕九年的詩人林柳波（1892-1974）結婚，備受輿論指責。由於林欣子並非「大正三美人」中的重要人物，[13] 田漢對她的生平僅用兩句輕輕帶過：「日向欣子自從日向輝武死了之後，不三月便嫁了一個開藥房姓林Hayashi的。如今她成了林欣子了，暫付之不論。」[14] 此一事件的性質涉及多項元素：女性原來的丈夫是政治人物；

---

12 風草子：〈（東西社交界の花）悩める名花（武子　燁子　欣子）〉，《日本一》第7卷第1期（1921年1月），頁83。

13 部分記載或以九條武子、柳原白蓮和江木欣欣（1877-1930）為「大正三美人」。

14 田漢1921年10月19日日記，《薔薇之路》，頁46。

女性再婚，而且對象較自己年輕。對此，田漢並沒有加以道德批判。

其次是九條武子。九條武子是京都西本願寺被奉為生佛的法主大谷光瑞（1876-1948）伯爵之妹，有「日本第一美人」之稱，以作為才貌兼備的歌人而知名。丈夫九條良致（1886-1940）的家族顯赫，良致的兩名姊姊分別為大谷光瑞之妻（大谷籌子，1882-1911）和大正天皇的皇后（九條節子，即貞明皇后，1884-1951）。九條武子與九條良致男爵新婚未幾即共赴英國留學，一年後武子先行歸國，居本願寺錦華殿十年，而九條男爵在英國另結新歡的傳言則甚囂塵上，但隨着男爵突然歸國，兩人重修舊好。田漢對其事跡有較詳細記載，並隱隱透露對這段婚姻的評價：武子和丈夫九條良致從小喬初嫁的「情愛甚篤」，到共赴英國後「兩人情愛，轉不如前」，到武子先行歸國後「寂寞錦華堂內，捲珠簾而深坐，對秋月而愁吟者，凡十年」，箇中酸楚不足為外人道。雖然田漢總結兩人重歸於好時，寫道「十年幽怨，早化作一天歡喜，當日在船室所撮［攝］之影，九條之抵手誓義，武子之低首含羞，皆與［予］我以很深長的印象」，[15] 但這段華族婚姻畢竟還是予人無限惆悵之感。在田漢另一篇日記的記載中，提及報載一名女子在家中飲大量升汞水自殺，但動機不明，估計受婚姻問題

15　同前註，頁 46-47。

困擾，在其枕邊放有九條武子的歌集，[16] 可見當時社會上出現婚姻問題的女子亦以武子夫人之事聊作自憐。女性既受各種因素限制，無法擺脫婚戀悲劇，唯有透過共同命運作自我安慰。

至於柳原白蓮的軼事，在田漢的記載中佔上極大篇幅，且橫跨多日共約兩星期。[17] 柳原白蓮本名柳原燁子，家世顯赫，父親為柳原前光（1850-1894）伯爵，姑母柳原愛子（1859-1943）為大正天皇（1879-1926）之生母，故白蓮為大正天皇之表妹。她以「白蓮」為筆名發表詩歌，劇本《指鬘外道》曾被譯介到中國，以此受到國人認識，田漢甚至認為如論到日本女性歌人之名最感詩味者，與其說是與謝野晶子（1878-1942），毋寧說是白蓮。田漢在日記中記載，白蓮以伯爵之後的顯赫家世，十六歲時下嫁京都上賀茂出身子爵家的北小路資武（1878-1942），後以「趣味不合」離婚；廿七歲時，其兄接受伊藤傳右衛門（1861-1947）的聘金二萬圓，於是她再下嫁這位比她大近三十年的九州煤炭大王（其子與白蓮僅差四歲），而得「筑紫的女王」（筑紫為九州之古稱）之名。[18] 數日後，田漢記道「《朝日》heading［標題］之曰：『白蓮女史捨其同棲

---

16 田漢 1921 年 10 月 15 日日記（原書誤植為 9 月），《薔薇之路》，頁 28。

17 田漢 1921 年 10 月 19 日、22 日、23 日、24 日、29 日、31 日日記，《薔薇之路》，頁 47-49、55-61、63-68、86-91、101-103。

18 田漢 1921 年 10 月 19 日日記，《薔薇之路》，頁 47。

十年之良人，到情人那裏去了。』」，[19] 據筆者考查，東京《朝日新聞》1921 年 10 月 22 日的報道標題為「同棲十年の良人を捨てて、白蓮女史情人の許に走る」，由此可見田漢對此事的即時和忠實記載。之後白蓮單方面透過律師向報章發表離家宣言，並透過《朝日新聞》向伊藤傳右衛門發出斷絕關係的聲明。

令田漢震驚的是，白蓮的情人竟是宮崎龍介，即支持孫中山（1866-1925）辛亥革命的日本革命家宮崎滔天之子，而當時宮崎龍介為帝國大學法學部生，田漢曾因帝大「新人會」活動而和他有過兩面之緣。柳原白蓮身世顯赫，相反，宮崎龍介並非出身貴胄，父親宮崎滔天雖為中日近代關係史上的著名人物，但畢竟為在野之身，且龍介比白蓮小七歲。柳原白蓮和宮崎龍介因藝術而結緣，白蓮創作的劇本《指鬘外道》發表於宮崎龍介擔任編輯的《解放》雜誌上，兩人由此認識，進而戀愛，據田漢記載，「二人鶼鰈之姿［……］或見其同坐帝國劇場的包廂內，共談藝術」，[20] 可見二人在性情思想上的契合。相比起白蓮原來的丈夫伊藤目不識丁，兩人的婚姻純是建基於金錢和政治利益，使白蓮「對於現在之『生』所懷的懊惱無由發洩」，宮崎龍介卻使她感到正是畢生所求之「自由與真愛

19　田漢 1921 年 10 月 22 日日記，《薔薇之路》，頁 55。

20　同前註，頁 60。

的對象」。[21]

田漢對此事之關心，在於從當時日本民間對此事的反應，可以見出社會的進步程度：「實際白蓮女史事件之價值，不獨事件本身使我添多少詩材，多少教訓，而由此事件所生之各種反響，皆足以藉悉日本社會對於男女問題、社會制度等之思想之傳統與進步焉。」[22] 對其他留學日本的中國學生而言，他們將白蓮視為易卜生《玩偶之家》劇中的娜拉、《海上夫人》（*The Lady from the Sea*, 1888）劇中的愛利達（Ellida）或托爾斯泰（Lev Nikolayevich Tolstoy, 1828-1910）小說中的安娜・卡列尼娜（Anna Karenina），與現代文學中具有自覺與進步意識，爭取個人自由、戀愛幸福的女主角無異，[23] 田漢的摯友、後期創造社的成員李初梨亦自謂對此事的態度為「我為無條件的同情之者」，[24] 這可說是代表當時一般中國留學生的想法，反映當時中國青年人對婚戀問題的立場普遍較為急進。

然而，田漢亦指出在日本輿論當中，對白蓮「無條件贊成者殆極少數」，[25] 他舉了一些較具代表性的意見，例如日本歷史最悠久的女性雜誌《主婦之友》（《主婦の友》）

---

21 同前註，頁 58-60。

22 田漢 1921 年 10 月 31 日日記，《薔薇之路》，頁 102-103。

23 田漢 1921 年 10 月 22 日、29 日日記，《薔薇之路》，頁 56、86。

24 田漢 1921 年 10 月 31 日日記，《薔薇之路》，頁 103。

25 同前註，頁 102。

的創辦者羽仁元子（1873-1957）在《國民新聞》上指白蓮不配與娜拉相比，因在白蓮的歌集中收有數百首詛咒生活之歌，可見她早就承認與伊藤結婚生活之虛偽，卻因貴族之間的名譽和金錢的羈絆隱忍十年，直至有了新愛人才和丈夫訣別；而在分別後非但沒有堂堂正正地向伊藤坦誠請求離別，卻是透過報章發表斷絕關係的聲明，因此羽仁元子嚴苛指責白蓮：「要之，舊女人的缺點，在知虛偽而不即解，見正義而不即為。一面對於現代生活洩其不平，一面仍無可奈何地過去。新女人的缺點，則在對於戀愛濫用自由，這新舊兩種缺點，白蓮氏實兼而有之。」[26] 另外，劇作家三島章道（1897-1965）雖認同白蓮應與伊藤離婚，但亦責怪白蓮沒有堂堂正正地向伊藤提出請求，而是將此事委託他人，不過他將這項闕失歸咎於日本華族小姐所受的非人教育。從以上可見，當時日本社會對白蓮事件的看法，既非迂腐地從舊道德出發指責白蓮與龍介通姦，可見世風日下；亦非盲目激進，一味推崇其行徑是娜拉獨立精神的反映；更非純然感情用事，對白蓮的遭遇表示無限同情；而是以事論事，從不同角度對事件作出理性中肯的分析。因此，田漢最終得出「日本女人的社會觀察，已能由感傷的進於理智」的結論。[27] 通過對比中國和日本對婚戀議題根本不同的態度，田漢更歸納出兩國文化的深層底蘊，認為

26　田漢 1921 年 10 月 29 日日記，《薔薇之路》，頁 88。

27　同前註，頁 88。

「潑剌之氣日遜於中，理智之光中遜於日」，[28] 實是相當精到的觀察。

相比起羽仁元子和三島章道，田漢對白蓮的評價卻顯得更為寬容：

> 雖然無論遲早，燁子畢竟自覺了，畢竟打破她十年來的虛偽的生活了。其打破的方法之巧拙，雖有可論，是亦過渡時代的女人所難免者。無論其前此為娜拉也好，為安那［即安娜・卡列尼娜］也好。她既已入了自覺的第一步，則看她新路的走法如何耳，我則敢偕我的潄潄祝白蓮女史的前途多福。[29]

田漢考慮到白蓮的出身、地位、教育等種種背景因素，以及當時日本社會新舊交替的變遷，而對事件採取更寬容的態度，肯定白蓮對女性獨立和婚戀自主的「自覺」，展現出中、日兩種截然不同的態度以外另一種獨特的思考觀點。田漢明白到，在「理」與「情」、「靈」與「肉」、時代潮流與個人抉擇之間並非二元對立、非此即彼的極端辯證關係，而是選擇了一種較為折衷而近人情的觀點，在這座天秤中努力達致平衡，當中展現了田漢以「人」的全

28　田漢：〈吃了「智果」以後的話〉，《少年世界》第 1 卷第 8 期（1920 年 8 月 1 日），頁 39。

29　田漢 1921 年 10 月 29 日日記，《薔薇之路》，頁 90-91。

貌思考事情的態度。

到了 1927 年 5 月，田漢在王新命編輯的《三民週報》上發表文章〈宮崎龍介及其他〉，回憶和交代了更多他留學日本之時與宮崎龍介的認識經過和印象，以及對白蓮事件的評價。田漢提到自己在 1917 年左右見過宮崎滔天（本名寅藏）夫婦送別與孫中山並稱的革命家黃興（1874-1916，字克強）的次子黃厚端（後名黃一中）回國的情景：

> 我親過宮崎滔天翁的丰采是在東京驛火車站的月台。那時恐怕是民國六七年。克強先生的令嗣厚端君在曉星中學讀書，住在滔天翁家裏，學校裏放了暑假，厚端要回國省親，宮崎家的人便送他上火車。滔天翁之待厚端，真是親如父子骨肉。臨別之時與他的夫人向厚端殷殷致意。我當時也正在送行，看見這位身軀偉岸長髮虬髯，著日本服，携手杖，於慈祥愷悌中還留著慷慨悲歌的面影的老人，便直覺他是中山先生許為「今之俠客」的宮崎寅藏先生。衹可惜匆匆一別，不曾有過與這個暮年的烈士相親。[，] 聽他縱濁酒撥銅琶，高唱落花的機會。後來便聽說他下世了。[30]

30　壽昌：〈宮崎龍介及其他〉，《三民週報》第 7 期（1927 年 5 月 29 日），頁 7。

接著，田漢提到自己認識宮崎龍介是在滔天在世的時候，當時田漢初到東京一兩年，在舅父易梅園指導下研究經濟學，李大釗自北京來信道其囑望之殷，並介紹田漢認識東京帝大教授吉野作造（1878-1933）和帝大新人會的宮崎龍介。田漢自言雖曾見吉野作造數次，但直至居東京第五年（即 1920 年）與該地之社會運動者及自由思想家藝術家等組織可思母俱樂部，當日到會者有堺利彥、石川三四郎（1876-1956）、大山郁夫（1880-1955）及早大諸新人，方第一次見宮崎龍介。第二次見龍介則是北京大學學生康白情（1896-1959）和黃日葵（1898-1930）等人遊日之際又曾一次同席，「但人事匆匆，意見亦不盡同，卒未曾為深談，越一年而有白蓮夫人事件」。[31] 撰寫這篇文章時，距離龍介和白蓮轟動一時的的戀愛事件已近六年，田漢將之與龍介乃父母滔天夫婦的情況互作對比：

> 他的先人滔天翁與前田女士結婚當時，情愛極篤，他的知己先輩皆為滔天憂，以為他或將溺於新婦之愛，意氣消沉不復為世用。［……］滔天翁卒能不為前田女士愛情的俘虜，助我革命先烈以建不世之奇勳，襄興亞之大業，龍介君亦能不為筑紫女王的奴隸，投其較與女王戀愛時更熱烈的情火於無產

31　同前註，頁 7-8。

> 階級運動，而為社會民眾黨的組織部長，也可謂虎父無犬子了。[32]

在此，田漢把戀愛和政治結合並論，反駁過往認為兒女情長消磨英雄氣概、女性誤政等思想，而是反過來指出戀愛能助政治一臂之力，不論是推翻封建王朝的革命，還是新興的無產階級運動皆然，這是後話了。

（二）男性戀愛醜聞

除了「大正三美人」事件外，《薔薇之路》亦記載了多宗具有社會地位的男性因戀愛問題而受輿論指責的新聞，但篇幅甚短。首兩宗均為免職新聞，第一宗是步兵中尉堀江氏因精通俄語被召出征西伯利亞，其間和一名俄國女子發生戀愛，在回國後俄女亦遠道找來，堀江便安排她在咖啡店當女侍，自己常常穿着軍服去看她，因而被陸軍當局以紊亂軍紀為由將他停職。[33] 第二宗是東京帝國大學採礦冶金科助教授後藤氏因發生婚外情而被休職。此人少時家貧無力讀書，被後藤家收為養子，十五歲時和家中孫

32　同前註，頁 8。

33　田漢 1921 年 10 月 11 日日記，《薔薇之路》，頁 5。董健認為此一事件激發了田漢對《咖啡店之一夜》的情節和白秋英此一角色的設計，參見董健：《田漢評傳》（南京：南京大學出版社，2012 年），頁 139。本書第四章亦有對《咖啡店之一夜》的詳細分析。

女結婚，並有一子；後得養母資助升讀大學，因成績優秀被帝國大學聘為助教授，且出國留學，但自此即置養母髮妻於不顧，而與其他女人同居，此事被報章公開後，他即被免職。[34] 第三宗新聞則是《讀賣新聞》記載評論家野村隈畔（1884-1921）拋妻棄女，與一名二十多歲的美女相愛匿居；由於他曾有一次自殺未遂，其友人恐他有情死之虞的事。[35] 現實中，野村隈畔確於 1921 年 11 月 5 日與情人自殺身亡，但因《薔薇之路》只記到白蓮事件暫告一段落的 10 月 31 日，故對此並無交代。

從以上三宗新聞可見，當時的日本社會不但女性面對婚戀問題，男性亦一樣備受困擾；尤其是具備一定社會地位的，倘若面對戀愛問題，最終均無法避免落得身敗名裂的收場，甚至為此受盡壓力而終於自毀。田漢指出這種事在日本並不罕見，例如與第一宗新聞相似的有曾在法國參戰的名飛行家滋野清武男爵（1882-1924）與法國女子周南夫人（Jeanne Aimard, ?-?）的戀愛事件，而與第二宗新聞相似的則有日本物理學界的國寶、首次把愛恩斯坦（Albert Einstein, 1879-1955）相對論介紹到東方的石原純博士（1881-1947）與歌人原阿佐緒女士（1888-1969）的戀愛事件。[36] 除此之外，日本新劇運動的重要參與者——劇作

34 田漢 1921 年 10 月 11 日日記，《薔薇之路》，頁 5-6。

35 田漢 1921 年 10 月 29 日日記，《薔薇之路》，頁 91。

36 田漢 1921 年 10 月 11 日日記，《薔薇之路》，頁 6。

家島村抱月和女演員松井須磨子的「不倫戀」，其性質亦和上述第二宗新聞相似：島村抱月少時家貧無法升學，受島村家賞識為其支付學費，後和島村家的親戚結婚並成為島村的養子，兩人育有四男三女，抱月成為早稻田大學教授，卻與松井須磨子發生戀愛，並因此從大學免職。田漢在日記中亦有記載兩人最後的結局：島村抱月在 1918 年 11 月 5 日驟逝（因感染西班牙型流行性感冒），次年春夜（1919 年 1 月 5 日）松井須磨子在藝術座的事務所自縊殉情；[37] 他們的戀愛事跡和戲劇事業對田漢的早期戲劇有深遠影響（詳見第三章）。從上述事件可見，當時日本社會的婚姻狀況極為專制，即使是男性亦可能因家庭、階級、社會地位等種種限制，無權選擇自己的婚姻對象，亦無權自由離婚。由此可見，在當時的日本社會中，不論男女均為封建婚姻制度的犧牲者；而要解決這個問題，並不能只靠女性的努力，男性本身亦有一定責任，否則倒過來說亦會身受其害。女性解放理論在大正時代的流行，原因正是這個議題牽繫着整個社會青年男女的終身幸福，故成為當時的時代標記。

通過對《薔薇之路》中所提及的日本社會婚戀事件作重新梳理和分析，可見田漢曾對日本的社會現況和反應有過細緻深入的研究，因而對婚戀問題有較為先進，亦有較

37　田漢 1921 年 10 月 30 日日記，《薔薇之路》，頁 96-97。

為實際和符合人情的看法，展現出較為立體和複雜的思考和立場。在不同場合中，田漢均努力代入不同人物自身的特殊處境，反映了作為劇作家對社會問題的思考方式，表現在田漢的劇作中，其主人公有時會在「自由戀愛」的時代碑前採取妥協或質疑的態度，顯示出田漢對新舊交替時代下的人物表示更大的體諒與包容，試圖從不同角度考驗這個社會命題，這點會在本章第三節再作文本分析。

二、田漢對大正時期女性理論的引介與接受

通過上一節對田漢留日時期的日記《薔薇之路》的梳理和分析，我們可發現自由戀愛和女性解放在大正時期的日本已形成一股非常盛行的社會風氣，而當時的田漢深受這種社會氛圍的感染。除了當時發生多宗轟動一時的社會事件外，西方傳入的女性理論亦對大正時期的日本有深刻的影響，引起了知識分子之間的研究和討論。田漢曾以轉譯和評論的方式引介這些理論，儘管因文章數量不算多而未受到充分注意，實際上不少論述均在中國現代婦女史上有着先驅性的意義。

《三葉集》是田漢（書中署原名田壽昌）、宗白華、郭沫若於 1920 年初來往的書信集，是研究這三位作家早期思想和創作的重要資料，田漢因參與校對《少年中國》創刊號而與宗白華認識，[38] 宗白華因接替《時事新報・學燈》

38　陳明遠：〈田漢和少年中國學會〉，《新文學史料》1985 年第 1 期，頁 139。

主編而認識郭沫若，之後再介紹郭沫若、田漢兩人認識。[39]《三葉集》甫推出即大受歡迎，自上海亞東圖書館 1920 年 5 月印行初版，到 1941 年 5 月已印至十五版，箇中原因正是此書深能回應當時青年所面對和關注的問題。宗白華在序言中歸納全書內容，認為此書的重要性在於「提出一個重大而且急迫的社會和道德問題」：

> 這個問題範圍很大：簡括而之，就是「婚姻問題」；分開言之，就是：（一）自由戀愛問題；（二）父母代定婚姻制問題；（三）在這父母代定婚姻制下底自由戀愛問題；（四）從這父母代定婚姻制和自由戀愛兩種衝突產生的惡果，誰其負責的問題。[40]

事實上，三人在書信中所討論的內容還包括歌德研究、新詩和話劇等，但其討論焦點亦確實離不開「婚姻問題」，而三人中又以田漢的論述最為鞭闢入裏。田漢並在《三葉集》中首次明確提出要投身女性問題研究和創作的宣言：「關於這個問題，我已經決意把全精力的十分之四來研究他，以後擬擔任《太平洋》"The Pacific Ocean"的女子問題研究，在《少年中國》上還想做一篇〈戀愛生活

39　陳明遠記：〈宗白華談田漢〉，《新文學史料》1983 年第 4 期，頁 80。

40　宗白華：〈宗序〉，載田壽昌、宗白華、郭沫若：《三葉集》（上海：亞東圖書館，1920 年），頁 1。

論〉。還擬把這個問題做題材，做一篇劇」，[41] 從中可見田漢對女性議題的野心，既有批評文論，亦有戲劇創作。《三葉集》中，田漢侃侃而談各種問題，除了順手拈來當時日本女性雜誌的內容，如在回覆郭沫若對於自身婚姻的自白和懺悔時即提到，當時日本重要的女性論者青柳有美（1873-1945）在其所創辦的雜誌《女之世界》「戀愛軼聞號」上發表的〈天才之戀〉一文中，舉出「早熟」、「狂熱」、「變幻」、「多情」、「華美」為天才戀愛的五特徵，[42] 又列舉西方女性運動思想家的言論、各種西方現代劇中的女性婚戀題材等，寫完後自己亦發現「一數字數已上了十八頁，已經算是一篇談近代劇與戀愛問題、結婚問題的小論文了」，[43] 從中可見當時的田漢對婚姻和女性問題已有相當深入的探究。

田漢是少年中國學會的會員，留日期間曾在其刊物上發表過不少重要文章。少年中國學會對當時的各種新思潮都有積極回應，對女性問題亦不例外，在《少年中國》和《少年世界》兩份會刊均曾發行過「婦女號」特輯。[44] 田漢在兩份刊物上發表過三篇專論女性問題的文章，包括〈祕密戀愛與公開戀愛〉、〈第四階級的婦人運動〉和〈吃了

41　田漢 1920 年 2 月 18 日致郭沫若函，《三葉集》，頁 63。

42　同前註，頁 60。

43　田漢 1920 年 2 月 29 日致郭沫若函，《三葉集》，頁 105。

44　《少年中國》第 1 卷第 4 期（1919 年 10 月）為「婦女號」，《少年世界》第 1 卷第 7 期及 8 期（1920 年 7 月及 8 月）為「婦女號」特刊。

「智果」以後的話〉，後兩篇更是分別為上述兩份刊物之「婦女號」而寫。[45] 通過梳理三篇文章的脈絡，可以看到田漢如何作為女性理論引介的前驅，以及其研究如何逐漸深入，形成個人的獨特看法。

〈祕密戀愛與公開戀愛〉是田漢發表的首篇女性文論，介紹瑞典婦女運動家愛倫．凱（文中譯為「依綸．克怡」）的「新性道德」論。這篇文論可能是中國首篇提及愛倫．凱及其理論的文章，過往論者指出曾參與《婦女雜誌》編務並在刊物上發表大量女性文論的茅盾（1896-1981）是首位提到愛倫．凱的名字的人物，該篇文章為〈男女社交公開問題管見〉，[46] 而田漢這篇同樣環繞戀愛公開問題的文章，實際上卻要比這篇文章的發表還要早上半年。田漢自言是從本間久雄（1886-1981）的〈性的道德之新傾向〉一文認識到愛倫．凱的戀愛論和結婚論，筆者考證田漢指的是本間久雄《現代の婦人問題》的第一章〈性的道徳の新

---

45 （一）田漢：〈祕密戀愛與公開戀愛〉，《少年中國》第 1 卷第 2 期（1919 年 8 月 15 日），頁 33-35。（二）田漢：〈第四階級的婦人運動〉，《少年中國》第 1 卷第 4 期「婦女號」（1919 年 10 月 15 日），頁 28-29。（三）田漢：〈吃了「智果」以後的話〉，《少年世界》第 1 卷第 8 期「婦女號」（1920 年 8 月 1 日），頁 1-46。

46 根據江勇振的研究，茅盾是首位提到愛倫．凱的中國人物（"Mao Dun was the first to have mentioned Key by name."），該篇文章為以「雁冰」為名發表的〈男女社交公開問題管見〉，《婦女雜誌》第 6 卷第 2 期（1920 年 2 月 5 日），頁 3-4。參見 Yung-chen Chiang, "Womanhood, Motherhood and Biology: The Early Phases of *The Ladies' Journal*, 1915-25," in *Translating Feminisms in China: A Special Issue of Gender & History*, ed. Dorothy Ko and Wang Zheng (Oxford: Blackwell Publishing Limited, 2007), p. 86.

傾向〉。[47] 本間久雄是日本女性理論學者中介紹愛倫·凱之最重要者，通過對比可以發現〈祕密戀愛與公開戀愛〉中間介紹愛倫·凱「新性道德」論的部分正是翻譯自〈性的道德之新傾向〉的第二節前半部，而此文的全文實際上要到至少一年後才被陳望道和章錫琛翻譯到中國，[48] 由此可見田漢在引介女性理論方面的前驅性。

本間久雄〈性的道德之新傾向〉一文集中闡述愛倫·凱「自由離婚」的主張，但田漢僅翻譯了文中鼓吹「新性道德」、反對形式主義婚姻的部分，而把自由離婚的話題擱置一旁，換成自由戀愛的話題，把原先用作探討「結婚以後」的理論換成探討「結婚之前」的問題。〈祕密戀愛與公開戀愛〉集中闡述愛倫·凱提倡的「新性道德」論，或稱為「戀愛神聖論」，其內容可簡單歸納為以下兩則：

> 無論何種結婚，若有戀愛，即為道德。雖經法律上之手續之結婚，若無戀愛，即為不道德。[49]

> 不論曾正式結婚與否，父母對於所生子女，不

47　本間久雄：〈第一章　性的道徳の新傾向〉，《現代の婦人問題》（東京：天佑社，1919 年），頁 1-29。

48　可參考以下兩種中譯本：（一）本間久雄著，佛突（陳望道）譯：〈性的道德底新趨向〉，《民國日報》第 1618-1920 號「覺悟」，1920 年 8 月 1 日至 3 日。（二）本間久雄著，瑟廬（章錫琛）譯：〈性的道德底新傾向〉，《婦女雜誌》第 6 卷第 11 期（1920 年 11 月 5 日），頁 1-10。

49　田漢：〈祕密戀愛與公開戀愛〉，頁 34。

> 負責任者（如棄私生子），常為罪惡。為父與母者，把持其責任時常為神聖。[50]

田漢主要介紹愛倫・凱在戀愛和婚姻方面對於兩性和兩代之間的看法，「新性道德」論並不以法律形式為標準，而是以戀愛作為核心價值，判斷其是否道德。田漢指出，愛倫・凱認為這樣可達致種族改良和社會幸福的目的，因她深信由戀愛所生的下一代較不由戀愛所生的質素為高；而戀愛之男女得到個人幸福，即構成社會之幸福。由此，田漢嘗試從社會的整體福祉着手，強調個人戀愛自由的重要。

此外，田漢介紹愛倫・凱的「新性道德」論，主要目的是為了引申到「祕密戀愛與公開戀愛」的話題。田漢認為，歷史上之所以發生種種戀愛悲劇，社會對婚姻的看法着重形式而非戀愛，令「性道德」的中心移到勢力、金錢、義務之上，固然是捨本逐末。然而，倘若戀愛中的雙方將對於對方的愛意祕而不宣，則同樣未將戀愛視為核心價值，自己倒成了個人悲劇的元凶，這比家庭壓力之下的形式主義婚姻更令人扼腕嘆息。由於沒有向對方、父母或社會確認戀愛關係，遂使第三者有機可乘，導致掠奪婚（marriage by capture）、購買婚（marriage by purchase）、服役婚（marriage by service）等悲劇出現。結果，青年男女只能選擇接受或逃避，倘若選擇逃避（如

50　同前註。

私奔），便「不能不用祕密的手段，滿足他的戀愛本能（love impulse）。又用這種祕密手段，產出種種罪惡」。由此，田漢帶出對婚姻問題的另一種看法：他並不把形式主義的婚姻完全歸咎於有權有勢、橫刀奪愛的第三者，而是認為沒有履行本身戀愛權利的男女雙方亦需負上責任。故此，他在文末主張「公開戀愛」，當兩性間的戀愛關係確認後，便應「昭告天下，咸使知聞」，滿足人類與生俱來的戀愛之權利，達致合意婚（marriage by consent）的勝利。從中可見田漢對外國理論進入本國後適切性問題的考慮：中國傳統家庭對子女婚姻擁有無上的支配權力，故當務之急是解決「強迫婚姻」的問題，而問題的關鍵正在於青年男女是否自覺到個人在戀愛和婚姻中所負的權利和責任。至於自由離婚問題，由於在中國社會內甚至比自由戀愛更加激進，難以被推行和接受，故田漢捨棄對相關問題的探討。

〈第四階級的婦人運動〉發表於〈祕密戀愛與公開戀愛〉的兩個月後。此文儘管簡短，卻是五四時期首先介紹社會主義女性理論和運動的重要文章，一直被視為五四時期婦女解放理論的代表作。[51] 此外，文章在當時獲得熟悉

51　如論者指出，「『五四』運動後，一些先進的知識分子在談論婦女解放時，把目光從『第三階級』移向了『第四階級』，即把廣大勞動婦女放到重要位置上來」，其中便是以〈第四階級的婦人運動〉作為此系列文章最先的代表，參見呂美頤、鄭永福：《中國婦女運動（1840-1921）》（鄭州：河南人民出版社，1990 年），頁 366-367。另外，〈第四階級的婦人運動〉被收進有關五四時期的婦女問題資料彙編中，可見其代表性，參見中華全國婦女聯合會婦女運動理事研究室：《五四時期婦女問題文選》（北京：三聯書店，1981 年），頁 32-34。

女性文論的茅盾高度評價：「田漢君的〈第四階級的婦人運動〉我看去都是切切實實的東西，不和專罵一回舊禮法舊制度的相同。」[52] 文中，田漢把婦女運動分為「君主階級」、「貴族階級」、「中產階級」和「勞動階級」四層，首先指出前三者均曾在歷史上發生，但都只涉及政治和教育方面的「機會均等」，爭取女性和男性一樣享有參政和受到大學教育的權利，卻沒有反思女性的地位為何在最初即屈從於男性之下，故只是「反射」而非「自覺」的作用。由此，田漢引出所謂「第四階級的婦人運動」，認為這才是對女性原始地位之失墜有所自覺、真正徹底的改革論。文中歸納過去女性地位失墜的原因為兩點：「（一）由於不能為人生必要物之直接生產者；（二）由於女子不能受人生應受之訓練，故無此種自覺心」，[53] 故女性必須透過做工和求學重新奪回本身地位；然而，當現代女性奪回這兩項權力後，卻因生活之壓迫與資本家之利用，導致勞銀低廉、工時過長的問題。因此，為了實現真正的解放，女性必須爭取「勞動條件之改良」，以達致「勤工儉學」的目的。從這個角度來看，第四階級的女性反與第三階級的女性利害相左，而應與第四階級的男性結盟。在這篇文章中，田漢從經濟學的角度，站在不同女性的處境去反思她

52 雁冰：〈讀《少年中國》婦女號〉，《婦女雜誌》第 6 卷第 1 期（1920 年 1 月 5 日），頁 2。

53 田漢：〈第四階級的婦人運動〉，頁 28-29。

們所面對的問題，並正面闡釋了男性在女性運動中的角色，對五四時期社會主義女性理論的開展有重要意義。文末並引用了當時日本的社會主義女性論者山川菊榮（1890-1980）同年出版的《婦人之勝利》中的一段文字作為總結，[54] 可見田漢對當時日本的女性解放理論的緊貼程度，並且已開始對日本的社會主義女性理論產生興趣。由此可見，田漢的左翼傾向早在 1919 年（五四新文化運動發生同年）留學日本的時期便已在他對女性議題的研究上初露端倪。

〈吃了「智果」以後的話〉發表於前述兩篇文章的後一年，是應《少年世界》之邀約而寫的，[55] 是一篇詳細介紹西方及日本女性理論的長文，當中可見田漢對女性理論的大量涉獵和閱讀，觀點深入而新穎。全文視野開闊，從宗教和經濟兩方面梳理西方的女性史。全文分為兩部分，第一部分「夏娃與娜拉」，以西方在宗教和文學上的兩位著名女性人物為題，探討「女子屈服之由來」，文中以彌爾敦（John Milton, 1608-1674）的《失樂園》（*Paradise Lost*, 1667）與易卜生的《玩偶之家》兩部外國文學作品為例，指出自古以來女性如何受到宗教和經濟理由的壓制。

值得注意的是此文的第二部分「梅麗與愛倫」，所指分別為英國女作家瑪麗・沃斯通克拉夫特（Mary Wollstonecraft，1759-1797，文中譯為「梅麗・吳兒絲統

54　山川菊栄：《婦人の勝利》（東京：日本評論社，1919 年）。

55　董健：《田漢評傳》，頁 73。

克拉夫特」）和瑞典婦女運動家愛倫・凱（文中譯為「愛倫・凱儀」）。此部分從整部西方經濟史出發，大談女性自古受到壓迫的由來：農業時代，由於主要的生產事業被男性侵佔，女性遂失去經濟獨立，維持生活只有「賣力」和「賣淫」兩途；到了工業革命之前的手工業時代，女性即使胼手胝足地「賣力」為活，亦僅得自給，造就出無異於買賣結婚的婚姻制度，和「賣淫」相比，僅是「永久」和「一時」之別，自然亦談不上有戀愛成分在內，女性不但被剝奪擇偶權利，更必須對丈夫絕對忠貞，由於女性生活的壓迫和男子肉樂的貪求，更衍生出娼妓制度；中世紀同業工會制度成立後，女性更難以插足勞動市場，只能經營家庭自給的經濟生活，漸漸養成因循怯懦、不思振作的「第二天性」，淪為男性的奴隸與玩物（doll）。從女性受到壓迫到女性運動的發端，契機在於十八世紀工業革命後。由於整個社會從家庭經濟轉變為國民經濟，女性的家事減少，且可幫助丈夫減輕經濟負擔，乃逐漸投身勞動市場；而盧梭（Jean-Jacques Rousseau, 1712-1778）等個人主義的新思想亦開始大興，女權運動遂由此開展。由於十八世紀女性運動的主要內容是爭取女性於教育、職業、政治、社交各方面享有「機會均等」（equal chance），故又稱「女權運動」，代表言論為英國女作家瑪麗・沃斯通克拉夫特及其著作《女權辯護論》（*A Vindication of the Rights of Woman*, 1792）。迄至十九世紀，女性在職業上雖逐漸享有機會均等，但勞動條件卻較男性為差。為了扭轉這種情況，遂出現以瑞典婦女運動家愛倫・凱為首的「母性保護論」。「母性保護論」出自愛倫・凱的代表作《生命線》（*Lifslinjer*, 1903-1906）中「母性之權利」一章，其思想可說是來自舊日的賢妻良母主義，並受「女性解放論」的洗禮而成，認為「母心」（Motherliness）為女性的精髓，兒童的教育是母親的天職，主張母親享有年金之權利和強迫施行母性教育，以復興家庭，並批評現代女性因執着職業而捨棄家庭，才造成“hetaira”（利用美色獲取財富或社會地位的女人）這種文明病的出現。

以上兩種女性論雖來自不同時代及社會背景，卻因同時受到大正時期日本的大量譯介而進入田漢的視野。如田漢所指，當時日本著名的女性論者，主張「經濟的獨立」的與謝野晶子，其系統乃出自瑪麗・沃斯通克拉夫特；而主張「母性保護」的平塚明子（即後來的平塚雷鳥）則私淑愛倫・凱。田漢在此再次引用當時日本另一著名女性論者山川菊榮的言論，指出以上兩種女性論都有其缺陷。[56] 山川菊榮指出，「女權運動」與「母性運動」都是應時代而生的，「和其他社會運動一般，都不失為時代精神的反映」。[57]「女權運動」順應資本主義勃興所起的社會變化而生，但其本質「並不是要求全女子乃至全人類的真正解

56　有關山川菊榮批評與謝野晶子和平塚雷鳥的文章，可見山川菊栄：〈母性保護と経済的独立——与謝野、平塚二氏の論争——〉，《婦人公論》1918年9月号，轉引自鈴木裕子編：《山川菊栄評論集》（東京：岩波文庫，1990年），頁61-83。

57　田漢：〈吃了「智果」以後的話〉，頁36。

放，而是要求以暴后來易暴君」，[58] 其極致只是要求社會容許女政客、女子資本家、女子督軍等的存在。然而，女性受到壓制的問題核心是處於上層的女工場主和下層的女工本身就存在着階級對立和利害衝突，女資本家、女議員出現後，亦不過各自代表所屬階級、政黨的利益，故此「女權運動」無助於解決受壓者的問題，甚至可能令情況變本加厲。至於「母權運動」，山川菊榮認為不過是看問題的角度不同，相對於「女權運動」主張智力發展和認同自由競爭說，「母權運動」則尊重女性感情的生活、憂慮自由競爭的結果和反對資本主義精神而對女性加以保護，但對女性慘況的根本原因，「不思根本鏟除，徒孜孜為部分的救濟」。[59] 山川菊榮總結兩種女性運動的問題，「女權運動」偏重女性的勞動權，「母權運動」則偏重女性的生活權，但事實是兩者同樣重要，不能偏廢。此外，從田漢的引文亦可見山川菊榮認為要解決女性問題不能單從女性的角度出發，而是要「超出年齡與男女之別，把一切人類從資本制度救濟出來」，[60] 這樣才能真正徹底地改革社會根本。不過，山川菊榮的女性理論雖一石二鳥地「直接攻擊與謝野與平塚的卑近而間接攻擊梅麗與愛倫的妥協」，[61] 但她最終

58　同前註，頁 37。

59　同前註。

60　同前註。

61　同前註，頁 39。

亦無法提出切實可行的解決方案。

在文章最後，田漢借用德國社會主義者倍倍爾（August Bebel, 1840-1913，文中譯為「伯倍兒」）的理論嘗試解答以上問題。田漢引用倍倍爾《婦人論》的多段文字，當中可見這名女性論者將女性問題與勞動問題相提並論。倍倍爾認為，若維持當前的社會和政治制度，女性問題就和勞動問題一樣，絕對無法解決。對於女性和勞動者來說，「壓制」是兩者的共同命運，「經濟的階級」是兩者的共同敵人，因此兩者在本質上同樣無異於古時的奴隸，但女性較勞動者更缺乏這種自覺。唯其當女性具備這種自覺，女性運動的本質才會「由妥協變為徹底，由局部變為共通」。[62] 由此，田漢展望「二十世紀以後的女子運動，是男女攜手的勞動運動，是社會主義的女子運動」。[63] 當男女都有生存權、勞動權，自由的基礎得以鞏固，才能談自由的戀愛，社會的保障使個體和全體之間得到微妙的調和。

從以上對田漢留日期間發表的三篇女性文論的分析，可見田漢對日本大正時期的女性理論研究的推展。從最早的一篇〈祕密戀愛與公開戀愛〉，可見他對當時風行日本的瑞典女性運動家愛倫・凱的思想已有接觸，對其以戀愛為中心的「新性道德」表示認同。兩個月後發表的〈第四階級的婦人運動〉，思想立場卻傾向社會主義的女性運

62　同前註，頁 42。

63　同前註，頁 44。

動，並引用日本社會主義女性運動家山川菊榮的話來肯定此運動在當世的價值。約一年後發表的〈吃了「智果」以後的話〉，則可見其對當時流行於日本的西方和本土女性理論有更廣泛的接觸：西方理論家方面，除瑪麗·沃斯通克拉夫特、愛倫·凱和倍倍爾外，田漢還提及當時一些重要的理論家，包括與瑪麗·沃斯通克拉夫特同樣主張「女子解放說」的美國婦運界領袖吉爾曼夫人（Charlotte Perkins Gilman, 1860-1935）、與愛倫·凱的思想同樣近於賢妻良母主義的美國女記者達伯兒女士（Ida Minerva Tarbell, 1857-1944）、英國小說家威爾士（H. G. Wells, 1866-1946）和沙利比博士（Dr. Caleb Williams Saleeby, 1878-1940），以及英國哲學家羅素（Bertrand Russell, 1872-1970）；日本理論家方面，除山川菊榮、與謝野晶子、平塚雷鳥外，文中亦提到當時著名的女性論者山田和歌（1879-1957）、西川文子（1882-1960）、伊藤野枝（1895-1923），且有關注女性問題的男性論者如本間久雄，以及基督教社會運動家賀川豐彥（1880-1960）等。董健認為留日時期的田漢思想極為駁雜，其中便提到「在婦女解放問題的研究中，他既援引資產階級女權主義思想家的著作，又援引社會主義婦女運動領袖的著作」。[64] 從三篇文章的比較，可見田漢對當時外國和日本的女性理論之涉

64 董健：《田漢評傳》，頁 82。

獵愈見寬廣，而其中最重要的三個系統分別出自主張「女權運動」的瑪麗．沃斯通克拉夫特、主張「母性保護運動」的愛倫．凱和平塚雷鳥，以及主張女性運動與勞動運動結合的倍倍爾和山川菊榮。

田漢在評價中國社會的戀愛事件時，亦往往援引上述女性理論來闡述自己的看法，從中可體現田漢對以上三個系統的取捨及評價。田漢最先接觸和引介愛倫．凱的女性理論，雖不認同其自由離婚與賢妻良母主義的思想，卻經常引用其「新性道德」論作為衡量戀愛是否符合道德倫理的標準。《三葉集》是田漢和郭沫若友誼開展的見證，郭沫若在信中談及自己的婚姻，早年在父母的安排下完婚，遠渡重洋後卻與日本女子安娜（佐藤富子，1894-1995）同居，更育有一名兒子，為此感到道德包袱的重壓。[65] 田漢的回信中既沒有以激進態度將批評對象由郭沫若轉向舊道德，亦沒有感情用事一味為朋友抱不平以表示安慰，而是借助當時流行於日本的女性理論的觀點，為郭沫若的做法提出理據：

> 瑞典女流思想家 Ellen Key 的自由離婚論，說到這件事，非常透徹，她是主張「靈肉一致的結婚」的。她以為精神的要求與感覺的要求是不能分離的，既反對官能主義的「自由戀愛」Free love，又

65　郭沫若 1920 年 2 月 15 日致田漢函，《三葉集》，頁 36-38、40-43。

反對禁欲主義的「清純戀愛」Pure love 而歸結到以戀愛之有無，判結婚之道德不道德。[66]

平塚雷鳥女士答覆《淑女畫報》結婚改善之簡最明快得當，她說：「我反對從來的媒妁，見合結婚，我以為男女的戀愛成了要永為共同生活之欲望的時候，便是結婚。所以甚麼結納哪，結婚式哪，不認為有何必要，然而結婚有報告社會的必要，那麼引一個披露式也好，或用郵片通知一下也沒甚不好。只有新婚旅行嗎，真是一件好事啊！」[67]

中國有所謂「無媒苟合」的說法，但田漢以愛倫・凱及其日本的私淑者平塚雷鳥的說法，反對「媒妁」、「父母之命」和婚姻手續等形式主義，肯定戀愛在婚姻中的核心價值。對於郭沫若未婚生子，田漢再引用愛倫・凱的說法，指出生兒育女的道德判斷，並不在於父母是否已經結婚，而是父母能否肩負養育重任：

譬如你們現在的生活，本是由真愛情的結合由運命之神的魔手 love 所左右的，已與不以愛為基礎的結婚不同，那麼依 Ellen Key 的意見，你們的婚姻

66 田漢 1920 年 2 月 18 日致郭沫若函，《三葉集》，頁 62。

67 同前註，頁 62-63。

> 無所謂罪惡，況且已經有了藝術品 a work of art，那麼正好重述 Ellen Key 的話，為父母者無論其曾正式結婚與否，對於所生兒女負責任者恆為神聖，放棄責任者恆為罪惡，此後你之為罪惡與否視你的對和生的如何了！[68]

從以上可見，不論是對結婚還是生育問題的闡釋，愛倫・凱都強調男女雙方在當中的責任，故此愛倫・凱強調她所提倡的「戀愛之自由」（love's freedom）和被許多人誤解濫用的「自由戀愛」（free love）之間的嚴格區別。愛倫・凱提倡自由和責任兼具的戀愛，主張「以有價值的戀愛的名義去行意志的自由」，鼓吹靈肉一致的婚姻，背後蘊含着更深層次的道德倫理與人生觀，這與「自由戀愛」偏重性欲、肉體，實際上是美化性的放縱大相逕庭。[69] 在田漢的文章中，亦有對兩者分別之強調：

> ［……］同時要固自由的社會之基，當然要自由的戀愛。戀愛既然是為社會的由自由的戀愛（注意！莫與普通所謂「自由戀愛」相混）［……］[70]

68　田漢 1920 年 2 月 29 日致郭沫若函，《三葉集》，頁 95-96。

69　可參考愛倫・凱〈戀愛的自由〉及本間久雄〈性的道德底新趨向〉。兩文之中譯均收於陳望道：《戀愛　婚姻　女權——陳望道婦女問題論集》（上海：復旦大學出版社，2010 年），頁 358-367、313-325。

70　田漢：〈吃了「智果」以後的話〉，頁 44。

可見田漢亦清楚區分愛倫・凱所主張的是「戀愛之自由」而非「自由戀愛」，認同在婚戀自由的問題上需同時兼顧雙方的責任。

另外，田漢亦考慮到外國理論在進入本國後會遭遇到不同的社會環境，故需因此稍作取捨，他對自由離婚的取態有所保留便是一例。除此之外，從對整體女性理論的接受情況而言，田漢是從歷史進化論的觀點，站在中國的立場而對來自不同歷史背景的女性理論有所取捨。女權論、母性論和社會主義女性運動雖然同樣在大正時代進入論者的視野，但其本身份屬歐洲十八、十九和二十世紀的女性運動，其演變歷程實體現了後來者對先存者的反撥和淘汰。田漢認為當中體現了女性身份的進步，從「家庭的女子」到「自己的女子」、到「國家的女子」、再到「社會的女子」，「女性」此一「個體」終與社會「全體」得到一種微妙的調和。[71] 基於這種歷史進化論，田漢不但質疑女權運動未能從根本上解決女性問題，並斷言在當時女權論佔主導的中國，毋須追隨母性保護論，而應學習更為進步的社會主義女性理論。[72] 反映在田漢的早期劇作中，則展現為對愛倫・凱的「新性道德」論和社會主義女性運動的認同和借鑑，以及對女權運動的批評，下節將對此作詳細的文本分析。

71 同前註，頁 43-44。

72 同前註，頁 38。

三、田漢早期劇作與女性理論的關係

通過以上兩節的整理和分析，可見日本大正時期的女性事件和理論蔚成風氣，而田漢曾對此作過細緻深入的研究和評論，這既為五四時期的女性解放思潮帶來「他山之石」的推動作用，具有先驅性的意義，同時「女性」和「戀愛」本身也成為了田漢早期劇作中的重要母題。從田漢對日本大正時期女性事件的批評，可見田漢對婚戀問題有較為符合人情的看法；而從田漢對大正時期女性理論的引介和接受，則可見田漢傾向於愛倫・凱的「新性道德」論，以及社會主義女性理論，而對女權論有所保留。本節建基於以上田漢的思想背景，以此作為另一種分析方法，重新細讀田漢的早期劇作。

（一）對愛倫・凱「新性道德」論的借鑑

田漢早期劇作的主題，十之八九與婚戀問題有關，當中可輕易看見作者鼓吹戀愛自由，反對形式主義婚姻的看法，這種看法正是來自愛倫·凱的「新性道德」論。從「處女作」《環珴璘與薔薇》，到「出世作」《咖啡店之一夜》，以至南國社時期的一系列作品，當中大部分均以男女雙方「戀愛之後結婚之前」的階段作為劇本的舞台，刻劃他們對自由婚姻的爭取過程。

從「處女作」《環珴璘與薔薇》開始，[73] 田漢已表露出對愛倫·凱「新性道德」論的認同。劇中「歌女與琴師」（此劇原名）柳翠和秦信芳的「琴瑟和諧」，反映二人的戀愛乃建基於心靈契合。柳秦二人本因「祕密戀愛」，不願向對方透露愛意，險些釀成柳翠當李簡齋小老婆、秦信芳自殺的悲劇，幸得李簡齋深明大義，舉家上下暗中協調和資助，才使結局轉悲為喜，可說是從反面闡釋了「公開戀愛」的重要性。此劇反對柳翠因金錢理由而當李簡齋的小老婆的形式主義婚姻，謳歌秦柳二人情投意合的愛情，在內容模式上仍留有中國傳統小說戲曲中「才子佳人」的痕跡，而以西方話劇形式裝載此一主題，或者可以理解為田漢希望觀眾借助這種文化上較為接近的內容模式去理解和接受先進的西方女性理論。

到了第二部劇作《靈光》，[74] 田漢對於如何取消形式主

73　田漢：《環珴璘與薔薇》，《少年中國》第 2 卷第 5 期（1920 年 11 月 15 日），頁 42-62；第 6 期（1920 年 12 月 15 日），頁 33-54。

74　田漢：《靈光》，《太平洋》第 2 卷第 9 期（1921 年 1 月），頁 1-28。

義婚姻的問題有較為深入的探討，劇中男主角張德芬自幼即由父親為他訂下婚約，但如今張德芬和婚約對象朱秋屏均已各有戀人（張德芬的戀人為顧梅儷），此劇的主線之一正是講述顧梅儷、張德芬和朱秋屏之間的所謂「三角戀愛」。[75] 按照愛倫・凱的理論，張、顧、朱三人應各從其心之所是，反對家族締結的形式主義婚姻。雖然愛倫・凱把「自由戀愛」和「戀愛自由」兩個概念分得很清楚，但愛倫・凱所強調的責任仍僅限於戀愛雙方；然而到了田漢筆下，則多了對中國傳統家庭文化和社會現實的考慮，認為戀愛當中的責任並不限於對戀愛對象的忠貞，還包括雙方家族的感受，以及女性的社會名譽。故此，《靈光》中的張德芬選擇首先說服父親取消婚約，才和顧梅儷結婚。雖然這項任務並不容易，但若略去此一環節，則非但同時有損顧、朱二女的聲譽，造成對各人的傷害，往後的婚姻之路亦勢將荊棘滿途。在張德芬和朱秋屏的不斷爭取之下，兩人終能成功解除婚約，張德芬得以與顧梅儷相知相守，從中可見田漢是以較為現實和圓融的態度去接受愛倫・凱的女性理論，並糅合了中國當時社會現實中新舊過渡的問題。

田漢劇作中真正把愛倫・凱的「新性道德」論發揮到

75　田漢：〈在戲劇上我的過去、現在及未來〉，載閻折梧編：《南國的戲劇》（上海：萌芽書店，1929 年），頁 45。

極致的應是《獲虎之夜》。[76]《獲虎之夜》以打虎的傳奇故事作為包裝，實際上講的仍是自由戀愛和婚姻的問題，劇作一開始的場景便是魏福生夫婦和祖母等家長輩討論獨女蓮姑的婚姻大事，到了後段的一些對話更不免讓人聯想到是對被認為是易卜生《玩偶之家》中國版的胡適《終身大事》的回應：魏黃氏在知道女兒蓮姑不願嫁陳家三少爺後，其中一句對白是：「這樣的終身大事豈是這樣兒戲的過去得的嗎？」[77] 蓮姑的祖母亦說陳家肯要蓮姑是因為她的八字好，這也讓人想到《終身大事》開首田太太找算命先生來測田亞梅和陳先生的八字——更為不謀而合的是，兩劇都有一位「陳先生」的存在。[78] 在《終身大事》中，田亞梅和「陳先生」受到田父田母的封建迷信思想所限而不獲批准自由戀愛，只能以私奔出走來達成大團圓結局；但到了《獲虎之夜》，魏蓮姑和「陳先生」既得到父母之命的認同，

---

76 田漢在劇末題上《獲虎之夜》寫於 1921 年，卻在晚年曾言《獲虎之夜》和《咖啡店之一夜》同樣是「從日本回來在上海做自由職業者時代的作品」。由於《咖啡店之一夜》是寫於留日時期（相關討論參見第四章），加上田漢的回憶與事實之間頗多時候出現不符的情況，故筆者對《獲虎之夜》寫作時間存疑。參見田漢：《獲虎之夜》，《田漢全集》第 1 集，頁 206；田漢：〈後記〉，《田漢劇作選》（北京：人民文學出版社，1955 年），頁 502；田漢：〈前記〉，《田漢選集》（北京：人民文學出版社，1959 年），頁 3。《獲虎之夜》的最初發表情況如下：田漢：《獲虎之夜》，《南國半月刊》第 1 卷第 2 期（1924 年 1 月 25 日），頁 16-27；第 3 期（1924 年 2 月 5 日），頁 10-25（原未刊完）；完稿後載《咖啡店之一夜》（上海：中華書局，1924 年）。

77 田漢：《獲虎之夜》，《南國半月刊》第 1 卷第 3 期（1924 年 2 月 5 日），頁 22。

78 同前註；胡適：《終身大事》，《新青年》第 6 卷第 3 號（1919 年 3 月 15 日），頁 311-319。

八字亦無問題，陳先生家境亦佳，但魏蓮姑卻偏和從名字到各項外在條件均與自己並不相配的黃大傻相愛，兩人因家庭環境懸殊，無法獲得魏家長輩認同，亦苦無機會逃跑，最後以黃大傻的自殺的悲劇作結。劇作接近結局時魏蓮姑的戀愛宣言，亦因此最接近婚戀本質：當魏福生說道「我把你許給陳家裏了，你便是陳家裏的人。」蓮姑立刻回應道：「我把我自己許了他，我便是黃家裏的人。」[79] 其中不但展現了愛倫·凱以戀愛作為婚姻核心價值的看法，亦展現出女性對「人」的價值的自覺，突顯出愛倫·凱思想中具有抗爭性的一面。

《落花時節》的寫作緊接着《獲虎之夜》，它是田漢較少為人討論的劇作之一，但在主題上卻與之前有了一百八十度的轉變，故事中的複雜性也值得受到關注。故事開首容易使觀眾認為這是一個「痴心女子負心漢」的故事，從眾人的對話中，可知曾純士這名男士有着複雜的戀愛關係：他不愛自己的妻子，卻仍然和她同住，不肯離婚；他愛着胡女士，卻不肯和人競爭，乃至胡女士和別人結婚，而他竟又願意出席她的喜宴；他被林女士愛着，但他卻毫不領情，因此他的同事章雨田既同情林女士的處境，同時又不屑於曾純士的優柔寡斷。代表着文藝青年的章雨

79　這兩句引文並未見於發表於《南國半月刊》第 1 卷第 2 期和第 3 期的未完稿，乃完稿時加入。田漢：《咖啡店之一夜》（上海：中華書局，1924 年），頁 224。

田，其愛情觀顯然有着愛倫．凱思想的影子，若按照「新性道德」論，曾純士的做法無疑是不道德的，因他不但沒有和並無戀愛關係的妻子離婚，也沒有和自己的戀愛對象結合。然而，隨着劇情逐漸水落石出，觀眾發現曾純士並非懦夫或負心漢，正是為了胡女士的幸福，曾純士才成全她的愛情，出席她的婚禮；相反，章雨田對愛情抱着“all or nothing”的態度，「我愛她，便把全生命愛她，為她生，為她死。我所不愛的人，我一點愛也沒有給她」，[80] 實際上是以此心安理得地對自己的妻兒不聞不問，才是最不近人情。全劇的結局亦峰迴路轉，原來林女士並非為愛糾纏曾純士，而是另愛他人，希望請曾純士在她的婚禮上充當介紹人，並幫她張羅物資。全劇充滿黑色幽默，只透過一眾男角色之間的對話逐漸揭露愛情的某種無奈真相：「全劇無一女子，實則寫對於痴心女子的幻滅」。[81] 透過對曾純士和章雨田的愛情觀的前後對比，暗示出愛倫．凱的「新性道德」論亦有其偏頗和不足之處，顯示田漢對婚戀問題的思考並非理論先行、淹沒現實，而是透過現實的各種可能情況檢驗出理論並非絕對正確，從中可見田漢作為劇作家對人情世態的敏感。

在《落花時節》的突破之後，田漢對女性和婚戀問題

80　田漢：《落花時節》，《咖啡店之一夜》，頁 254-255。

81　田漢：〈在戲劇上我的過去、現在及未來〉，頁 47。

的探討亦顯得更為開闊，不止於探尋「追求戀愛自由」的主題，而是往往借助愛情故事的外殼，探討有關政治現實、藝術至上主義或其他問題，例如《湖上的悲劇》的愛情悲劇雖有着批判家族形式主義婚姻的成分，但更大程度上是把藝術提升到高於愛情問題的層次；《古潭的聲音》借愛情故事的外殼而更極端地探討藝術至上主義的問題。隨着寫作生涯的日趨成熟，田漢所關心的議題亦愈趨寬廣，作品所表現的主題與最初的少作已是相去甚遠了。

（二）對社會主義女性理論的借鑑

在田漢芸芸早期劇作中，亦有一些遠離戀愛婚姻議題和「新浪漫主義」寫作脈絡的早期劇作，這些作品的觀念性較強，例子包括《薛亞蘿之鬼》、《午飯之前》、《生之意志》、《垃圾桶》和《一致》。

《薛亞蘿之鬼》和《午飯之前》兩劇均以女性為主角，她們既有來自上層（資本家）和下層社會（工人），內容上亦鼓吹工人革命，從中可見日本大正時代社會主義女性理論的影響痕跡。兩劇同樣寫於 1922 年，在時間上和田漢介紹日本女性理論的文章非常相近，可視為田漢在接觸過有關思想後，更希望借助戲劇文學把思想通俗化，向民眾傳遞有關訊息。從中亦可見，女性理論是田漢理解社會主義的重要來源之一，是在分析田漢與左翼思想的關係時不能繞過的重要範疇。

《薛亞蘿之鬼》是 1922 年 1 月首演之後，同年 4 月才發表於《少年中國》，是先有概念演出後才再作文字修訂。值得注意的是，此劇的首演地點日本東京神田中國基督教青年會（the Kanda Chinese Y. M. C. A. Theatre, Tokyo），[82] 其實是可思母俱樂部的總部，[83] 當時田漢為該會會員，故此劇應是為回應該會的演出需要而寫，因而流露出社會主義的思想傾向。劇情正寫資本家的三位小姐（竹君、蘭君、梅君）對工人處境的同情，側寫女工的工作慘況，末尾以竹君賣掉家中的財產和薛亞蘿（piano，鋼琴），去做女工的戰友作結。此劇的不尋常之處，在於田漢捨棄了一直以來對「靈」和藝術的重視：若根據田漢劇作的一貫邏輯，鋼琴象徵着對藝術的追求，正如在田漢的「處女作」《環珴璘與薔薇》中，環珴璘（violin，小提琴）實際上是「真藝術」的代名詞，是劇中人物亟欲捍衛的核心價值；但在《薛亞蘿之鬼》中，竹君三姊妹家的鋼琴卻成了資本家剝削女工的象徵，因此竹君對它除之而後快，把它連同其他資產一併賣掉。在田漢的情節設計中，這部鋼琴是三姊妹在前一年收到工廠分的紅利後買的，當天工廠亦有發錢獎勵晚工，但同一時間女工宿舍裏有幾名女工因工作過度害癆病去世，因此這部鋼琴彷彿是由女工的生

82 田漢：《薛亞蘿之鬼》，《少年中國》第 3 卷第 9 期（1922 年 4 月 1 日），頁 40。

83 有關可思母俱樂部的研究，可參考松尾尊兊：〈コスモ倶楽部小史〉，《京都橘女子大学研究紀要》26 号（2000 年 3 月），頁 19-58，以及本書第一章第四節的相關描述。

命換來，「你不要彈！我一聽起來好像有一些個（鬼）！在那裏訴冤一樣。」[84] 再者，田漢竟想到把工廠裏機器單調而令人痲木的「啌嚨啌嚨」之聲和鋼琴聲相比擬，從而暗示機器和鋼琴兩者同樣具備「萬惡的資本家」的特質，當梅君問姊姊女工們是否從未聽過鋼琴，蘭君的答案卻出人意表：「她們聽夠了哩。」[85] 這扭轉了觀眾對鋼琴和音樂藝術的一貫概念，以其象徵有閒階級對無產階級的剝削。

從《薜亞蘿之鬼》的內容可見，田漢的確加插了日本大正時期以倍倍爾和山川菊榮為代表的社會主義女性理論。田漢曾自言，《薜亞蘿之鬼》是「寫一家三姊妹由婦人參政運動到勞動運動」，[86] 顯示田漢認為女性解放運動應由女權運動轉移到社會主義女性運動的主張。田漢借竹君之口道出女工和她們三姊妹在本質上並無不同，只因家庭環境和教育程度決定兩者截然不同的命運，而這一切正源於階級上的不平等：

> 他［她］們中間有好幾個小姑娘年紀簡直比梅妹還要輕。並且也都長的不壞。假使他［她］們都生在我們這樣的家庭，受了梅妹這樣的教育，又穿了梅妹這樣好衣服。那麼他［她］們一定和梅妹一

84　田漢：《薜亞蘿之鬼》，頁 39。

85　同前註，頁 37。

86　田漢：〈在戲劇上我的過去、現在及未來〉，頁 46。

> 樣的整齊一樣的活潑。他［她］們不幸沒有生在這樣的家庭，不能受你這樣的教育，又沒有你這樣衣服穿，所以他［她］們就不能不這樣難看。[87]

山川菊榮曾批評母性保護論對女權運動矯枉過正，因憂慮資本主義自由競爭對女性造成負面影響，而主張賢妻良母主義以保護女性，但這種同情卻無助從根本上解決女性慘況。此劇便是借女資本家對女工生活的重新認識表現出此一思想，除了批評以瑪麗・沃斯通克拉夫特為代表的女權運動理論，亦可見批評以愛倫・凱為代表的母性保護理論，表現出濃烈的社會主義思想傾向。

《午飯之前》的發表時間較《薜亞蘿之鬼》晚四個月，可視為後者的續篇。據田漢自言，此劇「因黃龐之事、宗教之爭寫成。以大姊［代］表宗教的感傷的世界，二妹代表唯物的爭鬥的世界，再加一渾沌的三妹與第三劇［指《薜亞羅之鬼》］同」，[88] 從中可見此劇是基於現實的對應而有概念化的設定。此劇是中國現代文學史第一次表現工人階級鬥爭主題的戲劇，正寫三位女工（大姊、二姊、三妹）及其病母的困苦生活，側寫 1922 年 1 月 17 日湖南勞工會創建人黃愛（1897-1922）和龐人銓（1897-1922）領導長沙華實紗廠工人罷工時被湖南軍閥趙恆惕殺害一事

---

87 田漢：《薜亞蘿之鬼》，頁 35-36。

88 田漢：〈在戲劇上我的過去、現在及未來〉，頁 46。

（對應「黃龐之事」），並貫穿着對宗教的批評（對應「宗教之爭」）。在這齣控訴現實的劇中，田漢卻把真實中的兩名男主人公黃愛和龐人銓換成一男一女的角色（林三哥和二姊），並且不忘加插有關戀愛問題的對話。不過，《午飯之前》卻是主張把戀愛問題擱置一旁，先解決基本生計問題要緊：「我們有了心愛的人自然會結婚的。沒有的時候，也不必講起。因為我不覺得愛了人家便定要嫁給人家，也不覺得不愛戀人家，或不為人家所愛戀，便不能生活下去！」、「我覺得目前的小事，比終身大事還要緊些！我們所愁的是明天如何弄飯吃」。[89] 事實上，二姊和林三哥的戀愛的本質亦和田漢一貫關注的戀愛議題不同，劇中並沒交代二人的戀愛經歷，之所以加入林三哥此一角色，恐怕只是為了應和倍倍爾「男女攜手」的社會主義女性理論觀點。《午飯之前》主要表達兩個觀點：一方面透過二姊和大姊的對立，強調女性自覺的重要，同時表達反宗教和反資本家的立場；另一方面透過二姊和林三哥的聯合鬥爭，點出低下階層男女必須攜手合作才能爭取到屬於自己的權益。在現實事件的藍本之上，田漢滲入了倍倍爾的社會主義女性理論，以概念化的方式創作此一作品。

《薛亞蘿之鬼》和《午飯之前》屬於田漢二十年代初期的作品，而《垃圾桶》則屬於田漢二十年代後期的作

89　田漢：《午飯之前》，《創造季刊》第 1 卷第 2 期（1922 年 8 月 25 日），頁 59。

品。《垃圾桶》起先似乎呼應愛倫・凱的「新性道德」論，批判形式主義婚姻，第一幕講述有錢家庭裏的嫂嫂活活守寡六年，少年為了到外國唸書而屈從於父親安排的婚姻，因而對人生感到悲觀：「你知道戀愛就是我們的生命；它是支配着我們一生的運命的」。[90] 然而到了第三幕，當少年質問撿垃圾的老頭怎可擅自替兒女們訂婚，婚姻是要他們自主的時候，老頭的回答卻是認為解決溫飽比婚姻問題重要得多：「我們不管父母訂的，自己娶的［……］祇要有東西吃，保着肚子不餓就行了」。[91] 這裏可見此時的田漢對婚戀議題採取雙重批判的立場：沒有溫飽問題的有錢人家，理應有條件爭取婚姻自主，獲得更為進步的生活，但他們卻偏偏苟且偷安，屈從命運；而對於連溫飽問題也未解決的下層人民，要向他們宣傳婚姻解放思想，則顯出不知民間疾苦的天真與幼稚。由此可見，此時的田漢認為婚姻自主問題應分開兩個階層去討論，而其中他更為關注的正是連解決溫飽亦成問題的下層人民。二十年代末的田漢開始不再討論鼓吹個人主義的自由戀愛問題，而是轉向控訴現實的主題與政治革命的宣傳。《垃圾桶》見證了田漢從早期的女性和婚戀革命，逐漸轉向社會革命的過程。

---

90 田漢：《垃圾桶》，《南國週刊》（現代書局發行）第 1 卷第 2 期（1929 年 8 月 31 日），頁 73。

91 同前註，頁 82。

（三）對女權運動的批評

基於對愛倫・凱的「新性道德」論和社會主義女性理論的吸收，在田漢的早期劇作中偶爾亦可發現對女權運動的批評。上文曾提及十八世紀以瑪麗・沃斯通克拉夫特為首的「女權運動」，其主要內容是爭取女性於教育、職業、政治、社交各方面享有「機會均等」，然而從田漢對「女權運動」的介紹，可見當時的日本女性理論家認為女權運動僅在形式上爭取女性與男性享有同等的權利，卻沒有從根本上解決女性地位屈從於男性之下的問題，缺乏女性自我覺醒的意識。早在「處女作」《環珴璘與薔薇》中，田漢已借女主角柳翠之口大談自己對女權運動的質疑：

> 咳！莫說「女子解放」、「男女共學」和「自由戀愛」那些甚麼問題原是那一班有錢的小姐們講的，和我們這些沒飯吃的女孩子一點也不相干，就是那班新思想的少爺們，也不見得都能夠誠心誠意的尊重人家的人格，有些人還不過拿些好聽的話，去討念書的小姐們的歡喜。有些人簡直是藉此來「頑人」罷！[92]

92　田漢：《環珴璘與薔薇》，《少年中國》第 2 卷第 5 期（1920 年 11 月 15 日），頁 45-46。

「男女共學」是女權運動鼓吹的議題之一，但田漢認為這個主張面對三個問題：一、女性經濟能否獨立，因即使賦予女性與男性享有同等的教育機會，但若女性面臨重大的家庭經濟問題，亦只能選擇放棄受教育的機會；二、男性對女性是否尊重，因男性若未能具備「男女平等」、尊重女性的觀念，最終也不過借與女性相處機會增加之便玩弄女性；三、女性本身是否具備自覺意識，因即使女性有機會受教育，若不具備女性自覺意識，最終可能不過借此提升自己名媛淑女的地位，待價而沽。因此柳翠批評道：「現在的女學生，做人家小老婆的還少了嗎？縱不然，也不過發憤讀了一點書博一點空名，出出風頭，想將來嫁一個闊老罷。」[93] 柳翠對女權運動本身的蔑視，源於個人的悲慘身世：柳翠的母親當日和一名男子戀愛私奔，男子對她玩弄過後就逃去無蹤，剩下她和腹中女兒，結果在貧病之中葬送一生。借此，田漢提出階級與經濟問題在女性解放當中的重要性，例如柳翠小時本比一名年少時的玩伴出色，但因受到階級和經濟環境所限，長大後柳翠成了歌女，在台上賣笑，玩伴成了貴婦人，在台下尋開心，正是這種地位逆轉使柳翠萌生「找個老頭兒做小老婆」的念頭。藉着以上種種細節，田漢提出了女權運動徒具形式，卻未能從根本解決女性問題的批評。

93 同前註，頁45。

如前文所言，山川菊榮認為女權運動講求男女機會平等只是一種片面的做法，即使女性能和男性一樣參政、接受教育、從事商業活動等，真正得到這些機會的也只會是上層社會的女性，下層社會的女性並不會因此受益，甚至在她們之上還多了上層社會女性的剝削。在宣傳社會主義女性理論的劇作《薛亞蘿之鬼》中，田漢便表達了這種思想，資本家之女竹君興致勃勃地向女工發表有關「女權運動的歷史」的演講，但女工聽了一會，便明白到女權運動對改變自己的處境毫無幫助，因而顯得失去興趣，事不關己，由此引發竹君的一番感慨：

> 他［她］們啦，大多數不知我是一個甚麼女偉人，一個個恭恭敬敬的在底下聽。就是沒有甚麼意思的話，他［她］們也都覺得很有興味似的，拚命的拍手。我一講到我們女子除開了幾種沒有公民權的人以外，其他都可和男人一樣的參政。他［她］們中間就有一個人問我，說不識字的有沒有公民權，我說沒有。他［她］們有許多就做出一種狠［很］慚愧很失望的樣子，對於我的演說不感甚麼興味了。好像我在那裏說別一個民族的事情似的。［……］我想我們當初運動參政的時候，以為我們衹要爭得了政權就甚麼事都解決了。可是現在怎麼樣？政權到手又一年了。事實上享着這種政權的恩惠的不過我們這些有財產能受教育的。那些在工場裏喝紗塵子的，［……］你要他［她］們投票嗎？他

［她］們連自己的名字都不會寫……[94]

即使爭取到公民權或參政權的平等，其受益者也不過是上層女性，與不識字的下層女性無關；而且對下層女性而言，提升工作環境和條件、改善生活質素比參政權顯然重要得多。由此，竹君明白到要真正幫助這群婦女，必須打破階級隔閡，走進她們中間，才能從根本上回應她們的問題。這正是竹君勸勉兩名妹妹放棄家產，捨女權運動而取社會主義女性運動的原由。

本章從報章雜誌和日記書信兩種本來各自屬於公眾和私人領域的印刷媒體入手，通過梳理當中的羅曼史和女性理論，除了展現當時的個人婚戀議題如何擴大為公共議題，並梳理田漢對相關事件的看法和他對相關理論的取捨觀點，重新理解他的早期劇作。過去對田漢作品的閱讀，大多認為呼應了當時國內五四新文化運動的主旋律，實際上日本當時的社會和文化思潮對田漢的影響應更為深遠，田漢是最早譯介日本女性理論的先驅，而通過文論、書信、日記和劇作等不同的寫作方式，這些女性理論才得以帶回國內和受到在地化。此外，從女性問題的角度切入，可見田漢早在留學日本時期的不少劇作已有着相當強烈的左翼傾向，實不待於1930年左轉以後的作品才展現相應特質。

94　田漢：《薜亞蘿之鬼》，頁37。

第三章

劇場與女優松井須磨子

「演蘇德曼的《故鄉》中的 Magda 底松井須磨子女士（參考前期〈日本新劇運動的經路〉）」，載《南國週刊》（現代書局發行）第 2 期（1929 年 8 月 31 日），頁 56。

> 十八歲由長沙經上海到東京，兩年之間接觸新劇藝的機會多了，漸知道去研究所謂「戲劇文學」。歸國省親再返東京後就開始新劇之創作了。
>
> —— 田漢：〈在戲劇上我的過去、現在及未來〉，載閻折梧編：《南國的戲劇》（上海：萌芽書店，1929 年），頁 45。

> 到東京後適逢着島村抱月和名女優松井須磨子的藝術座運動的盛期，上山草人與山川浦路的近代劇協會也活動甚多，再加上由五四運動引起的新文學運動的大潮復澎湃於國內外，我才開始真正的戲劇文學的研究。
>
> —— 田漢：〈創作經驗談〉，載魯迅等著：《創作的經驗》（上海：天馬書店，1933 年），頁 65。

二十世紀二十年代末與三十年代初，田漢回顧自己如何走上劇作家之路時，憶述他對現代戲劇文學的接觸和研究源於留日期間在東京的觀劇經驗，尤其是日本兩大新劇劇團 —— 藝術座和近代劇協會的表演才真正開展的。歷來的田漢研究往往從比較文學的角度，通過文本比對分析田漢早期劇作受到哪些外國文學元素的影響，卻忽視了作家的上述現身說法，並未從舞台直接觀演的文化史角度去討論留日經驗對田漢戲劇藝術和運動的深遠影響。大正時期文化氣息濃厚，是新劇運動的興盛期。留日期間，田漢經常出入於劇場，例如記述自己曾在日本最早對號入座的「洋風劇場」、被稱為「新劇的發祥地」的有樂座「看過四五次劇」；[1] 又記述自己曾到歌舞伎座觀看過松井須磨子的演出，因而對此劇場的燒毀感到惋惜等。[2] 除了觀劇以外，田漢亦曾在駒形劇場和有樂座等劇場搬演個人創作《環珴璘與薔薇》和《靈光》等（參見本章第三節及附錄），可見田漢是東京劇場的常客，甚至可以說是與當時的日本新劇劇人具有等量齊觀的地位。田漢是日本留學生中專門研究西方近代劇的第一人，他熱衷於觀賞日本新劇劇團所演出的外國翻譯劇，這些劇作的主題大多為鼓吹婚戀自由、張揚女性個性解放思想，而女優的興起，又為這類劇作起了推波助瀾的作用。從田漢在日本的劇場經驗，可以連繫到當時女性解放思潮在舞台上的反映，以至它們對田漢往後的戲劇創作和活動的影響。

本章首先簡介日本大正時代的新劇運動的性質和發展，接着集中闡述藝術座的靈魂人物——島村抱月和松井須磨子的事跡和藝術座的演出，以及田漢對松井須磨子的引介、觀演和記述，進而探討藝術座對田漢的影響，分別從田漢的早期劇作、女性角色、女優劇的翻譯和改編、對易卜生戲劇的研究和女演員的培育五方面作出分析，重新探討田漢二十世紀二十年代的戲劇作品和生涯。

---

1 田漢 1920 年 2 月 29 日致郭沫若函，《三葉集》，頁 105。

2 田漢 1921 年 10 月 30 日日記，《薔薇之路》，頁 96-97。

一、日本的新劇運動

田漢初抵日本之時，日本劇壇已經歷了戲劇改良運動、新派劇的興起與衰落、對歐洲戲劇的介紹與翻譯階段，而處在西方話劇強烈影響下的現代話劇（日本稱之為「新劇」（しんげき））成型期。當時日本劇壇的基本狀況是：一方面外國翻譯劇佔據了日本舞台，另一方面學習西方話劇的一大批日本本土劇作家剛剛開始登上日本舞台，嶄露頭角。正如評論所言，田漢在此時來到日本，可以說是恰逢其時，一方面得到西方話劇精粹的滋養，另一方面目睹了日本話劇作家接受外來戲劇樣式的經驗與艱辛。[3] 田漢對新劇運動的評價，正是他早期戲劇觀的重要體現；而由於日本新劇運動既有其外來性亦有其本土性，故此我們在考察田漢的早期戲劇研究時，亦應以日本為源頭，上溯日本劇作家的本身創作與對外國劇作的翻譯、改編和接

3　田本相、吳戈、宋寶珍：《田漢評傳》（重慶：重慶出版社，1998 年），頁 59。

受，才能對田漢的戲劇淵源有完整而精準的理解。

1929 年，田漢翻譯了故世不久的「日本新劇運動之父」小山內薰（1881-1928）論明治末年至大正年間日本新劇運動演進的文章〈日本新劇運動的經路〉（〈新劇運動の經路〉，1927）。[4] 文中，小山內薰將日本的新劇運動劃分為三個階段，概述新劇運動在二十世紀初的二十年間的發展及他對新劇運動的展望。此文論日本新劇運動具有相當代表性，田漢在「譯後記」中讚揚此文「論日本過去新劇運動之得失及今後運動之方針皆極真灼。中國新劇運動方在萌芽，讀此可當他山之石」。[5] 以下將通過此篇文章簡述日本新劇運動的歷史，以便後文討論田漢與日本新劇運動的關係。

據小山內薰所言，「新劇運動」是不滿由德川時代繼承下來的歌舞伎劇，以及由中東戰爭時代勃興的新派劇（書生劇、壯士劇）而另建的一種新的國劇運動。新劇運動起於明治四十二年（1909 年）前後，可分為以下三個階段：

第一階段：明治末年至大正初期（1909-1918）。明治末年的新劇運動，最初以坪內逍遙領導的「文藝協會」和小山內薰主持的「自由劇場」為首，其他劇團亦一時風起

4 小山內薰著，田漢譯：〈日本新劇運動的經路〉，《南國週刊》（現代書局發行）第 1 期（1929 年 8 月 24 日），頁 18-26；第 2 期（1929 年 8 月 31 日），頁 56-63。另外，歐陽予倩亦曾翻譯此文，〈日本戲劇運動的經過〉，《戲劇》第 1 卷第 3 期（1929 年 9 月 5 日），頁 91-116。

5 小山內薰著，田漢譯：〈日本新劇運動的經路〉，《南國週刊》（現代書局發行）第 2 期（1929 年 8 月 31 日），頁 63。

雲湧。此時期的新劇劇團演出的大多為外國翻譯劇，但在數量上尚無足觀。到了大正初期，新劇運動「陡然繁榮起來」，但「剛一繁盛陡然又趨於沒落」。大正元年至大正二、三年所起的新劇團首推「砦社」。此外，由上山草人（1884-1954）和山川浦路夫婦創立的「近代劇協會」曾在帝國劇場上演歌德的《浮士德》（*Faust*），引起極大轟動。另一方面，文藝協會分裂為「藝術座」、「舞台協會」和「無名會」，其中以藝術座最受注目，該劇團以島村抱月為領袖，松井須磨子為台柱，演出最成功的是改編自托爾斯泰小說的《復活》（*Resurrection*, 1899），但因採取藝術與營利的二元方針，使新劇運動逐漸失卻本意。

第二階段：大正中期（1919-1922）。倘若說第一階段的新劇運動特色是各劇團必有一兩個有威權的指導者，第二階段的新劇運動特色則是劇團領袖為職業演員。「文藝座」最初由守田勘彌（十三代目，1885-1932）和市川猿之助（二代目，1888-1963）兩位知名演員共同領導，在舞台裝置和演技都有新突破，但二人不久即分袂，猿之助另行成立「春秋座」，第一回公演菊池寬（1888-1948）的《父歸》即獲得巨大成功，菊池寬的劇作乃由此時開始流行於商業劇場。然因演員工作極度忙碌，無暇照料劇團事宜，導致新劇運動逐漸步向衰落。

第三階段：關東大地震後（1923-1927）。此時興盛的劇團有水谷八重子（初代，1905-1979）復興的「藝術座」、畑中蓼波（1877-1959）的「新劇協會」和尾上菊五郎（六代目，1885-1949）的弟子組織的「兄弟座」。小山內薰的帶領的「築地小劇場」則為最後興起，其特點是有自己的專屬劇場。另外還有具有無產階級思想的「前衛座」，曾公演辛克萊（Upton Sinclair, 1878-1968）的《哈根王子》（*Prince Hagen*, 1903），雖以觸犯時局一時遭禁，但經刪改後卒至上演。對於新劇運動的前途，小山內薰寄望其發展是「不取兩元的路而一直走向民眾中間去」，達到「民眾之藝術的征服」。

田漢日後回顧留日期間的觀劇經驗，指自己「不大愛看日本的歌舞伎和新派劇，差不多全是看翻譯劇和創作的新劇」，[6] 可見他對新劇運動的服膺。從時間而言，田漢留學日本的六年時光正值小山內薰所述的新劇運動第一至第二階段之間，其時文藝協會已在 1913 年解散，正值本來同樣是文藝協會成員的島村抱月和松井須磨子，以及上山夫婦所另組的藝術座和近代劇協會的全盛時期，這印證了本章開首所引用田漢的說法：「到東京後適逢着島村抱月和名女優松井須磨子的藝術座運動的盛期，上山草人與山川浦路的近代劇協會也活動甚多」。[7] 小谷一郎亦曾考證田漢留日期間觀賞過的劇作資料，當中可見田漢曾觀賞過藝術座和近代劇協會的演出。[8] 其中，藝術座對田漢的

---

6 田漢：〈前記〉，《田漢選集》，（北京：人民文學出版社，1959 年），頁 1。

7 田漢：〈創作經驗談〉，頁 65。

8 小谷一郎著，小松嵐譯：〈田漢與日本 —— 以在日時的田漢及其與日本作家的交流為中心〉，頁 487-488。詳情參閱本章附錄。

影響尤深，這是由於藝術座除了在日本新劇運動中的重要位置外，其領袖島村抱月和松井須磨子的戀愛、須磨子作為當時最受注目的女優，乃至她對抱月的殉情等，皆是在「大正浪漫」的文化史上不可或缺的事件。田漢便是身處在藝術座的全盛氛圍中，譬如他在日記《薔薇之路》中提及自己是「在早幾年島村松井的藝術座全盛時代」已對秋田雨雀早有耳聞；[9] 秋田雨雀為知名無產階級劇作家，但若翻查秋田雨雀的生平，島村抱月為雨雀恩師，雨雀在藝術座草創期曾有所參與。小山內薰所梳理的日本新劇的不同階段，田漢都經過不同途徑而有所接觸甚至涉足，例如研究、觀演、譯介、改編、搬演等，而下文將集中討論以女優松井須磨子為台柱的藝術座與田漢之間的關係。

9　田漢 1921 年 10 月 12 日（書中誤重植為 11 日）日記，《薔薇之路》，頁 14。

二、田漢對藝術座的引介、觀演和記述

（一）藝術座、島村抱月、松井須磨子

藝術座（1913-1919）是近代日本重要的新劇團體之一，以島村抱月為領袖，松井須磨子為台柱。島村抱月是日本近代重要文評家坪內逍遙的私淑弟子，曾留學英國，回國後擔任早稻田大學文學部教授，致力將西方話劇引入日本。松井須磨子是日本近代紅極一時的話劇女演員，被譽為「日本的花的光的愛」，其人性格桀驁不馴，曾經兩度離婚，以演出易卜生《玩偶之家》中娜拉一角開始受到注視，對表演藝術付以全生命的投入。兩人本同屬坪內逍遙主持的文藝協會，因身為有婦之夫的島村抱月與學生松井須磨子產生不倫戀，故雙雙被逐。1913 年，島村抱月和松井須磨子另組藝術座，坪內逍遙解散文藝協會。藝術座採取商業與藝術並行的「二元道路」，以賣座劇目補貼「研究劇」的演出，既令西方話劇變得大眾化，漸得日本觀眾接受，又能維持足夠資源進行新劇目的開發和研究，算是

頗為成功的營運方式。1918 年 11 月，島村抱月因感染當時肆虐全球的西班牙型流行性感冒（Spanish flu）而突然去世，兩個月後的 1919 年 1 月，松井須磨子在《卡門》（*Carmen*）公演中途自縊殉情，藝術座宣告解散。

松井須磨子與島村抱月的戀愛有幾重重要意義。首先，本書第二章曾提到名人的戀愛事件在大正時期的大量出現，甚至構成當時的時代精神，田漢的日記《薔薇之路》亦通過報刊閱讀中記錄了當時最有代表性的羅曼史，而島村抱月和松井須磨子的愛情正是「大正浪漫」的代表事件。島村抱月和松井須磨子的所謂「不倫戀」，實際上源自當時日本社會階級帶給男性的婚姻不幸與輿論壓力：島村抱月本名佐佐山瀧太郎，少時成績優秀但因家貧無法升學，受裁判所檢察官島村文耕賞識為其支付學費，後和島村家的親戚島村市子結婚並成為島村的養子，因此島村抱月原來那段婚姻的本質實際上是養父所安排的家族婚姻。作為早稻田大學的教授，抱月亦背負老師坪內逍遙和社會大眾的深切期望。面對與老師坪內逍遙的對立、文藝協會的解散、社會輿論的強烈指責，島村抱月仍是義無反顧地選擇與松井須磨子的愛情，事件轟動當時日本社會。[10]

第二，島村抱月和松井須磨子的愛情可以放在本書第二章提到大正時期流行的女性理論，尤其是瑞典女性理論

10　有關島村抱月和松井須磨子的軼事，可參考渡邊淳一：《女優》（東京：集英社，1983 年），中譯本為渡邊淳一著，陳辛兒譯：《女優》（上海：文匯出版社，2009 年）。

家愛倫・凱的「新性道德」的脈絡中去討論。島村抱月和松井須磨子的愛情被認為是藝術與愛情結合的最高典範：兩人既有愛情上的互相吸引，亦有藝術上的共同追求。松井須磨子仰慕島村抱月的才華，島村抱月欣賞松井須磨子在舞台上的光芒，兩人能在戲劇事業上相互支持，一導一演，既是愛情上亦是藝術上的靈魂伴侶。故此，松井須磨子在島村抱月逝世不久即追隨其後自殺殉情，正是因為島村抱月之死意味着她將同時失去愛情和藝術兩大生命支柱。在須磨子而言，愛情和藝術兩者是共榮共存的，不分彼此，絕不能失去其一。當中體現着一種絕對的人生觀：從個人對表演藝術全生命的熱愛，延展到對愛情義無反顧的熱烈追求，乃至對整個人生中核心價值的要求。此一內涵可以與田漢早期劇作中對「靈肉一致」問題的長期探索作一呼應（詳見本章第三節）。

第三，松井須磨子作為日本大正時代最有代表性的女優，與當時的女性解放思潮緊密連繫。松井須磨子作為藝術座的台柱，演出了不少張揚女性解放思想的西方現代戲劇，既使女優劇得到長足發展，同時對大正時代的女性解放風氣有着推波助瀾的作用。日本歷史上，「女優」此一職業一直長期被禁，自寬永六年（1629 年）開始，幕府宣布禁止女歌舞伎，迫於演出需要，舞台上開始出現男扮女角的「女方」（或稱「女形」）演員，直至明治二十四年（1891 年），以伊井蓉峰（1871-1932）為中心的濟美館打出「男女同台改良演劇」的旗號、明治四十一年（1908 年），日本第一位女演員川上貞奴（1871-1946）開設「帝國女優養成所」，專門培養女演員，才打破了舞台上只有男性演員的格局，但「女形」並沒有從新派劇舞台上消亡，相反還一直佔據着主導地位。[11] 直至大正時代，受到西方現代話劇和女性解放思潮的影響，女演員才開始在舞台上嶄露頭角，其中最受矚目的是松井須磨子。松井須磨子在文藝協會時期即以演出易卜生《玩偶之家》娜拉一角廣受公眾注意，在藝術座時期，演過的經典女性角色更是不計其數，不少更與田漢日後的創作息息相關。以下依公演時序排列這些具有代表性的角色：

公演年份	公演劇目（原著發表年份）	原作者	譯者	演出角色
1911	《玩偶之家》	［挪威］易卜生	島村抱月	娜拉
1912、1914	《故鄉》（*Heimat*）	［德］蘇德曼（Hermann Sudermann, 1857-1928）	島村抱月	瑪格達（Magda）
1913	《蒙娜・凡娜》（*Monna Vanna*）	［比利時］梅特林克（Maurice Maeterlinck, 1862-1949）	島村抱月	蒙娜・凡娜（Monna Vanna）

11　河竹繁俊著，郭連友等譯：《日本演劇史概論》（北京：文化藝術出版社，2002 年），頁 184-187, 193-196, 206-210, 307-308, 321；黃愛華：〈近代日本戲劇對中國早期話劇演劇風格的影響〉，《戲劇藝術》1994 年第 3 期，頁 77-83。

續上表

公演年份	公演劇目（原著發表年份）	原作者	譯者	演出角色
1913	《莎樂美》（*Salome*）	[英] 王爾德（Oscar Wilde, 1854-1900）	中村吉藏（1877-1941）	莎樂美（Salome）
1914	《復活》	[俄] 托爾斯泰	楠山正雄（1884-1950）	喀秋莎（Katyusha Maslova）
1914	《克里奧佩特拉》（*Antony and Cleopatra*）	[英] 莎士比亞（William Shakespeare, 1564-1616）	島村抱月	克里奧佩特拉（Cleopatra）
1916	《安娜・卡列尼娜》（*Anna Karenina*）	[俄] 托爾斯泰	松居松葉（1870-1933）	安娜・卡列尼娜
1918	《沉鐘》（*Die versunkene Glocke*）	[德] 霍普特曼（Gerhart Johann Robert Hauptmann, 1862-1946）	楠山正雄	綠天德籟（Rautendelein）
1919	《卡門》	[法] 梅里美（Prosper Mérimée, 1803-1870）	川村花菱（1884-1954）	卡門（Carmen）

戲裏戲外，松井須磨子都堪稱新時代女性先鋒的代表，其敢於衝破社會道德，轟烈追求自我個性和自由戀愛

的人生態度，毫不輸於她所演過的西方文學中的經典女性角色，現實與虛擬之間的交錯輝映，構成其戲劇人生的燦爛傳奇，象徵性地體現了「大正浪漫」的時代精神。

以上介紹了藝術座、島村抱月和松井須磨子的背景資料，並歸納了島村抱月和松井須磨子與大正時期的戀愛事件、女性解放思潮、西方近代劇在日本的演出、女優劇等的關係。從不少資料可見，田漢對松井須磨子的生平有相當深入的了解和認同，並曾觀看過她的演出，對她曾演出過的一些劇目亦有深入研究，這些因素對他的創作生涯有着不同程度的影響。下文將闡述田漢對松井須磨子的引介和接受情況，並借助此一角度重新分析田漢的文論、戲劇活動和早期劇作。

（二）田漢對松井須磨子的引介

田漢作品中有不少地方提到過松井須磨子，在引述這些資料之前，筆者希望先介紹兩首以松井須磨子作為歌詠對象的詩作。兩詩的作者均為田漢在少年中國學會的友人，從詩中內容可見他們同樣是透過田漢的敍述而認識松井須磨子的事跡，側面反映出田漢對松井須磨子的嚮往。可以說，田漢是把松井須磨子介紹到中國文化界的最重要的中介者，並在當時的中國文人中帶來相當的感染作用。

首先要提到的是康白情的詩作〈送客黃浦〉，此詩第二節的內容正是以松井須磨子為中心：

我想世界上只有光，
只有花，
只有愛！
我們都談着，——
談到日本二十年來的戲劇，
也談到「日本的光，的花，的愛」的須磨子
我們都相互的看着。
只是壽昌有所思，
他不曾看着我，
也不曾看着別的那一個。
這中間充滿了別意。
但我們只是初次相見。[12]

據康白情自述，此詩是為紀念1919年7月17日他為田漢和易家鉞（即易君左，1899-1972）餞行一事，兩人剛從日本回國，當晚會從上海坐船到湖南，康白情先在張尚齡（即張夢九）處會晤了宗白華和兩人，接着便在半淞園為兩人餞行，在座者並包括黃介民（1883-1956）、黃日葵、周炳琳（字枚蓀，1892-1963）和張尚齡，席後送兩人到碼頭，因船沒按時開出，他們一直談到十二點鐘才分

12 康白情：〈送客黃浦〉，《少年中國》第1卷第2期（1919年8月15日），頁15-16。

手，情景「是很親熱、很留戀的」。[13] 康白情和田漢初次認識，便暢談甚久，一見如故，次日更特意寫詩紀念。詩中特別提到松井須磨子和日本二十年來的戲劇這兩個話題，而環顧全詩唯一提到的名字亦只有田漢，可見康白情對田漢和上述話題的印象尤其深刻。席間眾人均為少年中國學會成員，他們亦因田漢的熱情敘述而認識到松井須磨子的事跡。

另一首為黃日葵的詩作〈題須磨子 Sumako 像〉，上文提到黃日葵亦在為田漢餞行席上。全詩以松井須磨子作為歌頌對象，通過松井須磨子的殉情去討論生死的價值問題：

人生最可怕的是死；
人生最可羨慕的也是死。
人生最可樂的是生；
人生最可咒詛的也是生。

人莫不有死，
人莫不有生，
世莫不有不願死的死，不願生的生！

13　康白情致若愚（王光祈）、慕韓（曾琦）信（1919 年 8 月 3 日），〈會員通訊〉，《少年中國》第 1 卷第 2 期（1919 年 8 月 15 日），頁 58。原文植為「李淞園」，本文按《田漢年譜》（頁 33）更正為「半淞園」。

你未死之前，我祇知有可怕的死，
我祇見有不願死的死！
你死了之後，我越發見可咒詛的人生，
我越多見不願生的生！

須磨子喲！日本的花，的光，的愛，的須磨子喲！
只有你的生，說得上「人生」，
只有你的死是含笑的死喲。[14]

黃日葵在此詩前面談到寫作的緣起，是因為有幾位朋友來找他談話，談到一位朋友傾向獨身的事，他由此起了人生的悲感，正在黯然之際抬頭見須磨子像而題下此詩。在此詩後面，他記述了松井須磨子的事跡，並提到北京家中的這幅須磨子像，正是田漢所贈，而須磨子的事跡亦是兩個月前田漢在東京與他會面時（參見第二章第一節所提及田漢與宮崎龍介的第二次見面）所述：「松井須磨子是日本最有名的女優，與早稻田大學文學教授日本有數的文學家島村抱月氏相戀愛，去年島村氏死，她遂殉之，當時日本的論壇，幾無有不談此事者。今年六月到東京晤吾友田漢，他為予津津道之，大有一唱更三嘆之概［慨］。今所

14　黃日葵：〈題須磨子 Sumako 像〉，《少年中國》第 2 卷第 2 期（1920 年 8 月 15 日），頁 41。

題像，即吾友所贈者。他見了這詩，不知作何感想呢。」[15]

從上可見，田漢在當時是經常向友人講述松井須磨子的事跡的，甚至向友人贈送須磨子像，而當中所牽涉的內容相當廣泛，包括須磨子與島村抱月的愛情故事、須磨子的殉情、日本的戲劇運動等。不論是由於須磨子傳奇的震撼性，還是由於田漢的熱情，通過田漢的傳播，須磨子的故事在相關的少年中國學會同人心中留下深刻印象，乃至競相傳誦，而這亦正好與國內五四新文化運動提倡「自由戀愛」的時代精神互相契合，因此獲得反響。

（三）田漢對藝術座的觀演和記述

除了對松井須磨子事跡的深入了解和引介外，田漢亦曾觀看過松井須磨子的演出。歌舞伎座是檜木製的全日本式的劇場，在日記《薔薇之路》中，田漢記載從號外中得知位於京橋區木挽町的歌舞伎座因火災燒毀，損失達五百萬圓。田漢因此而回憶起自己於民國七年（1918 年）9 月 5 日曾在歌舞伎座看過島村抱月監督、松井須磨子主演的《沉鐘》和《故鄉》，而在這次演出後不久島村抱月即因病離世，松井須磨子隨之自殺殉情。[16] 在《三葉集》致郭沫若的信中，田漢亦有記述自己在大正七年（1918 年）9 月

15　同前註。

16　田漢 1921 年 10 月 30 日日記，《薔薇之路》，頁 96-97。

5 日看過由《故鄉》改作的《神主之娘》和《沉鐘》的演出。[17] 根據小谷一郎的考證，該次演出為於 1918 年 9 月 5 日至 12 日間在東京歌舞伎座上演，由島村抱月、松井須磨子等的藝術座與河合武雄（1877-1942）帶領的公眾劇團的合同公演（藝術座第十次公演，公眾劇團第三次公演），藝術座上演的是《沉鐘》，公眾劇團上演的是《神主之娘》（《神主の娘》，中文可譯作《上帝的女兒》）和《［擁有］啞妻的男人》（《唖の女房を持てる男》，法朗士（Anatole France, 1844-1924）作、坪內士行（1887-1986）抄譯），田漢看的是首演日。[18] 由於田漢只記錄自己對《沉鐘》和《故鄉》/《神主之娘》（田漢誤把《神主之娘》當成是《故鄉》的改編劇，詳見後文），下文將會以這兩個作品為討論重點，通過田漢對藝術座的觀後感和相關記述，探討田漢對藝術座的觀演經驗如何引領他對婚戀議題和戲劇藝術有更深入的思考。

1.《沉鐘》

《沉鐘》為德國劇作家霍普特曼的作品，楠山正雄翻譯。田漢記述松井須磨子在《沉鐘》中飾演的綠天德籟在「最後一幕着婚服，手［抱］花束，拖白紗，由山花潦亂

---

17 田漢 1920 年 2 月 29 日致郭沫若函，《三葉集》，頁 83-84。

18 小谷一郎著，小松嵐譯：〈田漢與日本 —— 以在日時的田漢及其與日本作家的交流為中心〉，頁 462-463。

的森林中，徐步出來，歌哀婉欲絕之戀歌」，童話式的舞台意象、富於異國情調的西洋服裝與場景，令他「至今還我［有］極悠永的印象」。[19] 田漢對《沉鐘》的詳細感想，可見於《三葉集》的兩封致郭沫若的信中，從中可見田漢分別從內容上的婚戀主題和藝術上的新浪漫主義（Neo-romanticism）去接受此劇，而以上的主題和形式是互相扣連、密不可分的。

《沉鐘》是一齣五幕的童話詩劇，其情節牽涉到戀愛主題：鑄鐘師 Heinrich 在山上遇到女精靈 Rautendelein，彷彿在她身上找到了生命的活力，但在這時村民把他抬回家中，Heinrich 完全失去求生意志，他的妻子出去找草藥挽救他的生命，就在此時 Rautendelein 打扮成少女來到他家中，本已失去生之意志的 Heinrich 因 Rautendelein 而恢復活力，兩人在山上同居，Heinrich 的妻子為了尋找他不慎跌下山谷，撞到沉鐘，驚醒了 Heinrich 而回家，最後 Heinrich 又到山上尋找 Rautendelein，但 Rautendelein 已經嫁給井中精靈了，最後 Heinrich 死在 Rautendelein 懷中。霍普特曼的著名研究者菲立克斯・伍格特（Felix A. Voigt, 1892-1962）嘗指出《沉鐘》是「作者關於他自己婚姻悲劇的泣血之作」：1897 年，霍普特曼同他此後終生陪伴他的情人瑪格麗特・馬夏克（Margarete Marschalk,

---

19　田漢 1921 年 10 月 30 日日記，《薔薇之路》，頁 96-97。

1875-1957）旅行意大利，他的生命中萌發了新的精神，助使他將他的作品賦予新的性質，然而他卻永遠不能平復他對第一個妻子的愧疚之心。[20]

田漢 1920 年 2 月 18 日致郭沫若的信主要是回應郭沫若在前信中的自白和懺悔：在父母安排已婚的情況下，郭沫若在日本又與安娜同居並育有一子，他向田漢表白這一切，認為自己犯下破壞戀愛神聖的罪惡和害了安娜。田漢旁徵博引，舉出當時日本流行的女性理論，為郭沫若的做法提出理據（詳見第二章第二節）；又援引了不少文學作品的例子來比擬郭沫若的情況，其中之一便是《沉鐘》：「去年，啊呀，是前年哪，我曾看見須磨子演的 Hauptmann['s] *Die versunkene Glocke* 起現實生活與藝術生活衝突之感，而今想來，Heinrich 的苦悶，就像是你的苦悶，可是世界終不是那們［麼］苦悶的，The sun is coming！」。[21] 從以上《沉鐘》的故事梗概、霍普特曼的戀愛史，乃至島村抱月和松井須磨子的不倫戀，以及郭沫若對自身婚姻的自白和懺悔，可見四者之間的對應關係：男性在新的情人身上找到生命活力，卻又對原來妻子感到愧疚。須磨子所演的 Rautendelein，仿如她在現實中扮演着男性藝術家的新情人角色，可說是本色演出。田漢的說法亦點出，這種

---

20 菲立克斯．伍格特：〈霍普特曼及其作品〉，載霍普特曼著，李永熾譯：《沉鐘》（台北：遠景出版事業公司，1981 年），頁 119。

21 田漢 1920 年 2 月 18 日致郭沫若函，《三葉集》，頁 64。

原配妻子和新情人之於男性藝術家的意義，實際上象徵着「現實生活和藝術生活衝突」。最後，田漢引用《沉鐘》的倒數第二句「The sun is coming!」來安慰郭沫若未來充滿希望。郭沫若在回信中感謝田漢作為他的「辯護士」(日語「弁護士」，即律師)，[22] 並道：「你若果能把我們做個Model，寫出部《沉鐘》一樣的戲劇來，那你是替我減省了莫大的負擔的呀！」[23] 由此可見郭沫若亦熟悉《沉鐘》的故事內涵。在之後的回信中，田漢繼續談到他對郭沫若的安慰和對《沉鐘》的感想，「沫若啊！不止近代，自古以來［……］結婚而犧牲的真不知只千百個，我們倆何幸而免咧！？這們不能不感謝我們的上帝的。我們無論經如何的艱難，如何的煩悶，一提着我們的愛，全身的勇氣就生龍活虎般的湧出來。我不能不放棄我戀愛公開的主張，而謳歌戀愛的神祕了！」[24] 如上一章所指出，在〈祕密戀愛與公開戀愛〉中，田漢曾指陳祕密戀愛的種種弊端，提倡公開戀愛。[25] 然而事隔半年，田漢在與郭沫若討論《沉鐘》的內容時，竟推翻自己先前主張公開戀愛的言論，而謳歌戀愛的神祕，這是因為田漢在這裏討論的並非社會現實的戀愛問題，而是文學在形式上應如何處理戀愛議題。

22　郭沫若 1920 年 2 月 25 日致田漢函，《三葉集》，頁 73、75。

23　同前註，頁 72。

24　田漢 1920 年 2 月 29 日致郭沫若函，《三葉集》，頁 99。

25　田漢：〈祕密戀愛與公開戀愛〉，頁 33-35。

田漢繼續說道，《沉鐘》是他首次接觸新浪漫主義的戲劇：「我看 Neo-Romantic 的劇曲從《沉鐘》起，至今 Rautendelein［、］Heinrich 的印象還是活潑潑的留着，同時一般神祕的活力也從那時起在我的內部生命的川內流動着」。[26] 接着便談到他對新浪漫主義的重要理解：

> 我如是以為我們做藝術家的，一面應把人生的黑暗面暴露出來，排斥世間一切虛偽，立定人生的基本。一方面更當引人入於一種藝術的境界，使生活藝術化 Artification。即把人生美化 Beautify 使人家忘現實生活的苦痛而入於一種陶醉法悅渾然一致之境，才算能盡其能事。比如《沉鐘》本是描寫一種藝術生活與現實生活之衝突的悲劇，然而我看到末場［……］了不覺得有甚麼悲苦，卻和 Heinrich 一樣，我們的靈魂化入 the land of ecstasy 去了。世間盡有悲極而喜，喜極而悲的。可見悲喜誠如 Chesterton［筆者按：切斯特頓（1874-1936），英國作家］所言，不過一物之兩面。悲喜分得明白的便是 Realism 的精神。悲，喜，都使他［它］變其本形成一種超悲喜的永劫的美境，這便是 Neo-Romanticism 的本領。[27]

26　田漢 1920 年 2 月 29 日致郭沫若函，《三葉集》，頁 100。

27　同前註，頁 100-102。

田漢認為，同樣是表現「靈」（藝術生活）「肉」（現實生活）衝突的戲劇，新浪漫主義卻能超越事件是非悲喜的二元對立，而臻入藝術之高深境地。這對田漢的戲劇創作有很大啟發，因為在田漢的思想中，「靈」和「肉」本來就不是非此即彼、截然對立，「友人是主張靈的，我則主張人的，因為人是有靈有魂的，同時是有血有肉的，不能偏榮靈魂而枯血肉」。[28] 倘若着力描摹靈肉二者勢不兩立（例如追求自由戀愛的青年與家庭、社會之間對立），最終只能寫成暴露黑暗、排斥虛偽、悲喜分明的現實主義劇，這和田漢主張「人」的觀點並不一致。面對無比複雜的人生世態，各人的命運和選擇未必可以輕易定奪和評價，否則便不成其為個人的自由意志；倘若現實只是非此即彼、非黑即白，又如何體現人在個人意志下所作的各種抉擇自有其偉大處呢？在當時的田漢而言，新浪漫主義能超越悲喜，故比起現實主義更勝一籌。

由上可見，田漢對《沉鐘》的接受，融合了對婚戀問題的思考和藝術形式上的追求。另外，《沉鐘》作為田漢首次接觸新浪漫主義的戲劇，可說是開啟了他在二十年代

28　田漢 1921 年 10 月 10 日日記，《薔薇之路》，頁 2。

對新浪漫主義的重要引介和創作實踐。[29] 田漢在 1920 年回覆黃日葵的一封長信〈新羅曼主義及其他〉，[30] 成為五四以來有關新浪漫主義最重要的中文論文。[31] 田漢同年發表的「處女作」《環珴璘與薔薇》，定位便是「通過了 Realistic 熔爐的 Neo-Romantic 劇」。[32] 貫穿整個二十年代，田漢基

---

29 「新浪漫主義」是五四時期中國文化界習用的術語，其定義相當複雜寬泛；從田漢的個案來説，涵義需從當時日本的語境中理解。論者指出，日本新浪漫主義是以明治二十至三十年代的文學運動為中心，在自然主義產生之後，作為其反動的思潮，以《昴星》和《三田文學》為根據地形成的頽廢的、以唯美享樂當作藝術及人生主要目的的文學運動。見肖霞：《浪漫主義：日本之橋與「五四」文學》（濟南：山東大學出版社，2003 年），頁 265。日本的田漢研究學者小谷一郎引用其時多名日本文學家的看法：廚川白村認為新浪漫主義就是當時普遍接受的「歐洲最新文藝思潮」；楠山正雄稱新浪漫主義為「新情緒主義」，認為這是繼「情緒氣氛」、「情緒主觀」、「象徵主義」、「神祕主義」、「享樂主義」、「唯美主義」等等自然主義之後的「新文學」的總稱；吉田精一則認為新浪漫主義幾乎是沒有學術根據而設定的，所以應稱為「唯美派」。見厨川白村：《近代文學十講》（東京：大日本圖書，1921 年第 50 版），第九講「一、新浪漫派」，頁 403-23；楠山正雄：〈近代劇概説〉，載楠山正雄譯：《近代劇選集（三）》（東京：新潮社，1921 年）；吉田精一：〈新浪漫主義 —— 名称の発生について〉，載《日本文学講座 · 第 6 巻》（東京：河出書房，1950 年），頁 43-54；小谷一郎：〈創造社と日本 —— 若き日の田漢とその時代〉，載伊藤虎丸、祖父江昭二、丸山昇編：《近代文学における中国と日本 —— 共同研究 · 日中文学交流史》（東京：汲古書院，1986 年），頁 323-24、345；中譯本見小谷一郎著，劉平譯：〈創造社與日本 —— 青年田漢與那個時代〉，《中國現代文學研究叢刊》1989 年第 3 期，頁 255-56。

30 田漢：〈新羅曼主義及其他 —— 覆黃日葵兄一封長信〉，《少年中國》第 1 卷第 12 期（1920 年 6 月 15 日），頁 24-52。

31 相關討論參 Shu-mei Shih, *The Lure of the Modern: Writing Modernism in Semicolonial China, 1917-1937*, p. 57；中譯本見史書美著，何恬譯：《現代的誘惑：書寫半殖民地中國的現代主義（1917-1937）》，頁 67。

32 田漢 1920 年 2 月 29 日致郭沫若函，《三葉集》，頁 81。

本上服膺於新浪漫主義的創作方針。[33]

2.《神主之娘》/《故鄉》/《最後的德．莫利恩斯》

《神主之娘》為公眾劇團的演出劇目，由松居松葉舞台監督和翻案。「翻案」是指把原作的故事場景搬到日本，專有名詞（如人名、地名等）都改為日本名，即日本化的改編，如在《神主之娘》中，松井須磨子的角色名為「朝江」。在《薔薇之路》中，田漢記錄自己在 1918 年 9 月 5 日看過《故鄉》；[34] 而在《三葉集》中，田漢進一步指出他在這天看的《神主之娘》就是德國劇作家蘇德曼的名作《故鄉》的改編劇。[35] 在《三葉集》中，田漢詳記自己對《故鄉》的看法，亦細數藝術座的重要劇目《故鄉》的演出情況：第一次是明治四十五年（民國元年）（1912 年）5 月 3 日由島村抱月所組織的文藝協會在東京有樂座上演，松井須磨子演 Schwartze 之女 Magda，土肥庸元（即土肥春曙，1869-1915）演 Schwartze，佐佐木積（1885-1945）演牧師 Heffterding；第二次是大正三年（民國三年）（1914 年）8 月在歌舞伎座，須磨子演 Magda，武田正憲（1890-

---

33　有關田漢早期劇作與新浪漫主義的關係，主要可參考朱壽桐：〈田漢早期劇作中的唯美主義傾向〉，《文學評論》1985 年第 4 期，頁 92-103；Bonnie S. McDougall, *The Introduction of Western Literary Theories into Modern China, 1919-1925* (Tokyo: Centre for East Asian Cultural Studies, 1971), pp. 88-108.

34　田漢 1921 年 10 月 30 日日記，《薔薇之路》，頁 96。

35　田漢 1920 年 2 月 29 日致郭沫若函，《三葉集》，頁 83-84。

1962，文中誤作武田政憲）演 Schwartze，中井哲（1882-1933）演牧師。田漢雖因其時尚未到日本留學而未看過這兩次演出，但以上記述都是正確的，這是因為田漢參考了島村抱月譯本劇的序言。[36] 田漢把自己在大正七年（1918 年）9 月 5 日所看的《神主之娘》當成是《故鄉》的第三次演出，並謂此次演出中須磨子演 Magda 之妹 Marie，[37] 但這項資料卻是誤記。根據小谷一郎的詳細考證，《神主之娘》實為對英國劇作家漢金（St. John Hankin, 1869-1909）的《最後的德・莫利恩斯》（*The Last of the De Mullins*, 1909）的翻案劇，但弔詭的是，田漢在討論《故鄉》時同樣也有提到《最後的德・莫利恩斯》，因此田漢並不是在不知道《最後的德・莫利恩斯》的情況下而有所誤會的，他為何會弄錯《神主之娘》的真正藍本，小谷一郎認為這是「今後田漢研究的一個新問題」。[38]

對於這個複雜的問題，筆者的看法是田漢確實不知道《神主之娘》的藍本為何。田漢之所以把《神主之娘》誤認為翻案自《故鄉》，但又同時提到《最後的德・莫利恩

---

36 同前註，頁 84-85；島村抱月：〈序〉、〈改版の序〉，載ズーダーマン原作，島村抱月訳補：《故郷：マグダ》（東京：金尾文淵堂，1914 年），頁 2-3；1。

37 田漢 1920 年 2 月 29 日致郭沫若函，《三葉集》，頁 83-84。

38 小谷一郎著，小松嵐譯：〈田漢與日本 —— 以在日時的田漢及其與日本作家的交流為中心〉，頁 462-466。相關考證另見小谷一郎：〈資料の「虛」と「実」—— 田漢研究を通して（二）〉《中国文芸研究会会報》第 330 号（2009 年 4 月 26 日），頁 1-2。

斯》，原因有幾點：首先，正因為田漢沒有看過藝術座對《故鄉》的演出，因此才無從比較《故鄉》和《神主之娘》在藝術座的演繹上有何分別。第二，《神主之娘》和《故鄉》同樣由松井須磨子飾演女主角，又同樣曾在歌舞伎座上演，都是導致田漢誤把《神主之娘》當成翻案自藝術座膾炙人口的《故鄉》的可能理由。第三，田漢曾仔細研究過《故鄉》，但對《最後的德．莫利恩斯》的介紹只是轉引自他著，基於兩作的相似，而田漢又對《故鄉》更為熟悉，便先入為主地誤認其為《神主之娘》的藍本（詳見後文）。不過，筆者更希望指出的是，在這個錯認中，田漢其實抓住了《故鄉》和《最後的德．莫利恩斯》的共通性，而這背後可以牽引出他對西方近代劇的重要評價。針對這個問題，下文會先後討論田漢對《最後的德．莫利恩斯》和《故鄉》兩劇的論述。

在《三葉集》1920 年 2 月 29 日致郭沫若的信中，田漢提及西方近代大量關於兩性問題的戲劇，例如描寫結婚生活的悲劇，其中又以《最後的德．莫利恩斯》作為例子，亦兩番提到自己參考了島村民藏（1888-1970）的著作。[39] 筆者考證得知，田漢所引用的是島村民藏 1919 年的著作《近代文学に現れたる両性問題の研究》（中文可譯作《現代文學中出現的兩性問題之研究》）第六章「新性的道

39　田漢 1920 年 2 月 29 日致郭沫若函，《三葉集》，頁 89、95。

德」。[40] 書中，島村民藏使用了瑞典女性理論家愛倫・凱的「新性道德」論（詳見第二章第二節）來對西方近代劇進行分析；而通過田漢文章和島村民藏一書的對照，可見田漢文中的不少內容是翻譯自該書：田漢提到，西方描寫結婚生活的悲劇，亦即「不以戀愛為基礎的結婚」(「愛を基礎とせざる結婚」)的近代劇，可分為「『顧面子』的結婚」(「面目のための結婚」）和「為金錢的結婚」(「金銭のための結婚」），前者指女性不論是否出於自願而為男子所破壞之後，為顧及「處女的面子」(「処女の面目」），不管與對方之間是否存在戀愛，只求立即與對方正式結婚，因兩人一旦完婚，即不存在女性被「玷污」的說法，否則該女性便需面臨受到社會拋棄，喪失全部名譽與幸福的代價。在說明西方近代劇中有哪些反對「『顧面子』的結婚」的作品時，島村民藏所舉的例子之一正是漢金的《最後的德・莫利恩斯》(《最後のド・ムラン家》，書中誤為 1906 年作品），而田漢其實亦是通過島村民藏的這本書認識到《最後的德・莫利恩斯》的劇情梗概：劇中女主人公 Janet 在八年前與情人生了一個兒子，在偶然機會下跟舊情人重逢，兩人之間早已沒有愛情，但 Janet 的父母因「顧面子」而強迫她與舊情人正式結婚，Janet 則發出一番義正辭嚴的

40　島村民蔵：《近代文学に現れたる両性問題の研究》(東京：天佑社，1919 年），頁 325-362。

議論，拒絕了父母的要求。[41] 綜上所述，田漢通過島村民藏的介紹和分析，從愛倫・凱的「新性道德」理論去理解西方近代劇的精神，並從反對「『顧面子』的結婚」的角度去理解《最後的德・莫利恩斯》一劇。另外，在〈祕密戀愛和公開戀愛〉中，田漢曾提及以「舊性道德」為中心的形式主義婚姻的各種例子，即除勢力、金錢外，因「義務」而結婚（詳見第二章第二節），而上述的「『顧面子』的結婚」，可說是補充了〈祕密戀愛與公開戀愛〉中未有涉及的面向。不過，從田漢的不同作品可見，他主要關注從戀愛到婚姻的過程，對於離婚和再婚的問題一直甚少論及，因此他在別處便沒有對這個問題作專門討論。

至於《故鄉》一劇，田漢是有仔細閱讀和研究過的，這可見諸他引用劇本時使用英文原文，以及引用了島村抱月的譯本序和宋春舫（1892-1938）的評論。田漢對《故鄉》的理解，同樣為反對「『顧面子』的結婚」：女主角瑪格達（Magda）從前和參事官 Dr. von Keller 有染，生了一個兒子，父親 Schwartze 知道後大為驚駭，為保全自己的顏面，迫令瑪格達和 Keller 結婚，瑪格達拒絕了父親的要求。田漢認為，「Magda 之不慊於人處就在這主張個性不肯為面子、人情的犧牲，也就是她的個性的強處」。[42] 另

41　田漢 1920 年 2 月 29 日致郭沫若函，《三葉集》，頁 94-96；島村民藏：《近代文学に現れたる両性問題の研究》，頁 351-354。

42　田漢 1920 年 2 月 29 日致郭沫若函，《三葉集》，頁 91-92。

外，從以上劇情簡介，亦可見《故鄉》和《最後的德・莫利恩斯》在情節結構上的相似，同樣是女主角和從前情人生了一個兒子，父母迫令兩人結婚，但女主角以兩人沒有愛情為由而嚴辭拒絕。《神主之娘》作為翻案劇，把原作中的時空人事改頭換面，田漢誤把其藍本張冠李戴亦不足為怪。

從田漢對《故鄉》的介紹，亦可見他對靈肉問題的關注。田漢翻譯自島村抱月的譯本序中指出，「此劇含了許多思想問題，可以加各種各樣的解釋，而大體講來，其中心問題不外表示一個 Schwartze 的世界（靈的世界？）、一個 Magda 的世界（肉的世界？）、一個調和於兩世界之間的牧師 Heffterding 的世界（靈肉調和的世界），與三樣的思想道德不能統一而終於一場悲劇。」[43] 對照島村抱月譯本序，[44] 上文括號內的註腳為田漢所加，可見在島村抱月分析劇中人物所象徵的世界之上，田漢更進一步把這些象徵詮釋為靈肉問題的衝突和調和。田漢把這個問題放到現實中，把「知友某君」（即李初梨，詳見第四章第二節）比喻為「男子中的 Magda」，從這段話中可見他認為現實中並不存在標準答案，因每人的情況和想法各有不同，他再次重申應從「靈肉一致」，亦即「人」的這個整體觀念去

43　同前註，頁 84。

44　島村抱月：〈序〉，載ズーダーマン原作，島村抱月訳補：《故鄉：マグダ》，頁 2。

考慮問題：

> 我的知友某君因一種家庭問題，父親為之定婚，我友人若不從父命與之結婚則他家或因是而破產，從父命而結婚則對手的女子為他所不能滿意的，此後一生幸福不可不因此喪失。犧牲乎？拒絕乎？正義乎？人情乎？某君因此經過長時的煩悶，而卒拒絕了！這也算是男子中的Magda了。他的同鄉頗因此很非難他的，咳！局外人如何曉得傷心人的懷抱呢？但我對於這個事情，主張各從其心之所安做去，沒有絕對的意見。因為相互犧牲，是人類，否，是生物界相互扶助的生活中最大的精神啊！[45]

在「犧牲」與「拒絕」，「正義」與「人情」之間，由於不存在絕對的對錯，因此如何取捨，存乎一念。只要這一念是經過深思熟慮，便不由旁人置喙。現實中，李初梨選擇拒絕這段為解決家庭經濟危機所約定的婚姻，這個選擇自然符合現代人自由戀愛的觀念，再對也沒有了，但在田漢而言，即使李初梨選擇犧牲自己成全家庭也未嘗不可，例如以李初梨為藍本而寫的《咖啡店之一夜》，田漢

45　田漢 1920 年 2 月 29 日致郭沫若函，《三葉集》，頁 92。

便安排了男主角林澤奇最終勉強答應了父親所定的婚約。[46]「因為互相犧牲，是人類，否，是生物界相互扶助的生活中最大的精神啊！」一句，亦呼應了《咖啡店之一夜》中主張人類應互相犧牲和扶助的立場（有關此劇的詳細分析見第四章第三節）。由此可見，田漢看重在「愛」當中的無私精神，這種犧牲不限於戀人之間，而是可延伸到家庭；也不限於愛情之中，而是可延伸到藝術。在田漢的早期劇作中，便可看到不少這類為成全他人或藝術甘願自我犧牲的角色（詳見下節）。

除此之外，從田漢對於當時已為新劇名宿宋春舫的批評，可見田漢對於女性解放問題的看法。田漢批評宋春舫對蘇德曼劇作欠缺正確的理解，對於宋春舫認為「蘇氏（Sudermann）劇中婦女中之人格［……］皆卑鄙凶淫不足道，［……］難免無恥之譏」，田漢指責他「非常武斷，不類深能了解 modern spirit［現代精神］之人」，並特別為瑪格達這個角色辯解：「我看 Magda 不見得甚麼那麼『卑鄙凶淫不足道』，只覺她是一個個性很強的 human being 不甚一五一十的順從男子的意旨的婦人，又是一個時代道德的犧牲，暗澹的 Milieu［環境］的產物吧！若真不足道，Sudermann 既不得污他的彩筆，東西各國名優也不得爭先恐後的扮演了。不能了解 Magda 這樣的個性，不能了解

46 田漢：《咖啡店之一夜》，《創造季刊》第 1 卷第 1 期（1922 年 5 月 1 日），頁 50-51。

Heimat 這出戲的用心」。[47] 這裏，田漢先強調蘇德曼寫《故鄉》的時代意義，復讚揚瑪格達這個角色之所以引來無數名演員的青睞，正由於她絕不肯改變自己的性格以遷就社會或命運。兩位戲劇家的對比突顯出田漢的看法更能從兩性議題的角度深入了解西方近代文學，而這亦是他所提到的「modern spirit［現代精神］」。

總結田漢對以上三個劇目——《沉鐘》、《最後的德・莫利恩斯》和《故鄉》的看法，都離不開對女性和婚戀問題的探討，而且皆討論到應如何看待「靈肉問題」。靈肉問題是西方近代劇非常關心的話題，因以基督教為基礎的舊道德認為人的本性早就墮落，故人們一直相信人的本質的精神和肉體互相分離的二元論，身心分離的現象在婚姻上顯得尤其明顯；直至近代開始主張人的精神和肉體為一元化，個人主義的興起才令女性命運有所改變。通過對西方近代劇的借鑑，田漢找到了論述中國女性處境，以至當時中國青年普遍面對的婚戀問題的創作方法。

47　田漢 1920 年 2 月 29 日致郭沫若函，《三葉集》，頁 82-83。

三、藝術座與田漢早期戲劇生涯

上文探討了藝術座的事跡和演出如何在田漢的心目中留下腳印，既為他樹立了「靈肉一致」愛情的現實楷模，又成為他關注女性和婚戀議題的重要啟蒙。下文會分為田漢的早期劇作、女性角色、翻譯和改編作品、戲劇研究和戲劇活動五方面，全面探討藝術座對田漢早期戲劇生涯的影響。

（一）早期劇作：「靈肉一致」的追求

大正時期的日本深受西方文化洗禮，面對新舊道德的衝突，「靈肉之爭」成為當時青年普遍面對的問題，用田漢的話來說，這個問題可以演繹成「正義乎？人情乎？」，又或「real life or scientific life 與 real life or artic［artistic］life 的衝突」。[48] 換言之，「靈肉之爭」可說是現實與理想、

---

48 同前註，頁 81。

理性與感性、物質與精神、肉體與心靈等元素之間魚與熊掌的取捨問題。一方面，正如本書第二章和本章前文所指出的，田漢在評騭他人的選擇時，比較傾向中立折衷的取態，從「人」的角度去包容理解和為對方辯護。然而，在田漢的戲劇創作中，則可看出他在孜孜不倦探討「靈肉之爭」的問題時的另一種取態，從中可見他對「靈肉一致」在不同時期有着不同的思考、回應和演繹。尤其突出的是，「靈」的內涵顯然更為豐富，同時包含着愛情和藝術兩個面向，這與松井須磨子的生平和大正浪漫的精神可說是息息相關。

本書第二章論及田漢在《薔薇之路》中記述報刊所載「大正三美人」等轟動一時的羅曼史事件、瑞典女性理論家愛倫．凱的「新性道德論」，以及本章中提到松井須磨子和島村抱月的戀愛和藝術事業，三者均有着共通點，就是對於婚姻道德的選擇和評判是以愛情的存在與否作為標準，若無戀愛，即使是具有法律手續的婚約也是不道德的。另外，在這些現實的主人公身上，愛情和藝術往往是相輔相成的，例如柳原白蓮和宮崎龍介因對文學藝術的共同旨趣而結合，松井須磨子和島村抱月因對愛情和舞台藝術的共同追求，使藝術座得以成為大正時期影響力最大的戲劇團體。在藝術的追求中能得到愛情的支持，自然是如魚得水、相得益彰，愛情是靈感和動力的泉源，而戀人又最能夠互相懂得對方，在牽涉文學和表演的戲劇藝術中，正需要身處不同崗位而又能夠配合無間的夥伴，島村抱月和松井須磨子正是成功例子。

在田漢的不少早期劇作中，往往以靈肉問題作為角色衝突和戲劇張力的重要來源，並歸結到兩者之間的矛盾或協調。另外，島村抱月和松井須磨子的愛情和事業，反映在田漢和第一任妻子易漱瑜的經歷可謂十分相似：兩人在東京共同學習，回國後共同創辦《南國半月刊》，兩人既是愛情上的伴侶，亦是藝術上的戰友，可惜易漱瑜在不久後病逝，故田漢痛失愛妻後，曾在藝術上陷入長達三年（1924-1927）的低潮。[49] 以下以田漢「靈肉一致」的伴侶易漱瑜離世的 1924 年為斷限，討論田漢早期劇作中的靈肉主題。

《環珴璘與薔薇》被田漢視為自己的「處女作」，應留東同學所組織的華北賑災會演劇部的邀請而創作，1920 年 9 月 29、30 日兩日在東京駒形劇場演出。[50] 儘管作品有不成熟的地方，但其意義不容忽視：此劇不單是田漢對西方戲劇樣式的最初嘗試，田漢研究者亦可從中找到日後田漢創作的不少原型和線索。《環珴璘與薔薇》（*Violin and Rose*）原名《歌女與琴師》，因其「題材是描寫一歌女與他［她］的琴師的戀愛」，[51] 然而新的題目使全劇的主旨更

49 「自漱瑜死後，心灰意懶者數年如茲，雖不放棄戲劇運動，但自二十六歲到二十九歲 —— 三年之間不曾老實寫過甚麼東西。」田漢：〈在戲劇上我的過去、現在及未來〉，頁 47。

50 田漢：〈《靈光》序言 —— 致李劍農先生一封信〉，《太平洋》第 2 卷第 9 期（1921 年 1 月），頁 3。

51 田漢 1920 年 2 月 29 日致郭沫若函，《三葉集》，頁 81。

加突出：以小提琴象徵藝術、以薔薇象徵愛情，兩者顯示出田漢對愛情和藝術兩個世界結合的終極追求，這在往後田漢劇作中成為不斷出現的母題。雖然秦信芳和柳翠在藝術和愛情上均互相契合，「歌女與琴師」的身份既暗示二人對藝術的共同追求，亦象徵二人的「琴瑟和諧」，然而世事往往未如人意，對「靈」的形而上的境界的追求，往往受到「肉」的形而下的條件所限制，包括秦信芳的留學旅費與柳翠的生活開支等經濟問題，全劇便以「靈肉衝突」帶起整個故事，這種模式往後並成為田漢早期劇作中的主流。為了解決這種衝突，柳翠選擇嫁給實業家李簡齋做小老婆，結果有感自己始終無法接受這一選擇，於是帶着小提琴奔往尋秦信芳；秦信芳得到上巴黎學習音樂的機會，卻為此失掉愛情，對着薔薇掉淚，在收到李簡齋的包裹後更悲憤欲舉刀自殺。若非李簡齋這個「愛與藝術（靈）的守護神」的介入，[52] 愛情與藝術便同時喪失，柳翠自我犧牲而成全藝術的念頭也不過成為天真的奢想。在這個劇本中，田漢既表達了「肉」的物質層次對維繫「靈」的世界的重要，同時又論及在「靈」的精神層面而言，「環珴璘與薔薇」、藝術與愛情是必須兼而有之、缺一不可。

《靈光》是田漢在日本期間寫的第二個劇本。《環珴璘與薔薇》演出後，駐日使館亦有意助賑，請留學生演劇部

---

52 田本相、吳戈、宋寶珍：《田漢評傳》，頁64。

於東京有樂座再次上演該劇。有樂座是東京最好的劇場，藝術座、近代劇協會、新劇協會、民眾座、新藝術座等名劇團均曾踏足有樂座的舞台，而且因為演劇之外還有其他節目之類，時間限制上演之劇不能超過一小時以上，田漢遂另寫《靈光》一劇，而《靈光》為《環珴璘與薔薇》的舊名。當天的演出包括日本歌舞伎座諸藝員的日本舞蹈和魔術、美國 Miss Habir 說故事、俄國名舞蹈家 Miss V. Pavlova 的跳舞《秋郊騎馬》、Miss K. Pavlova 和 Mr. Kuprin 的匈牙利舞蹈，最後便是由田漢編導的《靈光》，並由日人（帝國劇場的背景主任井上君和有樂座的舞台監督某君）負責後台事務、張滌非（?-?）出演張德芬，共有二十四國人的觀客，[53] 可見此劇的世界主義內涵。據田漢自言，此劇「寫一留美學生之三角戀愛」，[54]「最初名《女浮士德》（*Female Faust*），以劇中女主人公因讀《Faust》而夢見 Mephistopheles 的緣故」。[55] 由此可見，此劇同樣探討戀愛問題，並同樣以女主角為中心。作為賑災目的而寫的劇本《靈光》，一般來說，其主題和故事理應着重災民的物質匱乏，呼籲觀眾慷慨解囊。然而，《靈光》除了第一幕略略交代中國北五省大旱災、疫病流行，張德芬回國

---

53 田漢：〈《靈光》序言 ——致李劍農先生一封信〉，頁 3。

54 田漢：〈在戲劇上我的過去、現在及未來〉，頁 45。

55 田漢：〈《靈光》序言 ——致李劍農先生一封信〉，頁 4。

賑災，以及第二幕透過夢境刻劃從「相對之崖」看過去的「淒涼之境」和「歡樂之都」的對比，講述華北災民的慘況以外，劇本的大部分內容似乎仍然高舉藝術和愛情的「靈」的世界。從情節而言，《靈光》的主題是「三角戀愛」，以顧梅儷誤以為張德芬要回國與已有婚約的朱秋屏完婚而引出種種煩惱思緒，令人感到此劇的主題仍離不開對藝術和愛情的熱烈追求。張德芬雖提出要從物質和精神兩方面解救中國同胞，但同時又指出精神上的饑荒比物質上的饑荒所產生的痛苦更為難受，「饑於麵包」和「饑於醫藥」的都可以想辦法多少幫助一點，唯獨是「饑於愛的青年男女」則只有透過藝術才能拯救。從結構而言，《靈光》全劇以顧梅儷入夢、作夢、出夢組成，亦即以後設的「劇中劇」方式重述《女浮士德》完成的藝術過程，而這個藝術過程又可連繫到田漢本人的文學投射：《靈光》借劇中人物兼談歌德（劇中作「額德」）、惠特曼（Walt Whitman, 1819-1892）、愛倫・坡（Edgar Allan Poe, 1809-1849，劇中作「頗」）等外國作家的藝術價值，而他們都是當時田漢最為關注的作家。[56] 從上可見，田漢在《靈光》中繼續他對「靈肉衝突」問題的關注，除了男女主角個人層面上的戀愛問

56　可參見田漢：〈平民詩人惠特曼的百年祭〉，《少年中國》第 1 卷第 1 期（1919 年 7 月 15 日），頁 6-22；田漢：〈歌德詩中所表現的思想〉，《少年中國》第 1 卷第 9 期「詩學研究號」（1920 年 3 月 15 日），頁 142-161。

題外，更把眼光從「小我」拉闊到「大我」，把「靈肉問題」普遍化到中國同胞和世界文學。從《環珴璘與薔薇》到《靈光》，都可以看出田漢認為必先解決青年男女的愛情問題，才能進而推動他們的藝術追求，也才能為國家和全人類的未來效力。

在《靈光》中，田漢更進一步借顧梅儷之口，指出「靈肉一致」的問題對女性來說顯得尤為重要，從中表達了他對「新女性」的看法。只有女性自覺到自己在「靈」和「肉」兩方面都不會受到男性視野的擺佈而走向極端，才算真正獲得「人」的身份：

> 德芬［！］我雖然［是］Christian［，］却不是想學原始的基督教徒那一樣，把靈魂送到天上，把肉體打入地獄。我當然不願被你們男子看做獸類一樣，專門滿足你們的性欲衝動，也不願被你們男子看做天使一樣，專門滿足你們的精神戀愛。一言以蔽之，我們都是人，我們要求我們人的戀愛就是了。［……］[57]

從這段話中，可見田漢和愛倫·凱一樣反對基督教主張人的精神和肉體互相分離的二元論。真正的女性解放思

57 田漢：《靈光》，頁 27。

想，既非能掌控自己的身體縱情性慾就算是女性自主，因這樣也不過重新墮進男性獵豔式的消費定位；更非勉力保持絕對純潔，因這樣也不過重新回到女性需要清貞節烈的封建道德標準，而且不切實際。不過，田漢一方面借顧梅儷之口闡述愛倫・凱的主張，一方面卻把顧梅儷設定為基督徒，當中是否存在矛盾？筆者認為，田漢的用意並非宣傳宗教，而是強調自我犧牲的宗教精神，以及把藝術的神聖與宗教相提並論；值得注意的是，這兩種特質在田漢筆下的女性身上往往兼而有之，正如《靈光》中的顧梅儷，可見當中濃重的女性崇拜意味。

另外，顧梅儷的這番話其實亦暗示了當時田漢和易漱瑜的關係。現實中，易漱瑜之母陳穎湘一直不太情願田漢和女兒的婚事，直至 1919 年暑假，田漢回國探親時才帶易漱瑜東渡日本，但二人在日本並沒有像其他五四青年一樣因愛情而同居，而是易漱瑜寄住女子宿舍和補習外文，田漢自己則埋頭讀書創作，常常是見面散步都成為一種奢侈享受，往後易象去世，兩人才因便利互相照顧而一起遷入月印精舍。本書第一章曾提及，從王新命回憶錄的記述可知，當時田、易二人並未同居。在《靈光》中，田漢借顧梅儷之口表述自己的想法：「可是我還是捨不得這種稗史的（romantic）生活，他們說男女舉行結婚的時候，就是表示他們的稗史（romance）已經告終，而他們的歷史（history）開卷了呢。」「我恨 history（歷史）的生活，我暫且捨不掉我們這種 romantic（羅曼諦克）的生活，好！德芬 dear 你努力去做超人，我暫且努力做你的好朋友吧……我想我還可以做你五年的好朋友……」[58] 由此可見，田漢努力與易漱瑜保持「Pure love（純潔的戀愛）」，[59] 雖如評論所言是出於「靈肉一致」的考慮，但實際上卻似是「重靈輕肉」居多。因為愛情，使藝術有了進步的動力；但為了達致學業和藝術上的長進，卻把從愛情到婚姻的過渡暫時擱置。在《靈光》中，田漢借助女主角顧梅儷之口，解釋了不願同居或踏入結婚這個「戀愛的墳墓」的理由，對愛情的看法是互相做對方「生香活色的膩友」，[60] 可見在田漢而言藝術置於比愛情更高的層次。

田漢個人愛情中靈肉問題的探討，在《鄉愁》中有更為直接的表現。《鄉愁》雖發表於 1924 年的《南國半月刊》創刊號，實際上寫於 1922 年，據劇前按語記載：「按此劇作於我們［田漢和易漱瑜］歸國前一月。原有兩幕：第一幕以庭園與室內為背景，描寫孫梅、伊靜言兩人鄉愁的心緒，與汪右文的特異個性和風度。第二幕以原野為背景，示其解決。」[61] 據田漢自言，此劇本擬發表於《創造》，但歸國後清查行篋，僅得此劇之第二幕，第一幕竟苦搜不得，因此將第二幕略加修改，作一獨幕劇發表。[62]《鄉愁》

58 同前註，頁 26-27。

59 同前註，頁 27。

60 同前註。

61 田漢：《鄉愁．前言》，《南國半月刊》創刊號（1924 年 1 月 5 日），頁 1。

62 同前註。

是田漢回國前在日生活的真實反映，從劇中人事到佈景，皆可在田漢和易漱瑜回國前所住的月印精舍找到對應。[63] 田漢在日記《薔薇之路》中曾隱約提過 1920 年與易漱瑜在月印精舍附近的郊外散步時發生「大衝突」，[64] 日後回顧中亦提到《鄉愁》的內容「實寫我自己同漱瑜間的暗雲，而把另一方面隱了」，[65] 劇中男女主角的對話正是相關內容的藝術加工。在此劇中，女主角少見地有了自己的發聲位置，譴責男性視野中「重靈輕肉」、把女性理想化以達致自我滿足的渴求。女主角伊靜言指責男主角孫梅督促她發憤做女詩人、考入女子大學，並非真心從她的本身意願出發，而不過是虛榮心作祟，希望將她改造為自己心目中的理想形象，甚至怒斥孫梅是一個「利己主義者」。[66] 放

63　《鄉愁》中提到孫梅家中共三兄弟，伊靜言有一妹，與田漢和易漱瑜家庭情況相同。劇中又提到「汪大哥」/「汪右文」、「林二哥」和「老七」兄弟、「老張」，對照王新命的回憶錄，以上人物分別為當時同樣居於月印精舍的王新命、林孟和、林仲平兄弟、莊重，參見王新命：〈月印精舍七弟兄〉，《新聞圈裏四十年》（上），頁 217。另外，《鄉愁》之佈景為「草原之景。前有小山，側面隄上有疎林。林裏隱約有茶庵，庵頭藤棚上掛著燈籠。小山之下亦隱約有燈光。時紅日已沒，暮色蒼然。沿隄野草之中，蟲聲唧唧。此外則隄上遊人吹 harmonica［口琴］之聲，時復悠然入耳。」田漢：《鄉愁》，《南國半月刊》創刊號（1924 年 1 月 5 日），頁 2。《薔薇之路》對田漢當時的住處月印精舍有相當詳細的記載，當中提及的地景包括「諏訪之森」（森林）、「秋葉庵」（茶室）、「戶山原」（草坪）及「戶山靶場」（射擊場）等。田漢 1921 年 10 月 10、13、14、18、31 日日記，《薔薇之路》，頁 1、20-21、24-27、39-40、100。有關月印精舍的詳情，亦可參小谷一郎著，小松嵐譯：〈田漢與日本——以在日時的田漢及其與日本作家的交流為中心〉，頁 520-527。

64　田漢 1921 年 10 月 19 日日記，《薔薇之路》，頁 44。

65　田漢：〈在戲劇上我的過去、現在及未來〉，頁 46。

66　田漢：《鄉愁》，頁 12。

在田漢的創作脈絡中，正如《環珴璘與薔薇》中柳翠作為歌女、《靈光》中顧梅儷要當劇作家，正一針見血地批評了這些作品的目的是為了符合「才子配才女」的男性理想愛情觀。當孫梅辯解自己希望愛人進女子大學的苦心時，伊靜言即尖銳地反駁「誰要人家製造我的個性？」，[67] 並指責孫梅毫不關心她的身體。伊靜言向孫梅痛陳過份着重「靈」的後果：「但是藝術是要把健康換來的，我若丟了健康還有甚麼藝術呢？」，[68] 把孫梅說得啞口無言。若田漢此前的劇作是讚頌藝術和愛情兼得的「靈」的世界，《鄉愁》則透過女性聲音，從「肉」的角度擊碎這個美麗的幻想。不過，全劇接近尾聲時出現的汪右文，彷彿是田漢從別處重新借來增加自己力量的男性聲音：作為一個漂泊者，汪右文亦是象徵着「靈」的世界，劇末對「家」和「漂泊」的對比，反映田漢在「靈肉調和」的問題上有了多一種想法，它自然可以如論者所解讀，選擇「家」等於選擇世俗的「肉」的生活，選擇「漂泊」代表着清苦的「靈」的追求，為「一種『靈、肉失調』的象徵」。[69] 然而，這同時亦可解讀為一種新的「靈肉一致」的出路：若有幸尋得知心美眷，固然達致藝術與愛情兼得的「靈肉一致」的最高境界；倘求之不得，浪跡天涯亦能達致藝術家的終極

67 同前註，頁 7。

68 同前註，頁 12。

69 田本相、吳戈、宋寶珍：《田漢評傳》，頁 71。

理想。「流浪」作為藝術和愛情以外的「靈」的出路，造成田漢劇中的「精神漂泊（流浪）者」心理；[70] 而在藝術與愛情的幻滅後，有關「流浪」主題的劇作漸次增多（如《蘇州夜話》、《南歸》等），顯示了田漢在創作路向上的一個小轉變，但本質上仍不離「靈肉問題」的探討。

正如論者指出「獻身於對『真藝術』與『真愛情』的追求，正是這一時期年輕的田漢的人生選擇與藝術思想，同時也可以視為他早期創作的一個總的主題」，[71] 但從以上分析，我們可以見出田漢此一時期的劇作對藝術有較高的追求，愛情某程度上也是使藝術昇華的手段。《鄉愁》中伊靜言（易漱瑜）對這種傾向的指責，對田漢來說無疑是暮鼓晨鐘；往後易漱瑜之死，更似是實現了伊靜言指責孫梅為了藝術而罔顧她的健康的預言，使田漢不得不深切懺悔和反思過往的靈肉觀。

（二）女性角色：從個性解放到感時憂國

松井須磨子在戲裏戲外均塑造了一個敢於爭取個性解放的女性形象，呼應了大正時期的女性解放思潮。這個傾向在田漢的早期劇作中亦可輕易找到。這些女性形象主要

70　錢理群、溫儒敏、吳福輝：《中國現代文學三十年》（北京：北京大學出版社，1998 年），頁 134。

71　同前註。

可分為三類，一是知識型女性，如《靈光》中的留美女學生顧梅儷、《薛亞蘿之死》中的資本家女兒竹君和《鄉愁》中的女學生伊靜言；二是投身工廠的勞動女性，例如《午飯之前》中的二姊。這兩類女性對於自己的追求和理想能作較為系統的闡釋，但她們的宣言卻又往往令人感到是來自於男性意願的強加。第三類是社會下層的女性，這類女性形象在田漢早期劇作中佔主流，從《環珴璘與薔薇》中的歌女柳翠、《咖啡店之一夜》中的女侍白秋英，以至《古潭的聲音》中的舞女美瑛，她們的身上同樣展現了一種為了捍衛個人價值而有熱烈行動的抗爭精神，比男性的形象更為突出，與松井須磨子曾經演過的西方話劇中的經典角色有一脈相承的形象，而又展現出各自不同的面貌。

相比起松井須磨子戲裏戲外的桀驁不馴，田漢早期劇作中的女性角色在個人命運的抗爭以外又有着現實社會的關懷。首先，這些女性頗為關注時局，例如《環珴璘與薔薇》中的柳翠，對當時政治腐敗的不滿甚至超過秦信芳。此劇甫開始，柳翠和秦信芳討論聽大鼓的客人為何尚未到時，柳翠即發表她對時局的辛辣批評：

> 柳：（冷笑的態度）嚇！有甚麼事做？我還不知道！北京的人會有事做，那麼中國就好了。他們此刻有的還在床上抽大煙沒有過足癮，有的還和他的姨太太們睡着，沒有醒呢！其他的也不過茶館進，飯館出，聽聽戲，打打牌，遊遊中央公園，上上青雲閣，有甚麼事可做？

> 秦：（帶笑）這不是他們的事嗎？中國的老爺們除掉了抽抽大煙，睡睡小老婆，茶館進，飯館出，聽聽戲，打打牌，還有甚麼別的事可做呢？
>
> 柳翠：那們［麼］講起來，他們可做的事還多着呢：坐坐汽車，吃吃大菜，打打撲克……還有甚麼事？啊！借借款，賣賣國。……[72]

此外，《靈光》中的顧梅儷在最後希望透過戲劇創作拯救國人；《咖啡店之一夜》中的女侍白秋英希望人們在「社會的大沙漠」中能夠相濡以沫，互相扶持；《午飯之前》中的二姊，為了工錢問題以領袖身份與工廠鬥爭，最終壯烈犧牲，種種表現不一而足。從中可以看出田漢早期劇作中對「靈」的追求實際上還有多一重層次：對國家民族，乃至世界全人類的美好願景。女主角為了男主角的藝術事業作自我犧牲，目的不止於使他藝術的路走得更為平坦，背後更是為了民族國家的未來，例如柳翠願意為秦信芳作自我犧牲，為的是秦信芳學成歸來後可做「少年中國開國的大音樂家」，安慰和鼓勵「勞苦的工人」、「煩悶的青年」、「新文化運動的勇士」和「打破舊社會的健兒」，[73]

72　田漢：《環珴璘與薔薇》，《少年中國》第 2 卷第 5 期（1920 年 11 月 15 日），頁 43。

73　同前註，頁 61。

二人的故事甚至和法國小說《歌女與琴師》的情節重疊：巴黎一名歌女和一名琴師戀愛後在世界各國流浪演奏，「世界各國的人，受了他們倆的感化，都想望一種純美的世界，所以世界上因此就沒有戰爭了」，[74] 當中顯然帶有理想色彩和世界主義的傾向。《湖上的悲劇》中的白薇最後自殺而死，目的是為了讓楊夢梅寫出動人的作品，「使他在人類的文化上有甚麼貢獻，她也算不白生在世上了」。[75] 從中可以窺見田漢對女性形象的塑造不但離不開傳統才子佳人的價值觀，而且背後有着傳統文人經國濟世的情懷，在古代的傳奇裏，胸懷大志的才子背後往往有着聰慧體貼的佳人甘願為其作自我犧牲，雖然田漢把這些故事的內容換上了現代的素材，但其底蘊仍離不開五四文人「感時憂國」（Obsession with China）的人文精神和情懷。[76] 與藝術座的新劇全然鼓吹個性解放的主調不同，田漢的早期劇作在個性解放的主流之中，底蘊仍有着國家民族集體性的道德考量。

---

74 田漢：《瓌珴璘與薔薇》，《少年中國》第 2 卷第 6 期（1920 年 12 月 15 日），頁 42。

75 田漢：《湖上的悲劇》，《南國》（不定期刊）第 5 期（1928 年 8 月），頁 33-34。

76 夏志清著，丁福祥、潘銘燊譯：〈現代中國文學感時憂國的精神〉，載夏志清著，劉紹銘等譯：《中國現代小說史》（香港：中文大學出版社，2001 年），頁 459-478。夏文的論述環繞中國現代小說，此處把這個論述延伸到中國現代戲劇。

（三）女優劇：翻譯與改編

田漢本人除了自創劇本外，還有大量翻譯和改編自西方劇作的作品。其中，田漢對王爾德的《沙樂美》（今譯為《莎樂美》）和莎士比亞的《哈孟雷特》（今譯為《哈姆雷特》）的翻譯，以及對梅里美的小說《卡門》和托爾斯泰的小說《復活》的改編頗為膾炙人口，[77] 然而歷來論者並未論及田漢為何選擇這些劇目的背後原因和它們的共通點。實際上，以上四劇均曾由松井須磨子擔任女主角或參演，而這些劇作中的女主角性格均大膽奔放、熱情如火，具有憤世嫉俗、我行我素的叛逆色彩。由於這些角色與松井須磨子的個人形象十分貼合，故演出大獲成功，亦成為藝術座的名劇。田漢雖未觀看過松井須磨子演出這四個作品，但很有可能因松井須磨子帶起以上女優劇的熱潮，引發田漢對這些劇作的興趣，並進而對它們進行譯介。

以上四部劇作的女角色都佔據重要位置，令人印象深刻，這裏先簡介它們的情節：《莎樂美》為王爾德創作的獨

77　（一）王爾德著，田漢譯：《沙樂美》，《少年中國》第 2 卷第 9 期（1921 年 3 月 15 日），頁 24-51。（二）莎士比亞著，田漢譯：《哈孟雷特》，《少年中國》第 2 卷第 12 期（1921 年 6 月 15 日），頁 38-53。（三）梅里美原著，田漢改編：《卡門》，《南國月刊》第 2 卷第 2 期（1930 年 5 月 20 日），頁 213-255；第 2 卷第 3 期（1930 年 6 月 20 日），頁 404-455。（四）托爾斯泰原著，田漢改編：《復活》，上海《晨報．晨曦》（1933 年 6 月 30 日、7 月 2 至 5 日、7 日、9 至 12 日、14 日、15 日、26 至 31 日、8 月 2 日）（第一幕及第二幕之一部分）；南京《新民報．新園地》（1936 年 1 月 12 至 20 日、22 日、4 月 4 日）（重新全譯）；轉引自《田漢全集》第 3 卷，頁 357-489。

幕劇，在王爾德的筆下，《莎樂美》雖然仍以《聖經》為藍本，但卻顛覆了以往基督教傳統文化中的莎樂美形象。劇中，莎樂美對施洗約翰有着熾熱瘋狂的愛，雖然換來約翰的拒絕和詛咒，但莎樂美不惜生命，寧可玉石俱焚，也要割下施洗約翰的頭顱一償吻他的心願。《哈姆雷特》為莎士比亞的四大悲劇之一，劇情主要講述丹麥王子哈姆雷特為父復仇的故事，其中牽涉奧菲莉婭與哈姆雷特陷入愛河的情節，而作為哈姆雷特瘋狂復仇計劃的一部分，奧菲莉婭被他無情拋棄，加上父親的死讓她精神錯亂，最終失足落水溺斃。《復活》改編自托爾斯泰的同名小說，原著講述青年貴族軍官涅赫遼杜夫誘姦了親戚的養女喀秋莎，喀秋莎懷孕後自此走向墮落的道路，被主人趕走後，先是淪落為妓女，後被誣陷下獄成為階下囚；涅赫遼杜夫在當陪審員審理此案時才得知喀秋莎的遭遇，良心受到強烈譴責，於是跟隨喀秋莎到西伯利亞，開始邁出了走向人性復活的道路。《卡門》改編自梅里美的同名小說，講述驕悍狂放的吉卜賽女郎卡門令士兵何塞迷戀於她難以自拔，為此入獄、走私、殺人，後來卡門移情別戀，愛上鬥牛士愛斯卡密羅，最終被何塞刺死。

對松井須磨子而言，以上四部劇作在她的演劇生涯中均有着里程碑式的重要意義。《哈姆雷特》由研究莎士比亞、文藝協會的創辦者坪內逍遙翻譯，首先作為 1910 年 3 月文藝協會第一期學生內部試演觀摩會劇目，1911 年 5 月 27 日在帝國劇院公演。這是松井須磨子在加入文藝協會後的首個參演作品，其演出之奧菲莉婭受到擊節讚賞，為她的演劇生涯奠定重要基石，故此後即獲青睞擔當易卜生《玩偶之家》娜拉一角，從此奠定「日本新劇第一女演員」的地位。島村抱月和松井須磨子被逐出文藝協會另組藝術座後，松井須磨子作為藝術座台柱上演了不少女優劇。《莎樂美》由中村吉藏翻譯，1913 年 12 月 2 日至 26 日上演於帝國劇場，須磨子的演出大受好評，此後成為藝術座主要的上演劇目之一。《復活》由楠山正雄翻譯，最初於 1914 年 3 月 26 日至 31 日上演於帝國劇場，通俗化的改編使此劇大受歡迎，成為藝術座最著名的劇目。此劇為日本現代話劇中加插插曲首開先例，劇中由於加插了相馬御風（1883-1950）作詞、中山晉平（1887-1952）作曲的〈喀秋莎之歌〉（カチューシャの唄）而大受歡迎，〈喀秋莎之歌〉成為風靡全日本的流行曲，《復活》為藝術座創下了在全日本上演四百四十四場的紀錄，自《復活》起，藝術座每演一劇必加一歌以博歡迎。《卡門》由川村花菱翻譯，1919 年 1 月 1 日至 10 日於有樂座上演，1 月 5 日松井須磨子在藝術座後台自殺殉情，成為藝術座最後的上演劇目。由於劇中卡門的死亡似乎預言了松井須磨子的自殺，使此劇更彷彿有了雙重意義。

《莎樂美》和《哈姆雷特》的中文翻譯與其說是英國文學在中國的直接傳播，毋寧說是英國戲劇文學借助日本大正時期最重要的戲劇團體文藝協會和藝術座的譯介和演出，然後再通過熱愛戲劇的留日中國學生田漢的譯介才迂迴地帶到中國。由於文藝協會的領袖坪內逍遙是專門研究莎士比亞戲劇的學者，島村抱月作為其私淑弟子同樣曾經留學英國，兩人均對英國文學有極深造詣，因此他們在決定演出劇目時亦往往譯介英國的戲劇作品。[78] 對藝術座抱有熱愛的田漢同時是《莎樂美》和《哈姆雷特》在中國的首位翻譯者，此事並非偶然。《莎樂美》是田漢最早翻譯的西方劇作，據田漢自言，這個劇本吸引他的地方，在於當中的所有角色，不論是敍利亞少年、莎樂美還是約翰，都是「目無旁視，耳無旁聽，以全生命求其所愛，殉其所愛」，[79] 具有濃重的戀愛至上和唯美主義成分。「以全生命求其所愛，殉其所愛」，令人想到現實中松井須磨子的寫照，如前文曾提及黃日葵經田漢介紹須磨子的生平後，為須磨子題詩「只有你的生，說得上『人生』，只有你的死是含笑的死喲。」[80] 因此，田漢早於日本留學時期即對《莎樂美》的劇本產生濃烈興趣，除了出於劇本本身的吸引力，當中頗大成分是出於松井須磨子的演出在日本所引起的後續效應。在田漢之前，王爾德的劇作並未進入中國的視野，僅由周作人（1885-1967）翻譯過其童話〈快樂王

---

78 文藝協會和藝術座曾上演過的英國戲劇文學作品如下：莎士比亞著，坪內逍遙譯：《哈姆雷特》，1910 年文藝協會第一期學生內部試演觀摩會、1911 年公演；王爾德著，中村吉藏譯：《莎樂美》，1913、1915、1916 年公演；莎士比亞著，島村抱月譯：《克里奧佩特拉》，1914 年公演；莎士比亞著，坪內逍遙譯：《麥克白》，1916 年公演。

79 田漢：〈公演之前——替自己喊叫，替民眾喊叫〉，《申報．本埠增刊》，1929 年 6 月 23 日，第 5 版。

80 黃日葵：〈題須磨子 Sumako 像〉，頁 41。

子〉，[81] 田漢把《莎樂美》翻譯到中國後，始引起二十世紀二十年代中國的「王爾德熱」，而直至今天田漢對《莎樂美》的翻譯仍被公認為最好的譯本。《哈姆雷特》是田漢第二個翻譯的西方劇作，亦是中國出版的第一個莎劇譯本。田漢的譯本並未註明所據版本，但很可能參照過坪內逍遙的日譯。雖然日後這個譯本曾招來批評，[82] 但其拋磚引玉的角色仍是功不可沒。除《哈姆雷特》外，田漢還翻譯過《羅密歐與茱麗葉》，[83] 由此引起中國文壇對莎士比亞作品的關注，乃至後來朱生豪（1912-1944）、梁實秋（1903-1987）等人對莎劇的翻譯，使中國有了較為完善的莎劇譯本。[84] 以上可見田漢在譯介英國戲劇文學到中國的傳播路徑上所扮演的重要角色，以及文藝協會和藝術座對田漢的深刻影響。

《卡門》和《復活》雖然在田漢公開左轉後才被重新改編成「社會劇」和搬上舞台，分別於 1930 年 6 月 11 日由南國社在上海中央大戲院和於 1936 年 4 月 17 至 19 日

81　淮爾特著，周作人譯：〈安樂王子〉，載周作人譯：《域外小說集》（上海：群益書社，1920 年），頁 1-14。

82　參見山風大郎：〈卓賓鞋和田漢的翻譯〉，《幻洲》第 1 卷第 12 期（1927 年 9 月），頁 581-606；田漢：〈關於《哈孟雷特》與《到民間去》——致《幻洲》雜誌記者〉及（潘）漢年：〈覆田漢先生〉，《幻洲》第 2 卷第 2 期（1927 年 10 月 16 日），頁 72-75、75-76。

83　莎士比亞著，田漢譯：《羅蜜歐與朱麗葉》，《少年中國》第 4 卷第 1 至 5 期（1923 年 3 至 7 月）。

84　有關莎士比亞中譯問題的梳理，可參見李奭學：〈莎士比亞入華記〉，《中外文學關係論稿》（台北：聯經出版事業股份有限公司，2015 年），頁 227-247。

由中國舞台協會在南京世界大戲院公演，但其實田漢早在二十世紀二十年代初已留意到這兩個劇作，例如田漢早就有意翻譯《卡門》，在「少年中國學會叢書」的廣告中，其中之一便為「《嘉爾蠻》“Carmen”，著者梅禮美 Prosper Mérimée，田漢譯，René Bull 畫，全一冊印刷中」，[85] 儘管此書最後並未出版。另外，《卡門》和《復活》是田漢的眾多改編作品中技巧最為純熟的兩個，倘若看過原著小說，會發現要將它們改編為話劇並不容易，尤其是《復活》本為托翁的長篇鉅著，書中大量內容難以被舞台化，例如法庭的冗長審訊、涅赫遼杜夫的思考與回憶、流放到西伯利亞的壯闊場面等。然而，從田漢對《卡門》和《復活》的改編，卻可見兩劇中場景的自由調度和內容刪削均十分合宜，因此有理由相信，田漢曾參考過外國的改編經驗，而這個參考來源很有可能就是藝術座的改編劇本。例證之一是《復活》在原著小說中是從涅赫遼杜夫的敘事角度展開故事情節，而在藝術座的改編劇本中，主角則從涅赫遼杜夫轉移到喀秋莎，展現了喀秋莎作為純潔的少女、被迫下海的妓女，以至被誣陷入獄的女囚這三個階段，而田漢改編的《復活》亦同樣以喀秋莎作為主角。

此外，《復活》是藝術座最受歡迎的劇目，重要原因之一是此劇首開日本新劇「話劇加唱」的形式，加入了由

---

85 〈少年中國學會叢書〉（廣告），《少年中國》第 4 卷第 1 期（1923 年 3 月），頁 2。

松井須磨子演唱的插曲〈喀秋莎之歌〉，增添了劇中人物的內心刻劃和對觀眾的感染力，使此劇和插曲能夠風靡全日本。〈喀秋莎之歌〉被灌制成唱片並據說賣出了四萬張，從當時留聲機的普及程度而言，這一銷量堪稱奇跡，幾乎所有擁有留聲機的人全都買下這張唱片，田漢來日時，正是街頭巷尾都在播放着〈喀秋莎之歌〉。小谷一郎認為，田漢從處女作《環珴璘與薔薇》中的秦信芳拉小提琴，到《靈光》中從遠處的教堂傳來的鐘聲、鋼琴聲和「讚美歌」聲，《咖啡店之一夜》中「可崙斯奇」彈奏的吉他聲，《鄉愁》開場時的口琴聲等，都體現了田漢通過藝術座所學到的使用音響來增強氣氛和效果的編劇手法。[86] 事實上，在田漢改編的《復活》中，亦加插了〈喀瞿沙〉、〈怨別離〉、〈莫提起〉、〈望鄉曲〉、〈德米屈里〉、〈寒衣曲〉、〈茫茫的西伯利亞〉等插曲，[87] 這是《復活》改編中最成功的地方，田漢的自述中便不自覺流露出對這種形式的自豪：「本劇中的歌曲大部分是張曙同志作的，他自己扮演劇中波蘭青年，〈莫提起〉那首歌唱得激昂悲壯，效果極好；後來很自然地被人們改成抗戰歌曲，變為〈莫提起一九三一年的九・一八〉了。末場〈茫茫的西伯利亞〉是冼星海同志作

86　小谷一郎著，小松嵐譯：〈田漢與日本 —— 以在日時的田漢及其與日本作家的交流為中心〉，頁 484。

87　田漢作詞：〈怨別離〉、〈莫提起〉、〈望鄉曲〉、〈喀瞿沙〉、〈德米屈里〉、〈寒衣曲〉、〈茫茫的西伯利亞〉，先後發表於《新民報・新園地》，1936 年 3 月 30 日、31 日，4 月 1 日、3 日、4 日、8 日、10 日。

曲，調子沉雄鬱勃，也曾被人廣泛傳唱。夏衍同志曾引用在他的同名劇作中。」[88] 論者亦讚賞田漢對《復活》的改編創造了「話劇加唱」的新形式，「對烘托氣氛、刻劃人物、傳達意蘊起了良好的作用」。[89] 在藝術座的原來改編中，「話劇加唱」是建基於大正時期的商業消費文化，而田漢使用「話劇加唱」的形式主要集中於二十世紀二十年代末三十年代初公開左轉之際，例如田漢對《復活》的改編便賦予了其中民族革命意識的內涵，音樂因而增添了鼓動民眾革命熱情的宣傳作用。田漢曾表示：「我過去寫劇本歡喜插進一些歌曲：《南歸》、《回春之曲》、《洪水》、《盧溝橋》和《復活》等都是如此，那是真正的『話劇加唱』，這種形式我以為還是有效果的。[……] 有的至今傳唱，已成為這些作品不可分的一部分。」[90] 所謂「效果」，便是透過歌曲直接打動觀眾心扉，激起革命熱情。作為中華人民共和國國歌的填詞人，田漢在抗日戰爭前夕寫成的電影《風雲兒女》中加進《義勇軍進行曲》這首主題曲實非出於偶然，通過音樂和影像，抗日意識得以迅速傳播，往後此曲更因過於流行，脫離電影而成為時代乃至整個國家民族的代表，可見田漢把「話劇加唱」的藝術形式發展到極致。

88 田漢：〈後記〉，《復活》（北京：中國戲劇出版社，1957 年），頁 176。

89 田本相、吳戈、宋寶珍：《田漢評傳》，頁 218。

90 田漢：〈後記〉，《田漢劇作選》（北京：人民文學出版社，1955 年），頁 503。

除了場景調度、敘事角度和加入插曲外，田漢對《卡門》和《復活》的改編更在於加入對中國二十世紀三十年代時局的討論。以日本劇壇的經驗觀之，這個做法顯得頗有日本「翻案」劇的味道，不過日本的「翻案」是將作品中的整個時空換成日本，而田漢的做法是透過原著中外國人物之口討論中國當前形勢，「借他人酒杯澆自己塊壘」，既暗示同樣的政治和現實問題並不限於中國，同時鼓舞民眾學習外國志士的革命精神，捨身就義。由於三十年代政治環境的嚴峻（事實上《卡門》在 1930 年 6 月上演了三天後便被當局禁演），迫使田漢通過看似與本國無關的翻譯劇暗中宣傳革命，如《卡門》後記便言此劇是「藉外國故事來發揮革命感情影響中國現實，是當時不得已的和常用的辦法」，[91]《復活》後記亦言「這個戲的演出目的不只在於紀念托爾斯泰，而在通過或假借托爾斯泰的人物說出我們要說的話。在白色恐怖嚴重的日子裏，寫外國故事的戲跟寫歷史劇有同一戰鬥作用。《復活》第一場監獄場景實際也透露了我記憶猶新的國民黨監獄的黑暗印象。」[92] 由此可見，田漢對《卡門》和《復活》的改編實際上意圖避過國民政府的檢查，這與藝術座的改編側重於女性解放議題的探討有着徹底不同的動機和意義。

91　田漢：〈後記〉，《卡門》（北京：藝術出版社，1955 年），頁 83。

92　田漢：〈後記〉，《復活》，頁 174-175。

（四）戲劇研究：易卜生戲劇

對日本新劇運動而言，易卜生戲劇是一個重要的參照，當中鼓吹女性解放、婚戀自由的個人主義思想，開啟了西方近代劇對兩性問題的關注。本書第二章曾提到田漢在〈祕密戀愛與公開戀愛〉中譯介了當時日本著名學者本間久雄的〈性的道德底新傾向〉一文，此文開宗明義便指出，最先主張性的道德的新傾向，即性倫理上的「新道德」（new morality）的，在近代文學家之中首推易卜生。另外，易卜生和愛倫・凱，一為文學家一為思想家，兩人同樣熱烈主張個人主義、自由離婚和戀愛自由這幾項性倫理上的「新道德」。易卜生戲劇正是在此背景下受到大正時期的日本劇壇的熱烈推崇。不約而同地，松井須磨子在加入文藝協會之初演出的第一個以女性為中心的戲劇便是易卜生《玩偶之家》，[93] 並憑娜拉一角嶄露頭角。《玩偶之家》在東京和大阪連續演出後好評如潮，娜拉的人生態度也成為當時日本的熱門話題。對於尚處於封建意識控制中的日本女性而言，離家出走的娜拉無疑成了新時代的象徵，婦女解放運動者紛紛支持娜拉的人生態度，平塚雷鳥等人創辦的《青鞜》雜誌更為娜拉編刊特集，《玩偶之家》可說為女性解放運動燃點了新的火焰。作為演劇生涯中的首個

93 易卜生著，島村抱月譯：《玩偶之家》，1911 年公演。

重要角色，娜拉為了追求自由，主動離家出走的行徑，與松井須磨子本人的經歷和人生態度頗為相像，往後須磨子接二連三的女優劇演出，不但成為她的女性自我啟蒙的來源，同時通過女優劇所引發的社會話題，使女性解放運動得到鋪天蓋地的宣傳，亦是對廣大日本群眾的啟蒙。

田漢在留日期間曾經表示自己往後的志願是做「A Budding Ibsen in China」，[94] 以「一個在中國初露頭角的易卜生」作為自我期許，奠定了日後的劇作家之路。田漢的這個宣言很大程度上是受到當時易卜生戲劇在日本的熱潮影響，由於愛倫・凱「新性道德」論的盛行，加上松井須磨子演出的娜拉引發的「易卜生熱」，使易卜生受到日本文壇的關注，因此可以說田漢的劇作家宣言實是回應着整個大正時期的女性解放運動。由於受到這股熱潮的影響，田漢對易卜生戲劇曾有過相當深入的研究。在談到西方近代劇圍繞戀愛問題，其中悲劇來源之一是為金錢的結婚（marriage for money）時，田漢認為易卜生的戲劇足以完全說明有關問題，並舉出《群鬼》（*Ghost*）、《海上夫人》（*Lady from the Sea*）、《海達・高布樂》（*Hedda Gabler*）和《小艾友夫》（*Little Eyolf*）中的男女主人公作為例子。[95] 這些戲劇同為反對非以戀愛作為核心的形式主義婚姻的荒謬，對於追求戀愛之真價值者，主張戀愛自由，對於因生

---

94 田漢 1920 年 2 月 29 日致郭沫若函，《三葉集》，頁 81。

95 同前註，頁 96-98。

活條件而結成虛偽的婚姻者，最終暗示自由離婚的出路，背後同樣有着提倡個人主義的現代思想。在日記《薔薇之路》中，田漢亦引用楠（文中誤作「南」）山正雄在《近代劇概說》中的分析，極力推崇易卜生的《群鬼》，指出在西方戲劇史上代表的三大家及其最有特色的三大悲劇，即蘇護克雷司（Sophocles, 497/496BC-406/405BC，今譯索福克勒斯）的《厄第頗斯王》（*Oedipus Rex*，今譯《俄狄普斯王》）、莎士比絲的《阿歲羅》（*Othello*，今譯莎士比亞《奧賽羅》）和易卜生的《群鬼》，其中又以《群鬼》最值得稱道，可說是劃時代的傑作，因其既「更痛切的、細緻的、深刻的追究莎士比亞以來近代人類精神的結果」，亦「直溯希臘古劇，而復活其簡約的三一致［制］式者」（三一律）。[96] 田漢亦比對了《群鬼》的不同譯本，包括 William Archer（1856-1924）的英譯 *Ghost*、Ludovic Colleville（1856-1918）和 Frederick Erik Vilhelm Skeel Berregaard von Zepelin（1868-1926）的法譯 *Les Revenants*，並同時參看日、德諸譯，[97] 可見他對此劇的重視。田漢既「決意把全精力的十分之四」來研究女性問題，[98] 在文學上首先便從對易卜生戲劇的研究入手，他贊成易卜生主張女性個人主義和戀愛婚姻上的自由，反對建

---

96 田漢 1921 年 10 月 17 日日記，《薔薇之路》，頁 34-38。

97 田漢 1921 年 10 月 18 日日記，《薔薇之路》，頁 39。

98 田漢 1920 年 2 月 18 日致郭沫若函，《三葉集》，頁 63。

基於金錢的形式主義婚姻，從主題和形式上把握由易卜生所開啟的近代劇文學，但同時亦兼顧中國本身的情形，而甚少觸及自由離婚的話題。

（五）戲劇活動：女演員的培育

在 1927 年《銀星》「銀色的夢」的電影專欄文章中，田漢曾多次大談他對女演員的看法，並以松井須磨子為例。田漢表示自己「除熱心做文藝批評家外，第一熱心做 dramatist」，[99] 因此相對於一般人受到須磨子的人生傳奇所吸引，田漢還從文學和戲劇藝術的角度去接受須磨子，因其事跡背後牽涉到對戲劇藝術的追求、執着和圓滿。在名為〈雲〉的文章中，田漢指出偉大的導演和劇作家要得到藝術和事業的成功，不能單靠「設備完全的舞台、華麗的服裝、優美的音樂或精良的攝影機、新式的水銀燈、宏麗的佈景」，而是要先找着「表現他們思想感情的材料」，這個材料便是「他們懂得」而且「懂得他們」的人才。田漢舉出歐、美著名劇作家或導演與女演員的組合作為例子，包括意大利劇作家鄧南遮（Gabriele D'Annunzio, 1863-1938）之於著名女演員埃・杜絲（Eleonora Duse, 1859-1924）、法國劇作家羅斯丹（Edmond Rostand, 1868-

---

99　田漢 1920 年 2 月 29 日致郭沫若函，《三葉集》，頁 80。

1918）之於女演員扎拉・伯恩哈特（Sarah Bernhardt, 1844-1923）、好萊塢電影導演劉別謙（Ernst Lubitsch, 1892-1947）之於波蘭籍女演員波拉・尼格麗（Pola Negri, 1897-1987）、美國電影導演及編劇格里菲斯（David Wark Griffith, 1875-1948）之於美國電影女演員麗蓮・吉許（Lillian Gish, 1893-1993）、美國電影導演西席・B・地密爾（Cicil B. De Mille, 1881-1959）之於女演員格洛里亞・史璜遜（Gloria Swanson, 1899-1983），名單之中並有島村抱月和松井須磨子作為日本代表。田漢指出，以上組合「莫不是腳本家、導演家與演員的思想感情得了甚高的融合，然後他們的思想感情才能藉他們的材料得圓滿的表現」。[100] 由此可見田漢何以特別重視女演員的培育，以及他所理想的藝術境界。

之後，在名為〈凡派亞的世紀〉的文章中，田漢引用坪內逍遙來談論對「將來之女優教育」的看法。坪內逍遙認為「要使新劇發達至少要有五種類型的女優」，首先是「活潑愉快而多少有滑稽的天才的喜劇性質的」，次要是「扮妖艷而多情的女人的」，還有「寂寞而幽鬱的」與「能扮強硬、冷酷，或熱烈的悍婦，或丈夫、英雌一流的」，最後還要「扮天真爛燦楚楚可憐的女孩子」，對應以上五者的例子分別是康士登斯・達爾馬治（Constance

100 田漢：〈銀色的夢・三、雲〉，《銀星》第 5 期（1927 年 1 月 1 日），頁 45。

Talmadge, 1898-1973）、諾爾瑪．達爾馬治（Norma Talmadge, 1894-1957）、麗琳．吉施（Lillian Gish）、那齊穆娃夫人（Madame Alla Nazimova, 1879-1945）和波拉．內格里（Pola Negri），以及梅麗薜克馥（Mary Pickford, 1892-1979）。田漢特別點出第四種最值得注意，並稱之為「凡派亞」（vampire）型女優，指她們為在「舞台上、銀幕上比較蕩毒的女性」。田漢又引坪內逍遙在這種類型的女性下舉出莎士比亞筆下的馬克白夫人（Lady Macbeth）和易卜生筆下的海達．高布樂（Hilda Gabler）為代表，以及坪內逍遙對「新女性」的看法：「現代的女性又無不多少帶幾分『凡派亞氣質』。將來恐怕此種女性更要增多，以至實現一種『凡派亞的世紀』也論不定！［……］凡派亞者，極力主張自我、尊重自己的官能滿足，即生活的刺激的女性而已。」[101] 倘若以此標準來衡量女優松井須磨子，從她戲裏戲外桀驁不馴的形象，可見她本人和演出的角色同樣頗為接近「凡派亞」型女優的氣質，富有個人主義的時代精神；而她身處於日本大正時期女性解放思潮盛行的背景之下，因而亦同時是當時女性解放的先鋒人物和「新女性」的代表。

松井須磨子的演出和藝術座的營運模式對田漢的啟發，不只是對女性議題的重視、劇作形式的探求，還包括

101　田漢：〈銀色的夢．十、凡派亞的世紀〉，《銀星》第8期（1927年5月1日），頁19。

女演員的培育問題。和日本一樣，中國傳統戲曲多以男演員反串女角，甚至到了中國首部現代戲劇、刻劃「中國的娜拉」的胡適《終身大事》，在最初上演時仍不得不以男演員扮演象徵「新女性」的女主角田亞梅，因此胡適亦自嘲「如今我這齣戲竟沒有人敢演，可見得一定不是寫實的了」。[102] 直至 1923 年，洪深（1894-1955）擔任戲劇協社的導演，先安排《終身大事》由女學生錢劍秋（1903?-1996）和王毓清（?-?）演出女角，並將歐陽予倩（1889-1962）的《潑婦》放在後面，完全以男演員反串女角，「一般觀眾們先看了男女合演，覺得很自然，再看男人扮女人，窄尖了嗓子，扭扭揑捏，沒有一個舉動，不覺得可笑；於是哄堂不絕。這個笑，是比較叫演員難堪的」，戲劇協社的男扮女裝就被這一笑笑得「壽終正寢」了，[103] 話劇舞台上由男女共同演出的先例正是由此開展的。事實上，在田漢留日時期對藝術座的觀演經驗中，早已經歷了類似情形：翻案自《最後的德．莫利恩斯》的《神主之娘》，是當時新劇運動中的一個嶄新嘗試，此劇由藝術座和公眾劇團合作演出，是藝術座首次和其他流派合演，松井須磨子飾演妹妹朝江，新派旦角老演員河合武雄飾演姊姊艷子，當時日本不少評論均讚賞由真正的女性松井須磨子飾演的女角比

102 胡適：《終身大事．跋》，《新青年》第 6 卷第 3 號（1919 年 3 月 15 日），頁 319。

103 洪深：〈我的打鼓時期已經過了麼？〉，《良友》第 108 期（1935 年 8 月），頁 12。

河合武雄真實得多。[104] 通過這個觀演經歷，田漢想必早就洞悉女演員飾演女角的重要，加上當時翻譯自西方近代劇的新劇題材大多為張揚女性的個性獨立，以及回應當時的女性解放風潮，若不以女演員飾演這些女角，劇本本身又有何說服力？田漢既然矢志要透過戲劇探討女性議題，必然對女演員的培育問題相當關注，而在南國社的麾下，女演員亦的確佔據着重要地位。

田漢曾觀看過不少著名日本女演員的演出，並對這些觀演經驗留下紀錄，從中可見他對女演員的重視。田漢曾於 1920 年 2 月 16 日晚上與鄭伯奇到有樂座觀看新劇協會演出（又稱民眾座第一回公演）梅特林克的《青鳥》（*The Blue Bird*），這是日本首次上演此劇，由水谷八重子和夏川靜江（1909-1999）這兩名年輕女演員主演 Tyltyl 和 Mylmyl，[105] 其中水谷八重子曾參與藝術座的演出。田漢由她們的出色表演聯想到中國的女演員的處境：「記得在上海共舞台看過小香紅她們演《宏碧緣》，使我起一種感想，就是她們資質都不錯，可惜既沒有好腳本教她們去演，又沒有好教育教她們如何演，更沒有好觀劇階級了解她們演的是甚麼，覺得此後我們的責任真是重。」[106] 從田漢的記述可見他特別留意女演員的事跡，例如曾提及日本著名歌

104　渡邊淳一著，陳辛兒譯：《女優》，頁 296-299。

105　田漢 1920 年 2 月 29 日致郭沫若函，《三葉集》，頁 103-104。

106　同前註，頁 104-105。

劇女演員三浦環（1884-1946）。[107] 另外，田漢在留學東京時寫的《江戶之春》組詩，其中一首〈珊瑚之淚〉便是以日本女演員上山珊瑚（1900-1927）為題，前言中自言看過頗多她的演出，十分欣賞她的演技：「新女優 K 女士，藝名珊瑚，[……] 余觀伊演劇甚多，其藝風楚楚可憐，且至堅實，為識者所屬目」。[108] 上山珊瑚（日文讀音為 Kamiyama Sango，故田漢稱之為「K 女士」）為上山草人的妻子山川浦路之妹，上山夫婦早年曾加入文藝協會，其後退出另組近代劇協會，上山珊瑚曾參演過近代劇協會的《威尼斯商人》，往後亦因姊夫的緣故進入電影圈。田漢在此詩中惋惜珊瑚「自扶病演《項羽與劉邦》劇中之虞姬卒倒以來，貧病交侵」，[109] 最後更退出舞台。從以上例子可見田漢對女演員前途的關心，包括她們所受的培育、所演出的劇本、所能欣賞她們的觀劇階級，以至她們的健康和經濟問題。這可說是從社會的另一個面向 —— 舞台，去回應女性在現實社會中的處境和問題。

回國之後，田漢的南國運動在電影和戲劇兩方面均積極物色女演員，如他在〈銀色的夢〉中便詳細記述找電影女演員失敗的經過（文中提到為劇本尋找「咖啡店侍女」

107 田漢 1921 年 10 月 19 日日記，《薔薇之路》，頁 43。

108 田漢：〈珊瑚之淚〉（《江戶之春》組詩之一），《少年中國》第 4 卷第 2 期（1923 年 4 月），無頁碼。

109 同前註。

一角，故該電影應為《到民間去》），文中並提到對於女演員他們不說是「演電影的女戲子」而說是「明星」，「明星是一種從事電影藝術的“Artiste”，英國話叫做“Star”，就是天上的星的意思」。[110] 南國社曾出了不少中國最早的話劇和電影女演員，包括因扮演《蘇州夜話》中的「賣花女」一角而嶄露頭角的唐叔明（1912-?）；在《湖上的悲劇》、《第五號病室》和電影《斷笛餘音》中飾演女主角的王素（?-?）；曾參與《蘇州夜話》、《父歸》、《白茶》的演出，後從事電影表演工作，最終自殺身亡的艾霞（1912-1934）；曾出演《蘇州夜話》，後成為銀幕女明星的胡萍（1910-?）；以及南國社後期的女明星俞珊（1908-1968）等。其中，俞珊更在演出《莎樂美》和《卡門》女主角後，被譽為「真正在中國話劇舞台上一舉成名的女演員」，由此可見田漢對中國女演員的培育所作出的莫大貢獻。南國社兼顧劇本、表演、育人的全方位發展，在同時代的戲劇團體中可謂絕無僅有，這種劇團模式可說是參考了藝術座「女優劇」的成功模式，以「女性解放」為主線，貫穿了文學創作、表演藝術和社會思潮。松井須磨子戲外桀驁不馴的形象，與戲中性格鮮明的女主角互相輝映，而田漢同樣通過創作了一系列女性形象突出的劇本，使女演員得以極大的發揮，這不但有助提升女演員的舞台地位，甚至亦從

110　田漢：〈銀色的夢・七、杏姑娘〉，《銀星》第7期（1927年4月1日），頁8-12。

文學上和現實中響應了女性解放運動。

易漱瑜死後，田漢經歷了幾次愛情和婚姻，它們極具代表性地反映了田漢如何看待愛情與藝術事業的關係，與島村抱月和松井須磨子的愛情遙作呼應。田漢與黃大琳（1904-1988）的婚姻中缺乏愛情，最後兩人離婚。田漢與林維中（1900-1985）的愛情因文學而生，異地情緣得以開花結果，但因往後林維中未能全面支持田漢的文學和革命事業，最後亦離婚收場。「紅色女郎」安娥（1905-1976）的出現，可說是田漢在易漱瑜之後重新覓得另一個意義上的「靈肉一致」的知己伴侶，田漢在 1930 年公開左轉，安娥的文學修養和蘇聯背景正好與田漢當時心目中的藝術烏托邦互相呼應，兩人之間愛情和革命事業的互相結合，可視為田漢生命中另一次「靈肉一致」的愛情故事的譜寫。

附表：田漢在日期間觀劇及演劇資料

1. 觀劇

本附表內容參考自小谷一郎著，小松嵐譯：〈田漢與日本——以在日時的田漢及其與日本作家的交流為中心〉，伊藤虎丸監修，小谷一郎、劉平編：《田漢在日本》（北京：人民文學出版社，1997年），頁487-488，並經筆者修訂及補充。小谷一郎根據田漢的自述詳細考證而得出有關資料，但不應看成田漢在日期間只看過上述劇作，根據種種線索，可以肯定田漢在日期間看過的劇作遠不只於此。

	劇團	演出日期	地點	劇目	附註
1	近代劇協會（第11回公演）	1918年6月5日起（為期十天）	有樂座	莎士比亞著，生田長江（1882-1936）譯：《威尼斯商人》（五幕八場） 斯特林堡（August Strindberg, 1849-1912）著，小山內薰譯：《犧牲》（一幕）	

續上表

	劇團	演出日期	地點	劇目	附註
2	藝術座、公眾劇團合同公演（藝術座第10回公演，公眾劇團第3回公演，松竹提携第一次公演）	1918年9月5日起（為期十二天）	歌舞伎座	（藝術座方面） 霍普特曼著，楠山正雄譯：《沉鐘》（童話悲劇五幕） （公眾劇團方面） 漢金著，松居松葉譯：《神主之娘》（現代劇三幕） 法朗士著，坪內士行抄譯：《啞妻的男人》（一幕）	田漢觀看的是1918年9月5日首演日的演出
3	近代劇協會（第12回公演）	1918年9月6日起（為期十天）	有樂座	王爾德著，谷崎潤一郎譯：《溫德米爾夫人的扇子》（四幕） 谷崎潤一郎著：《信西》（一幕） 梭羅古勃（Fyodor Sologub, 1863-1927）著，昇曙夢（1878-1958）譯：《死人的魔力》（三幕）	
4	新劇協會（第1回公演）	1919年6月16日起（為期三天）	有樂座	長田秀雄（1885-1949）著：《轢死》（一幕） 契訶夫（Anton Pavlovich Chekhov, 1860-1904）著，瀨沼夏葉（1875-1915）譯：《萬尼亞舅舅》（四幕）	

續上表

	劇團	演出日期	地點	劇目	附註
5	新劇協會第2回公演（又稱民眾座第1回公演）	1920年2月11日至17日（為期七天）[112]	有樂座	梅特林克著，楠山正雄譯：《青鳥》（七幕十場）	田漢於1920年2月16日偕鄭伯奇觀演
6	新國劇東京公演	1921年6月5日起	明治座（田漢誤為新富座）	喬治・凱澤（Georg Kaiser, 1878-1945）著，新關良三（1889-1979）譯：《卡列的市民》（三幕） 菊池寬著：《父歸》（一幕） 《國定忠治》（通俗劇四幕七場）	由澤田正二郎（1892-1929）等演出，田漢偕方光燾觀演

111　小谷一郎〈田漢與日本〉有手民之誤，記為「1919年2月11日起」，實應為1920年。

2. 演劇

	劇團	演出日期	地點	劇目	附註
1	留東學生華北賑災會演劇部	1920 年 9 月 29、30 日	駒形劇場	《壞珴璘與薔薇》	張滌非演出一角，田漢於 30 日偕易漱瑜冒雨往觀
2	華北賑災會演劇部	1920 年 10 月 20 日下午三時	有樂座	日本舞蹈（日本歌舞伎座諸藝員）、魔術、美國 Miss Habir 說故事、俄國名舞蹈家 Miss V. Pavlova《秋郊騎馬》、匈牙利舞蹈（Miss K. Pavlova 和 Mr. Kuprin）、《靈光》	張滌非演張德芬
3		1920 年（日期不詳）	東京中國青年會劇場	《不朽之愛》（無劇本）	王道源（1896-1960）演主人公瞎子
4		1922 年 1 月 16 日	東京神田中國基督教青年會劇場	《薛亞蘿之鬼》	康景昭演蘭君，易漱瑜演梅君

第四章

咖啡店與女侍

〈《到民間去》照片四幅〉，載《銀星》第 5 期（1927 年 1 月）。

> 某雜志［誌］以「汽車」、「電影戲」、「咖啡店」為現代都會生活的象徵，因徵文於佐藤君，佐藤君對於咖啡店沒有發甚麼妙論，他祇視為日本的風俗漸漸歐化的一種象徵，並且說它也不是一時東西。末了推薦了「維也納咖啡店」Cafié［Café］Vienna認為最耐久坐的地方。好像我們上海的霞飛路左「巴爾幹牛乳店」Balkan milk Store一樣。
>
> ——田漢：〈銀色的夢．八、咖啡店，汽車，電影戲〉，《銀星》第8期（1927年5月1日），頁14。

> 失意的人跑列［到］咖啡店裏喝自暴自棄的酒，是近代文學中常有的場面。但也是極難討好的場面，因為這種所以失意的原因不深刻，酒喝起來便沒有力量，酒杯旁沒有充分知道人生的“suffering”的女性，這酒喝起來便沒有情味。無力量，無情味，便決不會有戲曲！
>
> ——田漢：〈ABC的會話〉，《民新特刊》第3期「三年以後號」（1926年12月5日），頁13。

1918年，日本著名雜誌《中央公論》邀請了柳澤健（1889-1953）、小杉未醒（1881-1964）、柴田勝衛（1888-1971）、佐藤春夫、正宗得三郎（1883-1962）、田中純（1890-1966）、菊池寬、石井柏亭（1882-1958）、江口渙（1887-1975）、長田幹彥（1887-1964）、坪內士行、久保田萬太郎（1889-1963）、小山內薰、谷崎潤一郎等十四位名重一時的作家、詩人和畫家，為「從作為新時代潮流象徵的觀點來看對於『自動車』（汽車）、『活動寫真』（電影）和『café』（咖啡店）的印象」的特輯撰文。[1] 1927 年，田漢為《良友》主辦的電影雜誌《銀星》撰寫「銀色的夢」專欄，上引第一段文字所述便是事隔九年的以上日本文壇盛事，田漢並錄取了佐藤春夫文章中最後一段有關咖啡店的文字。[2] 對佐藤春夫或《中央公論》來說，「咖啡店」在新時代潮流象徵中排名最末，地位遜於汽車和電影，但田漢的這篇文章標題卻把咖啡店調到首位，明顯地有意提高咖啡店在他心目中作為新時代潮流象徵的重要性，更加入上海霞飛路的巴爾幹牛乳店為例，比擬佐藤文中日本的維也納咖啡店。

1926 年，田漢在《民新特刊》「三年以後號」發表〈ABC 的會話〉一文，從對話細節不難發現 A、B 二人分別為歐陽予倩和田漢，兩位中國現代戲劇的奠基人在上海民新影片公司的拍攝現場，討論歐陽予倩第一部自編自導的電影《三年以後》。上引第二段文字是 B（田漢）對於該片中男主角何毅夫因家庭矛盾離家出走，終日流連酒

---

1 〈新時代流行の象徴として観たる「自動車」と「活動写真」と「カフェー」の印象〉（特輯），《中央公論》第 361 号（1918 年 9 月 1 日），頁 67-96。

2 佐藤春夫原文：「カフェーのことは今別に何も考へません。ただ日本の風俗がだんだん欧化する一現象の象徴と見る外には。さうしで、これも一時的のものではなささうです。私の入ったことのあるカフェーでは、カフェービアンナが一番落付があつていいやうに思ひます。」同前註，頁 77。

排（酒吧）借酒消愁，結識了蕩女陳艷雲的一幕場景所作的評語。「失意的人跑到咖啡店裏喝自暴自棄的酒」，首句形容看起來似曾相識，因為它正是田漢一系列以咖啡店為背景的作品中的重要場景。另一方面，田漢往後的評語雖讚賞《三年以後》的以上場景「總算是很戲曲的」（dramatized），但又指出「毅夫之頹廢，與豔雲之流蕩，都不是發於人生觀的，僅為一種對於環境的反動，所以沒有十分近代的意義」，[3] 這裏可以從反面去理解田漢藝術觀照中的「近代的意義」，亦即「現代性」：[4]「頹廢流蕩」（可以聯想到二十年代末邵洵美（1906-1968）對「頹廢」decadence 的翻譯「頹加蕩」）並非純粹建基於對個人逆境的逃避，而是出於發自自身的藝術追求。此外，倘若我們把上述引文視為田漢早期的藝術宣言，引文中提到造就出「戲曲」（戲劇）的兩大元素——主人公失意和自暴自棄，因而借酒消愁背後的深刻原因所造就的「力量」，以及充分知道人生苦痛的女性在旁襯托所造成的「情味」，在田漢的早期作品中都可找到對應，而且本身蘊含着重大意義：看似與西方頹廢派作家相同的醇酒婦人運動，在田

3　田漢：〈ABC 的會話〉，《民新特刊》第 3 期「三年以後號」（1926 年 12 月 5 日），頁 13。

4　日文中「近代」的意涵與中國的「現代」相近，其共通點皆為西潮席捲下改變本國的整個政治與社會結構，相關論述如：竹內好：〈何謂近代——以日本與中國為例〉，載竹內好著，孫歌編，李冬木、趙京華、孫歌譯：《近代的超克》（北京：三聯書店，2005 年），頁 181-224。田漢的文章時以日語入文，故引文中的「近代」和「近代文學」皆可視為中文中的「現代」和「現代文學」。

漢的視野中成為了需要強大的道德力量作為支持的行為，例如對個人理想的奮發和追求、對於愛情和女性的珍視，乃至到最後演變成投身政治革命的熱情。田漢對咖啡店和當中人物的理想化詮釋，某程度上正是他心目中的藝術烏托邦。

在芸芸都市空間中，咖啡店可說是最具代表的公共空間，既富有政治和文化意涵，亦最能體現現代都市的生活方式。[5] 對於日本大正時期的東京來說，咖啡店（カフェー）更可說是最能體現雙重現代性的共置並存：它既是滿足食色慾望的消閒場所，同時也是策劃政治革命的文化沙龍；它既是頹廢作家借酒消愁的私人場所，同時也是革命文人縱橫論政的公共空間。在留日作家之中，田漢與咖啡店的關係可謂最為密切，他曾反覆提及自己最常流連和熱愛的地方便是咖啡店，而其二十年代不同文類的作品如新詩、小說、散文、話劇、電影和文論作品等，均不約而同以咖啡店作為場景。這些作品是考察二十年代田漢乃至中、日文人的文化生活極其重要的史料，從中不但能了解田漢當時與哪些中、日文人有所交誼，更能幫助發掘當時這些文學圈子裏關心的是哪些議題，乃至田漢對這些文友的評價。咖啡店這個特殊的都市空間，亦牽涉到資本主義與消費文化、藝術生命與政治革命、飲食男女與性別地位

---

5 李歐梵著，毛尖譯：《上海摩登：一種新都市文化在中國（1930-1945）》（增訂版），頁 22。

等繁富的現代議題；田漢通過不同作品的書寫，對以上議題展開饒富意味的探討。

本章首先介紹日本大正時期咖啡店文化的蓬勃情況，接着以田漢二十年代的自述中所談及的咖啡店經驗為例，連繫他與創造社同人的文藝互動，折射當時留日文人共同的文學趣味、浪漫主義的文學內涵，乃至他們當時關注的議題，最後以田漢的劇作《咖啡店之一夜》（1922）和電影《到民間去》（1926）這兩個同以咖啡店為背景的重要作品為例，並以「咖啡店」、「革命藝術家」和「新女性」三個不同角度作為切入點，探討田漢的創作生命在二十年代的轉變軌跡。

一、大正時期日本的咖啡店文化

「咖啡店」本是伴隨着西洋料理在日本的普及而生的，在日本最早的道地咖啡店（喫茶店）是鄭永慶（別名西村鶴吉，1858-1894）於 1888 年 4 月 13 日在東京下谷西黑門町二番地（今東京上野）開設的「可否茶館」。鄭永慶是鄭成功（1624-1662）家族的後代，鄭成功的弟弟在日本長崎世世代代擔任通事（翻譯）的工作，到了鄭永慶的父親鄭永寧（1829-1897），是明治初期的幕府翻譯、外交官、駐清國公使，鄭永慶的兩個兄弟鄭永昌（1856-1931）和鄭永邦（1863-1916）亦為明治至大正時期的重要外交官。鄭永慶年輕時曾到美國耶魯大學讀書，後來到了倫敦，而且曾經在巴黎學習法語，回國後他把在西方見到的咖啡館移植到日本。「可否」（日文讀法為かひ）是日本最初對 koffie（荷蘭語）一詞的漢字翻譯，之後才逐漸固定為「珈琲」這個漢字寫法。鄭永慶希望「可否茶館」並不是那些僅為面向上流階層而賣弄歐化主義的場所，而是面向大眾、學生、青年的嶄新的「社交沙龍」，成為他們的「知識的共同廣場」，因此內設免費的圖書室、撞球場、沙龍、宴會場等精良設備。可惜當時風氣未開，加上經營不善，可否茶館開業四年後即告閉店，但是日本的咖啡店在其倒閉之後逐漸風行。從明治時代晚期到大正初期，在東京、橫濱、大阪和神戶等西化較早的城市，咖啡館如雨後春筍般盛開。[6]

1910 年，位於東京日本橋小網町的「Maison 鴻之巢」（メイゾン鴻の巣）開幕，以道地的法國料理和洋酒為招牌。當時的文藝雜誌《昴》（スバル）、《三田文學》、《新思潮》同人，包括與謝野鐵幹（1873-1935）、蒲原有明（1875-1952）、石井柏亭、木下杢太郎（1885-1945）、北原白秋（1885-1942）、石川啄木（1886-1912）、高村光太郎（1883-1956）、佐藤春夫等經常在此聚會。[7]

1911 年，東京銀座開了兩家咖啡店，開啟了大正時代的咖啡店文化，以及日本咖啡文化的高峰期。把這兩家咖啡店的座上客名單列出，幾乎已可寫成一部大正時代文化史，當中所涵蓋的包括作家、詩人、畫家、戲劇家、女

6　有關「可否茶館」的描述，主要參考 Edward Seidensticker, *Low City, High City: Tokyo from Edo to the Earthquake* (New York: Knopf, 1983), p.104；星田宏司：〈「可否茶館」と鄭永慶氏〉，《黎明期における日本珈琲店史》（東京：いなほ書房，2003 年），頁 22-33。

7　有關「Maison 鴻之巢」的描述，主要參考星田宏司：〈「メイゾン鴻の巣」〉，《黎明期における日本珈琲店史》，頁 42-46。

性評論家、演員、電影製作者等各方面的文化人和知識分子，可見當時日本文化沙龍風氣之盛，以及他們對咖啡店文化的熱愛。

Café Printemps（カフェー・プランタン）是日本第一家歐洲式咖啡店，位於銀座日吉町，為留法畫家松山省三（1884-1970）所開，由戲劇家小山內薰命名。該店充滿巴黎氣息，從歐洲歸國的文人和藝術家最喜歡在此聚會，討論西方文學和藝術。當時在日本藝術界享負盛名的人物均曾駐足於此，如畫家黑田清輝（1866-1924），作家森鷗外（1862-1922）、永井荷風（1879-1959）、谷崎潤一郎，詩人北原白秋，以及本來是歌舞伎演員，後來去歐洲接觸西洋文化而翻身為話劇演員的市川左團次（二代目，1880-1940）等。

Café Paulista（カフェー・パウリスタ）為日本第一代巴西移民水野龍（1859-1951）為了替巴西政府推銷咖啡豆而開的咖啡店，故以巴西最大城市聖保羅命名，由於價錢較為便宜，顧客層相對年輕，包括鄰近的慶應大學的學生、投稿到位於對面的《時事新報》社的年輕文人、初期的電影圈人士等。來此的名人包括作家芥川龍之介、菊池寬、畫家藤田嗣治（1886-1968）等。世界語普及會的秋田雨雀每週在此舉行研究會。剛創業時的 Café Paulista 曾在二樓設有女賓部，由平塚雷鳥創辦的日本第一份女性主義雜誌《青鞜》的編輯會議在此召開，歌人與謝野晶子、畫家長沼（高村）智惠子（1886-1938）、演員松井須磨子、小說家宇野千代（1897-1996）等著名女性亦常常聚在這裏高談闊論。[8]

不同於 Café Printemps 和 Café Paulista 以喝咖啡和文化沙龍為主要功能，Café Lion（カフェー・ライオン）則主要提供酒和女侍兩大服務。Café Lion 位於銀座尾張町新地一丁目，為東京歷史最悠久的西餐廳精養軒所開，走高格調路線，店內提供酒類飲品和冰淇淋，並以和服上繫着西式白色裙子的女侍（當時叫做「女 boy」（「カフェの女ボーイ」））招待客人，可說是不同於傳統藝伎的日式吧女的起源。當初模仿巴黎的日本咖啡店，逐漸開始以美女吸引顧客，人們光顧名店 Café Lion、Café Tiger（カフェー・タイガー）等的目的，不是為了跟朋友交談，而是為了跟陪酒女郎相處。這些咖啡店日間售賣咖啡、甜點，晚上兼售酒類飲品；顧客只要出到一定價錢，就可得到優雅迷人的女侍陪伴，它們是後來昂貴的銀座酒吧「Cabaret」

8　有關 Café Printemps 和 Café Paulista 的描述，主要參考小谷一郎著，小松嵐譯：〈田漢與日本 —— 以在日時的田漢及其與日本作家的交流為中心〉，頁 505；星田宏司：〈「カフェー・プランタン」と松山省三氏〉、〈「カフェー・パウリスタ」と水野龍氏〉，《黎明期における日本珈琲店史》，頁 50-64、65-80；新井一二三：〈銀座，總是走在東京前端〉，《我這一代東京人》（台北：大田出版，2007 年），頁 59-62；新井一二三：〈銀座咖啡 Café Paulista〉，《偏愛東京味》（台北：大田出版，2007 年），頁 15-17；姜建強：〈在咖啡之神與咖啡之鬼之間 —— 日本咖啡文化的一個視角〉，《書城》2018 年 6 月號，頁 53-54。另外可參考 Café Paulista 的官方網頁：http://www.paulista.co.jp/paulista/。

（キャバレー，意為「帶舞場的酒吧」）的前身。[9]

由此，我們可以從以上的介紹歸納出日本大正時期咖啡店的雙重現代性。首先是資本主義都市語境下的消費特徵：咖啡店一般具有喝咖啡和文化沙龍兩大功能，因此吸引到不少文藝青年在此流連。由於銀座周邊劇場和電影院林立，看戲前後和朋友相約在咖啡店聊天，成為當時非常流行的活動。另外，銀座逐漸衍生出一些和喫茶店並不相同的咖啡店，其中可以提供酒類飲品，店內並有女性在旁陪侍飲食，可說是今天昂貴的銀座酒吧的前身。當中的女侍在職業定義上雖然是在咖啡店內從事「飲食陪侍服務」，實際上卻是提供顧客一種擬似戀愛的遊戲關係，顧客可以將女侍視為暫時的戀愛對象，享受情感甚至是肉體上的慾望滿足，因此女侍的職業內涵在一般大眾的眼中無法與其他投身正當職業的女性相提並論。在這些咖啡店中，飲食與情慾被整合在同一空間內，成為提供食色消費的場所。

另一方面，咖啡店亦與日本的左翼革命思潮和普羅文學運動有着密切關係。前述如秋田雨雀等社會主義份子便經常在咖啡店舉行聚會。另外，如日本學者垂水千惠所指

9　有關 Café Lion 和 Café Tiger 的描述，主要參考 Edward Seidensticker, *Low City, High City: Tokyo from Edo to the Earthquake*, p. 201；小谷一郎著，小松嵐譯：〈田漢與日本 —— 以在日時的田漢及其與日本作家的交流為中心〉，頁 505；星田宏司：〈カフェー・ライオン〉，《黎明期における日本珈琲店史》，頁 47-49；新井一二三：〈銀座，總是走在東京前端〉，頁 62。

出，咖啡店不單是考察二十世紀二十至三十年代日本的現代性，乃至這種現代性與普羅文學運動深處相通關係的重要視點；更進一步，咖啡店在日本的興衰可以說是和馬克思主義運動，以及伴隨而起的社會主義運動的消長循着幾乎相同的軌跡。[10] 於是，通過考察日本普羅文學中的咖啡店空間，以及女侍在當中受到男性顧客的蔑視或男性社會運動家的啟蒙，將更進一步展演出存在於無產階級運動中重層的階級性，社會的、性別的差別與矛盾關係。[11] 儘管垂水千惠考察的是日本二十世紀三十年代普羅文學作家小林多喜二（1903-1933）和佐多稻子（1904-1998）的作品，但對於我們考察田漢在二十年代發表的有關咖啡店的作品具有相當重要的啟示；通過把田漢的相關作品放在日本普羅文學的脈絡中去閱讀，將有助我們從另一個嶄新角度理解和詮釋田漢在三十年代的公開左轉。

綜上可見，考察田漢與日本大正時期咖啡店文化的關係和相關作品具有多重重要意義。這不但可以幫助我們理解田漢的生活經驗和相關作品的關係，更能延伸到當時中、日男性文人的異地交誼和共同經驗。另一方面，在咖

10　垂水千惠：〈東京・台北：カフェを通して見るプロレタリア文学とモダニズム〉，《横浜国立大学留学生センター紀要》第 11 号（2004 年 3 月），頁 87-96；中譯本見垂水千惠著，羅仕昀譯：〈東京／台北——透過 café 的角度看普羅文學與現代性〉，載吳佩珍主編：《中心到邊陲的重軌與分軌——日本帝國與台灣文學・文化研究》（中）（台北：台大出版中心，2012 年），頁 253-254。

11　楊智景導讀；垂水千惠著，羅仕昀譯：〈東京／台北——透過 café 的角度看普羅文學與現代性〉，頁 248。

啡店這個特殊的公共空間中，女性扮演着雙重角色，她可以是思想解放、優遊其中、與男性平起平坐的文化階層女性；也可以因經濟或其他原因，淪為在男性身邊陪酒侍飲、作為情慾投射對象的女侍。於是，男性文人的交誼、文學趣味和愛慾流轉；女性的獨立或墮落；經濟與愛情的命運抉擇等，都可以在咖啡店相關作品中得到豐富的展現。最後，咖啡店所具有的資本主義與社會主義的雙重現代性，在田漢的相關作品中經歷了混合、頡頏和變化等複雜過程。以上各點都通過田漢的觀察和撰述而得到精采的發揮，下文將逐一分析。

二、咖啡店與浪漫主義：田漢與創造社同人的文藝互動

在各種都市經驗中，咖啡店可說是最能體現田漢對大正時期東京都市文化的熱情和看法。從田漢的著作可以側面反映咖啡店在當時日本之普及，例如田漢在 1920 年暑假遊鎌倉時，與表妹兼妻子易漱瑜在海濱博覽館的咖啡店喝咖啡；[12] 日記《薔薇之路》提及在江戶川橋（今東京都文京區）有一家大咖啡店等。[13] 至於上節提及日本大正時期不同定位的咖啡店，田漢或曾經光顧過，或曾在著作中有所提及，例如在 1921 年 10 月，田漢與易漱瑜，以及同樣居於月印精舍的「老大」王新命，還有一名叫「老潘」的友人一起到 Café Paulista 喝咖啡。[14] 前述 Café Paulista

12　田漢：〈《靈光》序言 ——致李劍農先生一封信〉，頁 2。

13　田漢 1921 年 10 月 12 日（書中誤重植為 11 日）日記，《薔薇之路》，頁 16。

14　田漢 1921 年 10 月 14 日日記，《薔薇之路》，頁 24。

有二樓女賓部，可以想像田漢帶同在自己影響下涉獵詩文寫作的易漱瑜，[15] 到該咖啡店現場觀摩見識這個難得一見的女性文化空間。通過考察田漢留日時期的咖啡店體驗，我們還能得到有關他和創造社成員交誼的重要資料。田漢與日後的創造社成員郁達夫、郭沫若、鄭伯奇和李初梨的結誼，均與咖啡店息息相關。由於田漢在創造社成立不久後，即因與成仿吾的齟齬而脫離創造社另組南國社，田漢在歷來的創造社研究中只佔極少篇幅。這些記載了田漢、創造社同人與咖啡店三者互動的作品，非但是研究創造社草創階段的重要資料，更是從側面對創造社的浪漫主義補充了重要的一筆。

在李歐梵的《中國現代作家的浪漫一代》中，創造社兩位重要作家郁達夫和郭沫若成為專章討論的對象。李歐梵強調西方浪漫主義文學與創造社作家的關係，如列出《創造週報》和《創造日》兩本雜誌所介紹的西方文學和哲

---

15 易漱瑜現存作品不多，包括：（一）〈雪的三部曲〉（詩作），《少年中國》第 1 卷第 9 期「詩學研究號」（1920 年 3 月 15 日），頁 163-165。（二）〈半年來居東京的實感〉（文章），《少年世界》第 1 卷第 8 期「婦女號」（1920 年 8 月 1 日），頁 145-157。（三）〈桃花菌〉（小說），《南國半月刊》創刊號（1924 年 1 月 5 日），頁 21-26。（四）〈漣漪〉（小說），《南國半月刊》第 1 卷第 2 期（1924 年 1 月 25 日），頁 1-16；第 3 期（1924 年 2 月 5 日），頁 1-10。（五）〈黑馬〉（小說），《醒獅週報．南國特刊》第 19 號（1926 年 1 月 2 日），第 6 版。（六）〈哭父〉（詩作），《醒獅週報．南國特刊》第 20 號（應為第 24 號）（1926 年 2 月 6 日），第 5 版。部分作品甚至明確提到田漢的影響，例如〈雪的三部曲〉最後田漢在附錄中提到「我為她把不合 rhyme 的地方改正了好幾處。[……] 我不待她許可，冒昧發表它」（頁 164），〈半年來居東京實感〉中多次提及「漢兄」，文後並識「我這篇小感想文後面幾條蒙 My dearest 供給許多有益的材料與助言，深為感謝。」（頁 157）。

學長達二十人的主要人物名單，認為創造社同人對這些外國作家（其中包括下文將提及的《黃面誌》同人）的譯介，反映出一種明顯的浪漫觀點。此外，李歐梵從作家的個人生活和政治取態論述其中的浪漫面向，如郁達夫的酗酒、與王映霞（1908-2000）的愛情生活，以及郭沫若熱情地歸附馬克思主義的幌子背後所暗藏的浪漫精神等。[16] 以上所提及的外國文學、個人生活和政治取態因素，都可在東京咖啡店中創造社作家的文藝互動找到對應，不但是考察田漢早期作品的一個特別的切入點，亦可見都市空間與創造社同人之間的關係。

在自傳式小說〈上海〉中，田漢以化名影射方式記述自己（文中化名鄧克翰）過去現在的人生和心路歷程，以及身近的人事花邊，其中內容基本上可作為田漢生平和當時文化界史料自成一家之言的參考，其中包括自己和郁達夫（文中化名余質夫）首次見面的經過。文中交代兩人的認識源於當時「克翰」住在東京本鄉區第二中華學舍，而「質夫」恰好住在貼鄰的改盛館。[17] 考證兩人生平資料，郁達夫在 1919 年末才進入東京帝國大學經濟學部，而田漢最早在 1919 年之後搬到位於「本鄉區追分町 31 番地」的

16　李歐梵著，王宏志等譯：《中國現代作家的浪漫一代》（北京：新星出版社，2005 年），頁 94-106、199-209。

17　田漢作，朱應鵬畫：〈上海．一、刺戟（下）〉，《申報．本埠增刊．藝術界》，1927 年 10 月 21 日，第 4 版；另見田漢：〈上海〉，《南國月刊》第 1 卷第 1 期（1929 年 5 月 1 日），頁 101。

第二中華學舍，[18] 從這項資料可推論田、郁兩人的結識當為 1919 年左右。兩人「因同是一個當時在九州博多灣上狂嘯高歌的新詩人」（指郭沫若）之友而一見如故，「由小泉八雲談到 Ernest Dowson，由 Dowson 的生涯談到法國的頹唐派，由頹唐派詩人的醇酒婦人的行動，談到近代珈琲店的情調」。[19]

以上討論線索可見兩人由西方文學連繫到對咖啡店的共同熱愛。日本小說家小泉八雲（Patrick Lafcadio Hearn, 1850-1904）是愛爾蘭人，在東京大學擔任英國文學教授，於是兩人的話題轉移到英國文學，尤其是郁達夫崇拜的英國著名頹廢派詩人道森身上。道森是英國十九世紀末重要文學刊物《黃面誌》的一員，著名詩作〈辛娜拉〉（"Cynara"）的寫成源於他對住在倫敦的波蘭籍咖啡店女侍美思（Missie）的單戀。郁達夫小說處女作〈銀灰色的死〉故事主人公對酒家女侍失戀的主題正是取材於此，小說末主人公死去時被發現「衣袋中有 Ernest Dowson's *Poems and Prose* 一冊」，[20] 小說最初發表時，文末英文附記提到："［……］the author［……］owes much

---

18 小谷一郎著，小松嵐譯：〈田漢與日本 —— 以在日時的田漢及其與日本作家的交流為中心〉，頁 475。

19 田漢作，朱應鵬畫：〈上海・一、刺戟（下）〉，《申報・本埠增刊・藝術界》，1927 年 10 月 21 日，第 4 版；另見田漢：〈上海〉，《南國月刊》第 1 卷第 1 期（1929 年 5 月 1 日），頁 102。

20 郁達夫：〈銀灰色的死〉，《時事新報・學燈》，1921 年 7 月 7 日至 9 月 13 日；轉引自《郁達夫全集》（杭州：浙江大學出版社，2007 年）第 1 卷，頁 38。

obligation to ［……］ the life of Ernest Dowson for the plan of this unambitious story”。[21]《黃面誌》同人與當時法國的醇酒婦人運動和頹廢文學關係密切，因此兩人從英法的頹廢文學談到「近代珈琲店的情調」。由此可見，田漢和郁達夫對咖啡店的迷戀並非純粹來自咖啡店本身，背後還有着對外國文學的熟悉和想像作為支持。「到咖啡店」的行為，是對曾經棲息其中的西方文學大師的憧憬、嚮往，甚至模仿，咖啡店賦予了他們對藝術家身份的自我認同，於是，中國留學生在東京的咖啡店中想像自己成為流連巴黎咖啡店的著名作家的複影。另一個相似的事件是，1920年田漢到福岡與郭沫若見面，兩人在太宰府公園仿照歌德和席勒的銅像並肩合照，亦是以兩位西方文學巨人自期、自比。[22]

值得一提的是，郁達夫和田漢雖同樣鍾情英法頹廢派文學，但兩人的接受情況存在着差異，這可從往後的事態發展中看出。「克翰」和「質夫」因談到咖啡店而覺腹中空虛，到附近一家賣牛肉鍋的酒館晚膳，「質夫」在此遇到了一個熟悉的女堂倌，兩人的態度由此迥異，前者「從來膽小面嫩不敢唐突女人，就在這模擬性欲的對象之前，都覺

21　同前註，頁24。

22　郭沫若1920年3月3日致宗白華信，《三葉集》，頁162-163；田漢：〈與沫若在詩歌上的關係〉，《詩創作》第6期（1941年12月15日），轉引自《田漢全集》第13卷，頁510；田漢1958年5月8日致郭沫若信，轉引自張向華編：《田漢年譜》，頁42。

得有些怕難為情」，但後者「竟敢同她坐在一道，竟敢拿她的手，竟敢理她的頭」，甚至做出猥褻的舉動，這令「善良」的「克翰」感到非常「顫栗」和「震駭」。[23] 文中由此指出二人文學觀的徹底不同，雖然「頹唐派的心情，克翰曾於近代詩中接觸過；變態性欲的描寫，他曾由谷崎潤一郎的饒太郎一類的小說感過些祕密的歡愉」，但對文學的認同卻無法在行動上達成一致，因此「在藝術上⋯⋯你[指余質夫／郁達夫] 在拼命表示你的淫惡，我在拼命表示我的清純」，然而同時又認為這是自己的「不長進」，因為他「不該這樣地矯情，這樣地不聽本能的命令」，甚至表示「假如你是個偽惡者，我才真是個偽善者。我寫了許多腳本，但我從不肯把我自己的姿態寫出來，我總是寫人家的事，雖說其中也未嘗不可以看出我自己的一鱗半爪」，但又自辯這是因為「我所負的一切責任比你們重，我所受的苦自然要比你們多，而自由卻比你們少」，自己並非不想「寫真的自己」，奈何受到道德因素的約束而難以創作出同類作品。[24]

若把田漢對咖啡店女侍的描寫拿來對比，將更能看到田漢和郁達夫在創作觀上的分別。在田漢最早描寫咖啡店女侍的詩作〈珈琲店之一角〉中，田漢只以短短幾句

23 田漢作，朱應鵬畫：〈上海．一、刺戟（下）〉，《申報．本埠增刊．藝術界》，1927 年 10 月 21 日，第 4 版；另見田漢：〈上海〉，《南國月刊》第 1 卷第 1 期（1929 年 5 月 1 日），頁 102-103。

24 同前註，頁 104。

勾畫女侍的容貌談吐：「流青的瞳，/ 櫻紅的口，/ 墨黑的髮，/ 雪白的手，/ 白手殷勤斟綠酒。/ 青紅黑白能幾時？/ 綠酒盈杯君莫辭！」[25] 在此詩中，田漢塑造了一個體貼入微的佳人形象，詩的首五句狀寫其美貌，最後兩句則為直接引語，是女侍向客人殷勤勸酒的話：活在這不分青紅皂白的濁世，不如暫圖疏狂一醉吧！這和郁達夫筆下的女招待非常不同，女侍非但不帶任何情色的誘惑意味，相反具有崇高的女神形象，能拯救陷於現實泥沼的男性。論者認為郁達夫的藝術觀偏向於「肉」和頹廢，而田漢則傾向於「靈」和唯美，兩人對女性的態度其實正與其藝術觀一致。

另一方面，田漢在日期間與創造社後期成員李初梨的密切交誼，亦是在咖啡店展開。李初梨在 1927 年加入創造社，但兩人早在 1920 年就已認識，李初梨更在田漢的介紹下加入少年中國學會，從中亦可窺見創造社或留日文人之間人際網絡的錯綜複雜。田漢的詩作〈喝呀，初梨！〉和劇作《咖啡店之一夜》都與李初梨有直接關係，田漢在 1932 年出版《田漢戲曲集》第一集時，提及當時在上海獄中的李初梨正是《咖啡店之一夜》中的男主人公「林澤奇」的模特兒，而另一相比起來「理智得多」的角色「鄭湘荃」則為自己，並不由得想起李初梨「當時在東京本鄉或神樂

25　田漢：〈咖琲店之一角〉（《江戶之春》組詩之一），《少年中國》第 4 卷第 1 期（1923 年 3 月），無頁碼。

坂一帶咖啡店中熱辯哀歌」。[26]

〈喝呀，初梨！〉是 1920 年 10 月 31 日晚和李初梨同飲於住處附近的小石川 Coffee Lily 時寫的。[27] 全詩分成三節，結構基本相同，以葡萄酒的色香味反襯人生的無奈，並向對方勸酒：「葡萄酒的色，像血一樣的紅啊！／我們這幾年全然過的蒼白色的生活，喝幾杯散散寒罷！／初梨，喝呀！喝呀！你不喝，不辜負這樣紅的血嗎？」第二、三節分別把以上第一節的「色」換成「香」和「味」，「血」換成「肉」和「人生」，「紅」換成「香」和「甜美」，「這幾年全然過的蒼白色的生活」換成「受乾枯的理智的束縛也受夠了」和「這二十多年的中間也嘗了不少的酸苦」，以及「散散寒」換成「出出氣」和「嘗嘗新」。詩中流露出感傷的情緒，以及當時中國留學生寄居異國的苦悶心情。當時田漢和易漱瑜爆發衝突，而李初梨亦徘徊於接受父母之命的婚姻以助家庭擺脫財政危機，抑或服膺時下流行的自由戀愛精神但背棄家庭責任的兩難抉擇。[28] 因此，

26　田漢：〈《田漢戲曲集》第一集自序〉，頁 3-4。

27　田漢：〈喝呀，初梨！〉，《民國日報．平民》第 63 期（1921 年 8 月 6 日），第四版。

28　田漢曾向郭沫若提及，「我的知友某君因一種家庭問題，父親為之定婚，我友人若不從父命與之結婚則他家或因是而破產，從父命而結婚則對手的女子為他所不能滿意的，此後一生幸福不可因此而喪失。犧牲乎？拒絕乎？正義乎？人情乎？某君因此經過長時的煩悶，而卒拒絕了！」田漢 1920 年 2 月 29 日致郭沫若函，《三葉集》，頁 92。小谷一郎指出「我的知友某君」毫無疑問就是李初梨，而現實中的李初梨也正如信中所說的拒絕了那種婚姻，但田漢在《咖啡店之一夜》中將此改為應允婚約。小谷一郎著，小松嵐譯：〈田漢與日本 —— 以在日時的田漢及其與日本作家的交流為中心〉，頁 513。

對他們來說，咖啡店既是縱橫辯論的場所，也是逃離現實的避風港。（《咖啡店之一夜》的詳細分析見下節）

此外，作為東京都市生活的「地頭蛇」，當其他東京以外的中國留學生來東京探訪他時，田漢最先向他們介紹的東京特色便是咖啡店。本書第三章曾提及田漢於 1920 年 2 月 16 日晚上與鄭伯奇到有樂座觀看梅特林克的《青鳥》，而在鄭伯奇的回憶錄中，此次到東京看望田漢的經歷非常深刻，除了詳細記述這次觀劇經驗外，並提到當時自己在田漢的引導下「親身欣賞了《咖啡店之[一]夜》的真實場面」，以及認識了李初梨和東京一些其他愛好文學的朋友。[29] 另外，郭沫若於 1921 年 6 月從上海到東京探訪田漢，郭沫若回憶當時田漢「說晚間要引我到銀座去領略些咖啡店情調，這倒是對於我的一個很大的誘惑」，[30] 接着大篇幅寫到自己對銀座的咖啡店情調嚮往已久：

> 我在 1914 年初到東京來的時候，預備入學試驗的最初半年住在小石川的偏僻地方，我不曾到銀座過一次。在一高預科的一年是青年矜持期的絕頂，不說銀座的咖啡店，便連淺草的電影館都沒去過。以後便分派到鄉下去了，在暑假期中雖然偶爾有到東京的時候，但像那銀座的咖啡店，實在是受了禁

29　鄭伯奇：〈憶創造社〉，頁 6。

30　郭沫若：《創造十年》，頁 152。

> 制的樂園。「咖啡店情調」！這是多麼誘惑人的一個名詞喲！我聽說那兒有交響曲般的混成酒，有混成酒般的交響曲，有年青侍女的紅脣，那紅脣上有眼不可見的吸盤在等着你的交吻，在等待着用另一種醇酒來使你陶醉，那兒是色香聲聞味觸的混成世界，在那兒能夠使你的耳視目聽，使你的脣舌掛在眉尖，使你的五蘊皆充，也使你的五蘊皆空。這樣的一種仙境能得深有研究的壽昌來做鄉［嚮］導，這真是我到東京來的一種意外的收穫了。[31]

因此，到了最後郭沫若才意識到田漢其實囊空如洗而使他失掉了領略「咖啡店情調」的機會，語氣頗為悔恨；而郭沫若之後為《創造季刊》創刊號向田漢邀稿，田漢發表的《咖啡店之一夜》使郭沫若終於得以「在紙上領略了一番『咖啡店情調』」。[32] 相比起留學京都的鄭伯奇和九州福岡的郭沫若，留學東京的田漢擁有更為切身的都市經驗，得以在世界視野上站得更為前沿，令東京以外的創造社成員亦為之豔羨。因此，東京咖啡店經驗對當時中國留日知識分子來說或許更是一種文化領先的姿態，作為一種個人形象的塑造，日後中國留日知識分子在上海的咖啡店經驗，某程度上可說是東京生活文化的延續。

31 同前註，頁 152-153。

32 同前註，頁 189。

三、咖啡店：都市景觀下的頹廢與革命

《咖啡店之一夜》是中國現代文學中最早出現的描寫咖啡店及其生活內容的戲劇作品，[33] 當中不少細節體現了田漢在日本咖啡店的文化體驗和都市生活的跨文化現代性。《到民間去》（又名《*V Narod*》和《墳頭之舞》）[34] 則是最早以咖啡店為場景的電影作品，此片是田漢在南國電影劇社時期第一部自編自導的電影，雖然拍畢的底片被日

33　李歐梵在《上海摩登》中討論上海咖啡店時，提到咖啡店女侍的文學形象是因郁達夫翻譯愛爾蘭小說家莫爾（George Augustus Moore, 1852-1933）的〈一女侍〉而首次被介紹給中國讀者，事實上〈一女侍〉翻譯和發表於 1927 年，較田漢《咖啡店之一夜》整整晚了五年。參見 Leo Ou-fan Lee, *Shanghai Modern: The Flowering of a New Urban Culture in China, 1930-1945*, pp. 21, 348-349，中譯本見李歐梵著，毛尖譯：《上海摩登：一種新都市文化在中國（1930-1945）》（增訂版），頁 26；喬其．麻亞著，郁達夫譯：〈一女侍〉，《小說月報》第 18 卷第 8 號（1927 年 8 月 10 日），頁 48-53。

34　「V Narod」，俄語 в нар од 的音譯，意為民眾。由於電影以郭其昌和盧美玉在張秋白的墳上跳舞作結，並特赴杭州和蘇曼殊墓拍攝有關外景，故此片又名《墳頭之舞》。故事大綱可參考電影本事，田漢：〈到民間去〉，《醒獅週報．南國特刊》第 23、24 號（應為第 27、28 號）（1926 年 3 月 12、20 日），第 6 版。

本攝影師帶到日本下落不明，遺失了最重要的拍攝成果，但現存資料仍足以從文本分析的角度研究此一作品。田漢把戲劇改寫成電影早有先例，[35] 因此《到民間去》也可以看成是《咖啡店之一夜》的變奏：和《咖啡店之一夜》一樣，《到民間去》同樣以咖啡店為重要場景，人物方面亦同樣為兩名男主角環繞一名女主角（林澤奇、李乾卿、白秋英／郭其昌、張秋白、盧美玉），而兩部作品中的女主角同樣是咖啡店女侍。本節將以這兩部影劇作品為中心，討論田漢創作中咖啡店的空間意涵和文本內的其他重要議題，乃至田漢創作的發展軌跡。

（一）《咖啡店之一夜》中的都會問題

上文曾提及，田漢的詩作〈喝呀，初梨！〉和劇作《咖啡店之一夜》都是以田漢和李初梨在東京咖啡店的經驗為藍本，事實上我們甚至可以把《咖啡店之一夜》看成是〈喝呀，初梨！〉的舞台化，而通過戲劇這個文體，咖啡店的面貌在田漢筆下得到了更為豐富細緻的展現。《咖啡店之一夜》是田漢再版發行次數最多的作品，修訂後的版本與

35　田漢曾把戲劇《環珴璘與薔薇》改寫成《翠艷親王》的電影本事。田漢：《環珴璘與薔薇》，《少年中國》第 2 卷第 5 期（1920 年 11 月 15 日），頁 41-62 及第 6 期（1920 年 12 月 15 日），頁 33-54；田漢：〈《翠豔親王》本事〉，《醒獅週報．南國特刊》第 12、13 號（1925 年 11 月 14、21 日），第 6 版。

初版本相去甚遠；[36] 這裏則使用過去較少為論者注意的最初在 1922 年 5 月發表於《創造季刊》創刊號的原始版本，[37] 以考察田漢在創作此劇時的都會原型。

歷來絕大多數論者都把《咖啡店之一夜》歸入民國時期上海咖啡店的歷史脈絡。[38] 儘管劇中曾兩次出現「上海」一詞，但這只和劇中沒有出現的李乾卿父親李明書有關，第一次是飲客甲聽說李明書「於今搬到上海住去了」，[39]

36　韓素玲：〈田漢早期劇作《咖啡店之一夜》版本記異〉，《首都師範大學學報（社會科學版）》2007 年第 5 期（總第 178 期），頁 138-143。此文主要考察田漢在 1932 年對《咖啡店之一夜》的修訂本中如何把全劇主題改造成帶有階級觀點。

37　田漢曾對《咖啡店之一夜》作多次修改，版本包括：（一）1922 年 5 月 1 日《創造季刊》創刊號；（二）1924 年中華書局單行本，後收入 2000 年花山文藝出版社《田漢全集》；（三）1932 年現代書局《田漢戲曲集》第一集；（四）1954 年修改，收入 1955 年人民文學出版社《田漢劇作選》及 1959 年版《田漢選集》；（五）1983-1987 年中國戲劇出版社《田漢文集》。相關考證參見《田漢全集》第 1 卷，頁 100。由於筆者把田漢的創作回溯到他留學日本的語境當中，故除特別說明外，以下所使用的版本一律為最早發表於《創造季刊》創刊號的版本。《創造季刊》創刊號初版內頁注明於 1922 年 3 月 15 日出版，但實際上該刊直至 5 月 1 日才面世。《創造季刊》創刊號二版以後由直排改為橫排，文字亦與初版頗有不同。這裏採用的是二版的橫排本。

38　相關論點見於如 Laikwan Pang, "The collective subjectivity of Chinese intellectuals and their café culture in republican Shanghai," *Inter-Asia Cultural Studies* 7.1 (Mar. 2006), pp. 24-42，中譯本見彭麗君：〈民國時期上海中國知識分子的集體主體性及他們的咖啡文化〉，《勵耘學刊》第 5 輯（2007 年 11 月），頁 193-216；逄增玉：〈咖啡店裏的風花雪月——《咖啡店之一夜》與都市文化及其他〉，《中國現代文學論叢》第 2 卷第 1 期（上海：上海人民出版社，2007 年），頁 84-90。有論者甚至認為《咖啡店之一夜》是以上海咖啡館 DDS 為背景，見柯伶蓁：《咖啡與近代上海》（國立台灣師範大學歷史學系碩士論文，2011 年），頁 97。目前僅見日本學者小谷一郎主張《咖啡店之一夜》的場景原型為東京。小谷一郎著，小松嵐譯：〈田漢與日本——以在日時的田漢及其與日本作家的交流為中心〉，頁 505。

39　田漢：《咖啡店之一夜》，《創造季刊》創刊號，頁 41。

第二次則是李乾卿告訴白秋英父親「要做上海商會長」，[40] 當中帶有一種遙稱的口吻（用「去」字而非「來」字），其實正好反證了劇中場景並不在上海。此外，田漢是在 1922 年 9 月回國以後，才開始長期定居上海，因此在這之前發表的《咖啡店之一夜》很難說是和上海的生活經驗有甚麼關係。

事實上，《咖啡店之一夜》由始至終都沒有交代故事發生的具體地點：劇本最開首僅點出故事地點是「某都會」；[41] 劇中人物提及現處之地時，亦往往使用「這兒」、[42]「外面」、[43]「本城」、[44]「這城」、[45]「這邊」等詞，[46] 以使具體地點模糊化。對此，茅盾曾經提出過一個很敏銳的觀察：「《咖啡店之一夜》的『地』——『某都會』，文中又曾說『他在南開畢了業，便轉到這兒來了。……他進了大學後他在大學甚麼科？』可知其所謂大都會，是有大學的，並且有大旅館做這咖啡店的緊鄰，至少也要有上海那樣

40 同前註，頁 58。

41 同前註，頁 39。即使是現時流行的 1924 年中華書局單行本（即《田漢全集》版本）仍是沿用此設定。田漢：《咖啡店之一夜》，《田漢全集》第 1 卷，頁 101。

42 田漢：《咖啡店之一夜》，《創造季刊》創刊號，頁 40、42、51、52、58。

43 同前註，頁 41。

44 同前註。

45 同前註，頁 42、52、56。

46 同前註，頁 57。

熱鬧；但是劇末卻又說『外面聞更聲橐橐，與壁上鐘機相和』，我覺得有點不合；因為像這樣的大都會是沒有打更的。或者田君以為這種地方，本不要緊，頹廢派本可不拘拘於依照實在的描寫罷？」[47] 這段話的重點在於點出了田漢筆下這個都會的雙重性：它既是寫實的，大學和大旅館等細節印證了它是建基於一個現實藍本，但它同時又不完全是寫實的，例如劇終打更聲的設定便不應為都會所有。從另一個角度來看，這古老情調的突然出現也反過來說明了田漢本身的雙重性——一個同時深受中國古典文學和西方現代頹廢派文學影響的浪漫文人。因此，田漢筆下的這個都會，既建基於一個真實存在的藍本，但同時又有將其模糊化的意圖。

　　這個真實存在的都市藍本，明顯便是東京，事實上文本內外均提供給我們大量線索。從劇本牽涉的各種時間而言，劇本開首指示劇中時間為「一九二〇年初冬」，[48] 劇後田漢自記此劇為「民國十年十二月十七日午後五時草完此劇於東京郊外戶塚町字諏訪月印精舍之西齋」，[49] 劇作於1922年5月發表在《創造季刊》創刊號，上述所有時間均為田漢留日期間。儘管劇中常用「這兒」等詞使地點模糊

47　損：〈「創造」給我的印象〉，《時事新報．文學旬刊》第38期（1922年5月21日），第二、三版。

48　田漢：《咖啡店之一夜》，《創造季刊》創刊號，頁39。

49　同前註，頁66。

化，但劇本其中一處用到「遠在這兒」，[50] 這「遠」字可看成是對於此地為異國的指涉。另外，劇中提到聽到盲詩人可崙斯奇的琵琶時，白秋英「就像久在外國，忽然聽得鄉親說話似的」，[51] 這句所指涉的並不單是可崙斯奇從俄國到異國，也指涉着白秋英本人並不在中國。從劇本當中的社會紀錄和使用語言來看，白秋英提及李乾卿「明年四月才到這邊大學裏來」，[52] 每年四月開學是日本的大學學制（這可證諸小谷一郎對田漢所就讀的東京高等師範學校為四月開講的考證）；[53] 劇中的「劇場」（げきじょう）、[54]「高等學校」（こうとうがっこう）、[55]「彼女」（かのじょ）[56] 等均為日本的專有事物或日文名詞，可見劇中濃厚的日本背景和色彩。如前文提及，「林澤奇」這個角色是以李初梨為藍本，田漢在 1933 年出版《田漢戲曲集》第一集時提及，「刪定這個劇本的時候，我不由得想起他那熱烈沉鬱的丰姿，好像還聽見他在東京本鄉或神樂坂一帶的咖啡店中熱辯哀歌的一樣」，[57] 這項資料更進一步把《咖啡店之一

---

50 同前註，頁 51。

51 同前註，頁 44。

52 同前註，頁 57。

53 小谷一郎著，小松嵐譯：〈田漢與日本 —— 以在日時的田漢及其與日本作家的交流為中心〉，頁 467-468。

54 田漢：《咖啡店之一夜》，《創造季刊》創刊號，頁 53。

55 同前註，頁 56-57、59、61。

56 同前註，頁 63。

57 田漢：〈《田漢戲曲集》第一集自序〉，頁 4。

夜》的咖啡店原型縮窄為東京的文教區和商業區一帶。從人物和情節來看，《咖啡店之一夜》中除了田漢承認的林澤奇和鄭湘荃分別以李初梨和自己為藍本外，小谷一郎認為白秋英的藍本是田漢的表妹兼妻子易漱瑜，[58] 而白秋英遠赴日本尋找戀人而暫時在咖啡店工作的劇情設計，董健則認為可能源自當時田漢在報上讀到的一則免職新聞：一個名為 Anaskasha 的俄國姑娘遠道來日本尋找她的昔日戀人步兵中尉堀江，被他安排在麴町區有樂町一丁目的阿迭沙咖啡店當女招待。[59] 以上線索皆可見對於《咖啡店之一夜》的討論無法脫離東京咖啡店乃至日本大正時期社會文化的語境。

綜上可見，《咖啡店之一夜》的咖啡店空間是以東京咖啡店作為藍本，也必須放在日本的語境中來理解。不過，田漢在劇中確實也有意把場景的實際地點模糊化，而在 1924 年的單行本修訂中，他更是有意抹消劇中的日本色彩，例如把上述指涉異國的字眼「外國」改為「異鄉」，[60] 又把上述的日本專有名詞「劇場」、「高等學校」和「彼女」改為「戲園」、「學校」、「中學」和「她」等

58　小谷一郎著，小松嵐譯：〈田漢與日本 —— 以在日時的田漢及其與日本作家的交流為中心〉，頁 508。

59　董健：《田漢評傳》，頁 139。相關新聞記載見田漢 1921 年 10 月 11 日日記，《薔薇之路》，頁 5。

60　田漢：《咖啡店之一夜》（上海：中華書局，1924 年），頁 15。

中國的說法或不帶地方色彩的中性名詞。[61] 除了是因為劇本放回中國的舞台上演出，另一個更有意思的詮釋是田漢有意把咖啡店場景放在世界性的語境之中，這會在下文中作進一步分析。

（二）《咖啡店之一夜》與《到民間去》中的空間意涵與城鄉衝突

在《咖啡店之一夜》的開首，舞台布置的指示把咖啡店的細節刻劃得纖毫畢現，即使相比起一般的戲劇劇本，亦是相當罕見的細緻書寫：

> 精緻的小咖啡店，正面有置飲器等之台，中嵌大鏡。稍前有櫃，台上置咖啡、牛乳等暖罐及杯盤等，台左並有大花瓶，正面置物台之右方則為通廚房及內室之門，障以白簾。室前方於三分之一的地方以屏風縱斷為二，其比例為左二右一，右方置一圓桌，上置熱帶植物之盆栽。桌子對屏風那面置小沙發一，餘則置一二腕椅，左方置一大沙發，橫置兩長方桌子，副以腕椅。室中於適當地方陳列菊花，瓦斯燈下黃白爭艷。兩壁上掛油畫，及廣告

61 同前註，頁 37、45-47、52、58、61。

> 畫，壁塗以綠色。左前方開一推掩自在之門。時為初冬之夜，左室一桌有數人高談暢飲。盆中獸炭燃得正好。侍女白秋英方為一客斟酒。[62]

以上所列的物品：「咖啡、牛乳等暖罐」、「杯盤」、「大鏡」、「大花瓶」、「白簾」、「屏風」、「圓桌」、「熱帶植物之盆栽」、「小沙發」、「腕椅」、「大沙發」、「長方桌子」、「瓦斯燈」、「油畫」、「廣告畫」等，都是富有異國情調的舶來品，體現了咖啡店作為西方物質文化精緻縮影的世界主義和現代性特徵。然而，咖啡店同時製造了一個與現實世界兩相隔絕的幻境，例如飲客甲馮先生在這裏感到「在這一種芳冽的空氣中間，領略不盡的風味，觀賞不盡的人生」；[63] 而林澤奇到這裏則是為了尋求酒精的安慰，忘卻父親和繼母指定婚姻的壓力，[64] 因此咖啡店同時也是理想化、虛構化了的浪漫空間。茅盾批評劇中林澤奇的悲哀「與其說是國內一般青年的悲哀的心境，不如說是書本子上法國頹廢派青年的悲哀的心境」，[65] 可謂洞察了這部作品的跨文化背景。

在田漢的細意安排下，劇中細節同樣充滿大正東京

62　田漢：《咖啡店之一夜》，《創造季刊》創刊號，頁 39-40。

63　同前註，頁 42、49。田漢在 1924 年的修訂版刪去了「領略不盡的風味」，頁 10、27。

64　田漢：《咖啡店之一夜》，《創造季刊》創刊號，頁 50-51。

65　損：〈「創造」給我的印象〉，第二版。

的異國情調和都市質感：劇中出現過的飲料不只咖啡和紅茶，飲客甲、乙、丙和林澤奇喝的是威士忌（後文寫成威士奇）和葡萄酒，白秋英和店主還提到啤酒。林澤奇不只喝酒，還用英文向白秋英點了一份歐陸小食 ham and eggs。李乾卿的出現，是晚上十點鐘附近劇場散戲，他和未婚妻陳小姐順道到咖啡店喝咖啡和討論劇情。李乾卿提出不能和白秋英結婚的理由之一，是咖啡店就在他的大學旁邊，同學經常光顧咖啡店，輕易就能知道白秋英的身份；事實上白秋英的工作性質與其說是咖啡店女侍，倒更像是陪酒女郎（如林澤奇說到自己受家庭指定婚姻的傷心處時「伏在白的膝上哭」），[66] 故李乾卿以顧及面子和家聲為口實，向白秋英退婚。

如果《咖啡店之一夜》中的咖啡店是都市的縮影，劇中則微妙地展現了作者對都市文化的態度。咖啡店的眾生相突顯了城鄉之間的落差，乃至作者對都市的批評。飲客甲自言：「可是我很愛這一種咖啡店裏的情調。白姑娘，你要曉得，你伯伯這幾年也頹廢起來了……嗄，與其說頹廢，不如說生活慾望沸騰起來了。所以淡巴菰也吸起來了，威士忌也喝起來了，性慾的對象也尋起來了，比起在清化鄉當教員的時代，自己也覺得像兩個人似的。」[67] 自投身都市後，飲客甲由昔日講求律己律人的教師變成今日

66　田漢：《咖啡店之一夜》，《創造季刊》創刊號，頁 50。

67　同前註，頁 43-44。

流連於咖啡店頹廢生活的消費者，遇到同鄉故人白秋英才對自己目前的生活有所反省。李乾卿對白秋英的愛情變化也展示了城鄉之間的落差：昔日的李乾卿是「一個純潔的少年」，[68] 連林澤奇看了李乾卿寫給白秋英的信後，都感嘆「秋姑娘，難怪你這樣信他」；[69] 但當李乾卿進城後，卻拋棄昔日盟誓，與富家女訂婚，甚至學他的父親那樣「做起情書的買賣」。[70] 都市中資本主義的消費與物質交換，正如白秋英對咖啡店本質上的認識那樣，「除開金錢和飲料的交換，及由這兩種交換所生人工的笑語之外，別沒有風味可賞人生可觀」。[71] 在這個買賣場裏，服務者和消費者的關係僅是人生逆旅的過客，在這「荒涼的沙漠」，難以奢求人們「互相愛撫，互相慰憐」。[72] 正因身處異國的冷漠都市，故鄉的人情物事在白秋英眼中才顯得加倍的可貴，連一個不相識的同鄉（飲客甲）和國人（林澤奇）也變得格外親切起來，可以相濡以沫、結為兄長。由此可見，田漢在《咖啡店之一夜》對咖啡店的細緻描寫雖體現了他對這種生活的熱愛之情，但人物在其中的各種隔閡或欲親近而不得卻也似乎同時透露他對都市文化的懷疑態度。

68　同前註，頁 60。

69　同前註，頁 53。

70　同前註，頁 60。

71　同前註，頁 49。

72　同前註。

至於《到民間去》，雖然正式發表於 1926 年，但其構思時間與《咖啡店之一夜》的寫作時間非常接近，[73] 可以視為田漢對《咖啡店之一夜》的重寫。據田漢在〈我們的自己批判〉中的自述，此電影分別受到十九世紀六十至八十年代由 Tchaikovsky、Krewenko、Michailovsky、Kololenko 等俄國民粹派指導的「到民間去」運動（Narodniki）、[74] 日本詩人石川啄木的詩作〈無休止的議論之後〉（「はてしなき議論の後」），[75] 以及武者小路實篤（1885-1976）的「新村運動」感召而寫成。[76] 文中並交代了田漢當時的想法：

愛寫戲曲的我心裏略略描畫着一種戲曲的場

---

73 田漢在 1928 年的《銀色的夢》提到自己讀石川啄木的詩是「七年前在東京」的時候，即《到民間去》的構思最早始於 1921 年。田漢：〈銀色的夢．六、「到民間去」〉，《銀星》第 6 期（1927 年 3 月 1 日），頁 14。從《咖啡店之一夜》的劇後記（《創造季刊》創刊號，頁 66）可知此劇於 1921 年 12 月完稿，而董健《田漢評傳》則認為田漢動筆寫《咖啡店之一夜》是在 1921 年 10 月之後（頁 137）。

74 以上人物分別為柴可甫斯基（Nikolai Tchaikovsky, 1850-1926）、克里文科（Sergey Krivenko, 1847-1906）、米海洛夫斯基（Nikolay Mikhaylovsky, 1842-1904）和柯羅連科（Vladimir Korolenko, 1853-1921）。

75 田漢在文中翻譯了整首詩作而沒提及詩名，小谷一郎最早考證出此詩為石川啄木去世前一年（1911 年 6 月）寫的〈無休止的議論之後〉，可說是最能代表啄木晚年思想傾向的作品之一，此詩並曾刊載於新人會機關刊物《民主》（「デモクラシィ」）1919 年 4 月至 5 月號。小谷一郎著，小松嵐譯：〈田漢與日本 —— 以在日時的田漢及其與日本作家的交流為中心〉，頁 495-496。田漢曾以少年中國學會代表的身份參與新人會，很可能因此而接觸到這首詩。

76 田漢：〈我們的自己批判——「我們的藝術運動之理論與實際」上篇〉，頁 14-18。

> 面，即小小的咖啡店中有一班意氣如雲的青年相聚而痛論社會改造的大業。⋯⋯金樽綠酒之旁則有綺年玉貌的女侍者圓睜其大而黑的眼睛貪聽他們的議論。聽後引酒一杯啟朱唇，發皓齒，豫祝他們的成功。美人情重，他們不能無所動。亦不能無所爭，爭而得之者幸福可想。但人生之路荊棘多於薔薇，他們中間立志堅定者或終能達到目的，奏理想實現的凱歌，亦必有以刺戟過深和誘惑過大日趨反動，以致言行一反於師友之所預期的。於是 Venus 乃不能不變更其賞與。人間的悲喜劇由是而成。——這不過當時一種朦朧的想像。[77]

同樣是小小的咖啡店，對飲客而言，他們卻不再受人生和戀愛問題所困擾，而是關心「社會改造之大業」的家國大事，咖啡店從傾吐心事的私人空間變為文化沙龍的公共空間，甚至是革命生成的最初場所。對女侍而言，咖啡店是白秋英看清情人醜陋面孔的愛情幻滅之地，但對於盧美玉卻是尋覓金玉良緣、追求美滿愛情的場所。從《咖啡店之一夜》到《到民間去》，咖啡店空間意涵之改變反映出作品主題的變調，從頹廢轉為革命，從感傷轉為激昂。

77　同前註，頁 16。

然而到了《到民間去》的後半段，田漢捨棄了咖啡店的室內景，換成了以杭州和蘇曼殊墓等農村風光為中心的外景。背景空間的置換，更進一步體現了田漢的思想轉變：為了實踐社會革命的理想，青年們不得不離開咖啡店，走到民間，走到農村。倘若《咖啡店之一夜》暗示了田漢對城鄉價值的尊抑褒貶，《到民間去》則更為明顯地揭露出二十年代中期田漢對都市文明的捨棄和對農村質樸的嚮往。這個轉變體現了田漢對東京和上海之間的看法落差。

田漢對咖啡店的向背，體現了當時知識分子對待革命的態度轉變。如汪暉所指出，法國革命和俄國革命曾經先後成為中國知識分子和革命者的楷模。[78] 一方面，這兩個革命模範的選擇印證了作為中介的日本對當時留日知識分子的影響，大正時代的日本雖建立起留日學生對法國的嚮往，但二十世紀二十年代末至三十年代初的日本知識分子逐漸偏向俄國革命，很大程度上導致當時創造社、太陽社等留日文人的左傾。另一方面，這也說明了田漢在〈我們的自己批判〉中何以着意強調需要背離「Bourgeois 模仿底生活之沉酣」、「小資產階級的枝枝節節」和「波希米亞人」

78　汪暉：〈去政治化的政治、霸權的多重構成與 60 年代的消逝〉，《去政治化的政治：短 20 世紀的終結與 90 年代》（北京：三聯書店，2008 年），頁 2。

的傾向，[79] 背後正是出於從法國革命過渡到俄國革命的思想認同。

（三）俄國藝術家之角色形象

《咖啡店之一夜》和《到民間去》皆有「俄國藝術家」的角色，而且他們皆以現實人物為本。《咖啡店之一夜》中住在咖啡店隔壁彈吉他的俄國盲詩人可崙斯奇先生影射愛羅先珂（Vasil Erosenko, 1890-1952），而《到民間去》中的「俄國小說家」則為蘇聯作家皮涅克（一譯畢力克，Boris Pilniak, 1894-1938）現身說法的演出。兩個角色皆為後來加入，可崙斯奇是田漢在《咖啡店之一夜》「改作第一稿」（1921 年 12 月）時新加的角色，[80] 由於李初梨到熊本升讀高等學校預科後致函田漢，信中提到「俄國盲詩人葉綠聖柯君將之上海」，[81] 希望田漢飛檄上海友人予以便利。田漢曾翻譯愛羅先珂以日語創作的童話《狹籠》未完，又全文翻譯了愛羅先珂在哈爾濱時的居停主人中根弘

79　田漢：〈我們的自己批判——「我們的藝術運動之理論與實際」上篇〉，頁 32-33、115。

80　小谷一郎著，小松嵐譯：〈田漢與日本 —— 以在日時的田漢及其與日本作家的交流為中心〉，頁 509-510、515-517。

81　田漢 1921 年 10 月 14、25 日日記，《薔薇之路》，頁 23、72。

發表在《讀賣新聞》上的文章，[82] 甚至在寫作中的《咖啡店之一夜》中加入這個新角色，可見田漢對愛羅先珂生平的興趣和感佩。愛羅先珂是無政府主義者和世界語者，他在離開俄國後便長期以東京作為活動中心，曾與日本革命作家秋田雨雀、片上伸（1884-1928）、神近市子（1888-1981）等人交往，並曾到暹羅、緬甸、印度、中國等地進行政治宣傳活動，[83] 由此亦可見東京作為國際革命者逃避政治迫害的避難所的角色。至於《到民間去》，皮涅克的加入肇始於他的訪華，他在 1926 年 6 月中旬到達上海，但上海文壇對他頗為冷淡，只有蔣光慈（1901-1931）和文學研究會曾出面歡迎招待他，田漢為此向上海文壇廣發邀函，於 7 月 10 日五時至十時在南國舞廳舉行場面盛大的「文酒會」，此次聚會場面亦被攝入《到民間去》，臨時加入皮涅克客串為俄國小說家和蔣光慈飾演為陪客兼翻譯，[84] 當中見證了中、俄革命作家之間的友誼。兩作改動的巧合

82　田漢 1921 年 10 月 25、26 日日記，《薔薇之路》，頁 68-72、74、75。更為人熟知的應是魯迅對於這兩個作品的翻譯，參見（一）埃羅先珂著，魯迅譯：〈狹的籠〉，《新青年》第 9 卷第 4 號（1921 年 8 月），頁 13-27；另見《晨報附刊》，1921 年 11 月 23 至 26 日。（二）風聲（魯迅）：〈盲詩人最近時的蹤跡〉，《晨報副鐫》第 1 版，1921 年 10 月 22 日。

83　有關愛羅先珂的行誼，可參考藤井省三：《エロシェンコの都市物語：1920 年代東京・上海・北京》（東京：みすず書房，1989 年）。

84　〈昨日南國劇社之茶酒會〉，《申報・本埠增刊》，1926 年 7 月 11 日；張向華編：《田漢年譜》，頁 83；張偉：〈1926 年田漢發起的三次藝壇聚會〉、〈田漢與影片《到民間去》的來龍去脈〉，《談影小集——中國現代影壇的塵封一隅》（台北：秀威資訊科技股份有限公司，2009 年），頁 29、91。

反映了田漢對俄國作家和政治的興趣，乃至當時中、日、俄三國文人之間耐人尋味的關連：田漢是在留學日本期間認識當時流亡中國的革命作家愛羅先珂，而與皮涅克的結緣則是由於其訪華，之後皮涅克也到了日本。這段文學因緣生動地反映了當時中、日、俄三國的世界主義文學語境。

愛羅先珂和皮涅克在《咖啡店之一夜》和《到民間去》中的登場，體現了兩作之間在主題上的過渡。兩個俄國作家角色皆以「革命藝術家」的理想人物角色出場，但它們的出現是由隱至顯的，形象也各有側重。在《咖啡店之一夜》中，可崙斯奇先生雖無露面，但對他的描述是首尾呼應的，可說是整劇結構的外在框架；而他所奏的吉他在舞台上是縈繞全劇的背景音樂，奠定了全劇的基調。對飲客甲、林澤奇和白秋英來說，吉他的聲音「就像久在外國，忽然聽得鄉親說話似的」，[85] 結合當時愛羅先珂流亡國外的背景，以及田漢的旅居異國，可崙斯奇此一角色可說是象徵着鄉愁。可崙斯奇此一角色也代表了田漢當時所追求的藝術家形象，「藝術家的悲哀！人生的行路難！」，[86] 此時田漢的藝術觀側重於人生中靈與肉的取捨問題：「我不知道還是永生久的好，還是剎那生的好，還是向靈的好，還是

85　田漢：《咖啡店之一夜》，《創造季刊》創刊號，頁 44。

86　同前註，頁 65。「人生之行路難！藝術家的悲哀！」原為李初梨信中對愛羅先珂的描述，田漢在《咖啡店之一夜》中也把它寫成是林澤奇的台詞。參見田漢 1921 年 10 月 25 日日記，《薔薇之路》，頁 73；小谷一郎著，小松嵐譯：〈田漢與日本 —— 以在日時的田漢及其與日本作家的交流為中心〉，頁 516-517。

向肉的好」。[87] 可崙斯奇作為「革命藝術家」，田漢把焦點放在他的「藝術家」身份之上。

到了《到民間去》，「俄國作家」的角色站到前台，成為中國青年們的精神導師和理想模範，而對他身份的聚焦則放在「革命」主題上：

> 這影片的開拍從一大學旁的小咖啡店起，事件起於許多中國的大學生在這咖啡店裏，歡迎一俄國的革命詩人，由這個詩人述他遊歷東方的感想，因為向這些大學生以改造中國為志願，他們有的主張由階級鬥爭底社會主義國家底建設，有的主張不由階級鬥爭直達到共產主義底所謂「到民間去」的新村運動。但這個俄國詩人不加評騭，却祇鼓勵他們各向目標邁進，引他們所共愛的女侍者美玉之手說：
>
> 「你們誰真達了改造中國的目的的便得這位姑娘！」[88]

此外，俄國作家此一角色同時擔當着女性知音的角色，《咖啡店之一夜》中可崙斯奇的吉他樂聲呼應着白秋

87　田漢：《咖啡店之一夜》，《創造季刊》創刊號，頁 47。

88　田漢：〈我們的自己批判——「我們的藝術運動之理論與實際」上篇〉，頁 18。

英對人生寂寞的感慨，而《到民間去》中皮涅克的宣言則體貼到盧美玉希望覓得政治有為的熱血青年作為自己終身伴侶的心事。在此，革命和戀愛兩個看似無關的元素得到拼合，當中帶有二十世紀二十年代末風行一時的「戀愛加革命」作品的「革命的羅曼蒂克」色彩（接待皮涅克的蔣光慈正是箇中代表）。由此，革命的浪漫面向在以咖啡店為背景的作品中得以展示，並帶有左翼世界主義的獨特色彩。

（四）咖啡店女侍與「新女性」

咖啡店在日本是大正時期從歐洲引入的舶來品，女侍是其中不可或缺的重要元素。大正時代出現各種女性解放思潮的爭論，「新女性」開始抬頭，除了爭取戀愛婚姻的自由，都市中各種女性職業得以開拓，亦意味着女性經濟得以獨立。與此同時，女侍作為新興的服務性職業，其本質卻是以一種軟性的性慾形象和與客人間模擬戀愛的方式迎合男性的性心理，前文提及田漢筆下郁達夫對待日本女侍的態度正好說明此點，但這種性別關係自然受到女性主義者的詬病。「女侍」此名詞本身已暗示了問題的複雜性：她應作為獨立的「女」性人格被看待，還是終歸是男性的「侍」從和附庸？在《咖啡店之一夜》和《到民間去》中，田漢均着力建立咖啡店女侍的豐富形象，而且她們均是以「新女性」的形象登場，當中對「新女性」似是而非的論述相當值得探討。

小谷一郎早已指出，《咖啡店之一夜》的主題「或是試圖讓他［田漢］心目中的『新女性』登場」。[89] 白秋英這個角色人如其名，仿如秋風裏的白薔薇般純潔無瑕，[90] 甚至竟是整部《咖啡店之一夜》中唯一沒有遭受都市無情洗禮的人物。以下白秋英的獨白，可圈可點：

> 假令我看見我的兄弟在哪處咖啡店那樣的喝酒，那咖啡店的侍女坐在側邊含着笑，一杯一杯的替他勸酒，我不知道怎樣的恨她。於今我在你的姊妹的眼中就是這個可恨的咖啡侍女了。我也不知道做過好多回這樣可恨的咖啡侍女。我每一想到這裏，恨不得即時離開這個店子。我每每看見林先生這樣的少爺們，我總當他們自己的兄弟一樣，想問問他們的苦處，無奈他們都沒有一個人把我當他們的姊妹，祇和我談一些不相干的事，誰也不背［肯］把他的真心掏給我看。至於那些輕浮的客人們，祇把我當作一種模擬性慾的對象，有時候乃至加我以不能堪的侮辱使我暗地裏不知哭過多少回。[91]

---

89 小谷一郎著，小松嵐譯：〈田漢與日本 —— 以在日時的田漢及其與日本作家的交流為中心〉，頁 505。

90 〈秋風裏的白薔薇〉為田漢作於 1921 年 10 月 21 日的詩作，參見《薔薇之路》，頁 51-53。另曾作為《江戶之春》組詩之一發表，《少年中國》第 4 卷第 2 期（1923 年 4 月），無頁碼。

91 田漢：《咖啡店之一夜》，《創造季刊》創刊號，頁 48-49。

《咖啡店之一夜》中的白秋英，清醒地告訴我們有別於劇中幻境的咖啡店真實情況，裏面有的是只會向客人賣笑斟酒的女侍，以及把女侍當作模擬性慾對象的輕薄客人。[92] 然而，身處在這種令人可恨和感到侮辱的人事之中，白秋英仍沒有離開咖啡店，為的是當中有着林澤奇這類客人可以真心出之、以兄弟視之。於是，白秋英選擇當一個出塵不染的女侍，她令飲客甲反思今昔生活的對比、為林澤奇解除煩憂，甚至李乾卿有負於她仍願意與他握手言和，[93] 儼然化身為男性的救贖者。田漢在劇中有意把家貧未能就學的白秋英與大學生李乾卿作對比，雖然白秋英是一名陪酒女郎，但她從事這個職業的初衷是希望攢錢讀書，好與青梅竹馬的李乾卿匹配結褵；相反，李乾卿到城裏升學後卻背棄盟誓，甚至另結新歡。兩人人格的對比在此表露無遺。田漢在此建立了一個相當理想化且令人印象深刻的「新女性」形象，她不但自食其力，忠貞愛情，出塵不染，甚至願意原宥所有對她作過傷害的男性，俯視和普渡眾生。輕易可見，田漢在此刻意經營的女性的崇高形

92　田漢不諱言，咖啡店女侍和舞女一樣，「是『資產階級青年的模擬性慾的對象』也沒有甚麼特別的不名譽」。田漢：〈編輯後記〉，《南國月刊》第1卷第3期（1929年7月1日），頁589。

93　田漢在《咖啡店之一夜》1932年的版本中把原劇本中的白秋英和李乾卿絕交後握手告別，改為白秋英「冷然拒絕握手」；作者還在劇本的開頭時，借一酒客的台詞「窮人的手和富人的手始終是握不牢」點明這一思想，從中可見田漢從二十世紀二十年代關注女性命運到三十年代關注革命議題的過渡。參考韓素玲：〈田漢早期劇作《咖啡店之一夜》版本記異〉，頁142-143。

象，其實帶有許多從男性意識出發的美好想像。

與此同時，田漢亦無法掩飾這些所謂的「新女性」作為「侍」的一面。白秋英雖是個具有獨立意識的女子，但亦不得不面對作為女侍的許多尷尬困窘之處，田漢在劇中總是借助外力——咖啡店店主去側寫這不太為人注意的一面。咖啡店店主這個角色表面上無關緊要，只在劇中稍稍露面三次，但每次他的出現便是把白秋英從女性身份拉回女侍身份，逼使她放棄個人意志，回歸女侍本身聽命於男飲客的工作本質。第一次店主出現時，白秋英正勸林澤奇不要喝威士忌這種烈酒，因為林澤奇前一晚已喝得極醉，白秋英擔心他應付不來，但店主一句「秋英！客人要啤酒拏［同「拿」］啤酒，要威士忌拏威士忌就是。在那裏囉唆甚麼！」[94] 白秋英只得奉命遵從。第二次店主出現時，李乾卿從外折返，此時的白秋英已對負心郎幾近死心，不欲與其交談，店主一句「秋英！客人來了，怎麼不請坐！」[95] 逼使白秋英放棄自己是李乾卿戀人的身份，而以女侍身份和他對談。第三次店主出現時，林澤奇已和鄭湘荃離開，白秋英獨自聽着俄國盲詩人演奏的吉他，生出無限感慨，此時店主一句「秋英！交賬！」[96] 打斷了她對個人身世的自憐，暗示白秋英安慰了不同的客人，但諷刺的

---

94 田漢：《咖啡店之一夜》，《創造季刊》創刊號，頁 46。

95 同前註，頁 56。

96 同前註，頁 66。

是最後卻沒有人能夠救贖和安慰她，她只是消費社會中一個卑微的服務員，全劇亦由此結束。由此可見，店主每次現身的情景雖然突兀，卻在在提醒觀眾白秋英的女侍身份從根本上就是男性消費的誘惑者，而咖啡店只是提供「金錢和飲料的交換」的場所。[97] 女性的獨立張揚和女侍的屈從卑微，使得白秋英這個角色得到矛盾辯證的深度，亦迫令觀眾追問咖啡店女侍作為「新女性」的可能性。不過，作者處處強調她的獨立自覺，實質上也說明了作者認為女性對獨立意識的追求可以凌駕其本身命運的樂觀態度。

到了《到民間去》，女侍盧美玉的形象可說是建立在白秋英的藍本之上而又有所推進。電影本事描述盧美玉：「美玉姿態尤美，頭腦亦敏慧，常聽郭張等議論，頗有所悟，其於郭張，愛郭之才，而服張之力。美玉之意，以為中國之將來，全賴此輩青年真能追求其理想，能犧牲一切，以追求其理想，始為真正之勇士，而此勇士又美玉女士理想之良人也。」[98] 盧美玉對待郭其昌和張秋白的態度，與白秋英對待林澤奇的態度相當一致，都是希望能付託真心，但所謂「兩心相知」的本質只是女性作為男性的聆聽者。至於不同之處，白秋英視林澤奇為兄弟，而盧美玉則視郭、張為理想之良人；白秋英因咖啡店女侍的身份而被李乾卿嫌棄退婚，盧美玉卻因咖啡店女侍的身份而成

97　同前註，頁 49。

98　田漢：〈到民間去〉。

為一眾才俊青年夢寐以求的婚嫁對象。至此，所謂「新女性」的形象其實更接近傳統才子佳人文學中的佳人想像。徘徊在郭其昌和張秋白之間，盧美玉最初選擇了表面上勇於追求理想的張秋白作為伴侶，後來看清張秋白並不如她的想像，且張秋白為了挽救工廠而與家裏為他許配的富家女結婚，盧美玉終與表面懦弱但真正勇於追求「新村運動」理想的郭其昌結合。張秋白和郭其昌各自代表性格和道德的強弱對社會改革運動的影響，兩人在不同方面皆有所闕失，唯獨盧美玉卻是自始至終的清貞高潔，是「不斷的追求其理想中之真勇者而卒得之者也」，[99] 可見《到民間去》仍然沿襲了女性崇拜式的描寫。不過，女性的崇高形象，最終仍是作為男性的襯托，因為盧美玉的愛情選擇，說明了作者所認同的政治主張。

由上可見，田漢在咖啡店女侍的形象塑造中極力抗拒消費社會中被物化的商品形象，反而刻意賦予其各種高尚氣質，既有着「新女性」的獨立意識，又有着傳統佳人的慷慨矜持。於是，田漢筆下的咖啡店女侍可說是結合了傳統與現代、東方與西方特質的理想女性形象。田漢對咖啡店女侍形象的處理，並不只反映了在他體內流動着的傳統文學血液，又或論者所公認的在他作品中一貫具備的女性崇拜的傾向，更反映了中國傳統價值的道德力量如何在他

99　同前註。

的筆下幻化為女性的靈與美，但從女性主義的角度而言，可說是純屬男性知識分子的理想想像。

從田漢的影劇作品中如何處理「咖啡店」、「藝術革命家」和「新女性」等議題的對比，可見以下改變：咖啡店不再是消費都市中供人沉溺的買醉之地，而是具備革命性和政治動能的沙龍式的公共空間；藝術革命家的角色形象從「藝術」過渡到「革命」；女侍不只是賣弄身體或溫柔話語誘惑男性顧客消費，而是懂得欣賞英雄豪傑，甚至成為和他們兩心相知的伴侶。至此，田漢筆下的咖啡店已與法國頹廢派文學漸行漸遠，逐漸靠攏俄國革命派。以上分析幫助我們從另一個角度理解田漢的左轉，並非如過去論者般單從中國國內政治的角度去考察這個問題，而是從當時整個國際性的文化運動去重新定位田漢的政治選擇。

四、餘論：日本與上海咖啡店中的中、日文人交誼

田漢 1922 年回國後在上海的活動，某程度上可看成是對東京生活經驗的延續和再生。[100] 東京與上海的雙城關係，體現在中、日兩國文人在其中的文化活動和交流。[101] 大正時期留日的中國作家熱愛東京而落腳上海，成為二十世紀二十年代「海派文人」的代表，正如日本同時代作家熱愛留連上海，這並非歷史的偶然。下文以田漢回國後與村松梢風和谷崎潤一郎在中、日兩國咖啡店中的交誼及相

100 寫於歸國前一月、以田漢和易漱瑜在日生活為藍本的《鄉愁》中提到，兩人討論回國的話卻回到哪裏去好，男主角孫梅就提出「我們還是回到上海去住一年再說罷」，女主角伊靜言則回應「上海那地方，我也不大喜歡」，但孫梅指出到上海去有兩個考慮：一是離故鄉近，可以把家人接到上海來住，那就和回到故鄉差不多；二是希望到上海去尋找機會，例如報館新聞記者、書局編輯、做小說或譯書等。從兩人的對話中可見他們對東京的眷戀不捨，因此選擇在社會文化各方面與東京較為接近的城市上海也是重要因素。田漢：《鄉愁》，頁 4。

101 目前已有研究留意到這個面向，參見孫遜編：《全球化進程中的上海與東京》（上海：三聯書店，2007 年）；郝譽翔：〈雙城漫遊：郁達夫小說中二〇年代的東京與上海〉，《淡江中文學報》第 31 期（2014 年 12 月），頁 229-247。

關討論為例，希望進一步說明咖啡店在當時的文化意義，展現二十世紀二十年代中、日國文人之間錯綜複雜的跨國流動和跨文化交流的情況，以及上海在中、日文化交流中所扮演的獨特角色。

1923 年 4 月，田漢與村松梢風在上海會面，是中國現代作家與訪問中國的同時代日本作家的首次接觸。[102] 村松梢風在日本文壇地位並不算高，但他是發明「魔都」一詞來形容上海的日本訪華作家。在首先記載村松梢風訪華的文章〈不思議な都『上海』〉（〈不可思議的都會上海〉）中，同時記載了田漢和村松梢風的相識經過，這次歷史性的見面需追溯到田漢在日期間認識佐藤春夫，村松梢風拿着佐藤春夫的介紹信，到靜安寺路中華書局編輯部拜訪田漢。田漢帶村松梢風與易漱瑜見面，村松因此成為唯一見過生前易漱瑜的日本作家；[103] 之後田漢帶村松到新世界，村松形容裏面的圓形大劇場「周圍較低的地方放着許多桌子，像是咖啡座」。[104] 往後兩人仍常常見面，村松並在田漢的介紹下認識了郁達夫、郭沫若、成仿吾（文中稱其原

102　小谷一郎著，小松嵐譯：〈田漢與日本 —— 以在日時的田漢及其與日本作家的交流為中心〉，頁 460、528。

103　同前註，頁 533。

104　「周囲の低い処にはテーブルを置いてカフェーみたいになってゐる」，村松梢風：〈不思議な都『上海』〉，《中央公論》第 38 卷第 9 号（1923 年 8 月）；轉引自《田漢在日本》，頁 81；中譯本見村松梢風著，徐靜波譯：《魔都》（上海：上海人民出版社，2018 年），頁 51。

名成灝）等《創造》同人，以及同樣曾留學日本的林伯渠（1886-1960，文中稱其原名林祖涵）和黃日葵，席上眾人亦見了村松新識的情人「Y 子」。村松亦在這次訪華中認識了謝六逸（1898-1945）。1925 年 10 月底，村松梢風再訪上海，並帶來「兩鏤繪絕精之杯」擬分贈田漢和易漱瑜，得知易漱瑜逝世，不禁再三嘆息。[105] 1926 年，田漢對村松梢風每一期寄來自己創刊的雜誌《騷人》的「感謝信」〈上海通信〉中，[106] 提到與中國戲劇研究會（「支那劇研究会」）同人竹內（即竹內良男（?-1978））和菅原（即菅原英次郎，筆名升屋治三郎（1894-1974））等人光顧上海的日本咖啡店 Café Lion 或 Café Sunlight，希望一睹村松梢風三年前在該咖啡店隱藏的同居情人赤木芳子（?-?），[107] 亦即村松梢風小說〈不思議な都『上海』〉中的「Y 子」，以及《上海》中的「赤城陽子」。[108] 根據田漢信中「上海の日本カフェイー」一詞，可見當時上海確實存在日本式的咖啡店，咖啡店的名稱亦明顯來自銀座著名的 Café Lion，並同樣沿襲了原店的女侍文化。

105 田漢致潤璵（王光祈）信（1925 年 11 月 20 日），〈通訊 · 青青草〉，《醒獅週報 · 南國特刊》第 13 號（1925 年 11 月 21 日），第 6 版。

106 小谷一郎著，小松嵐譯：〈田漢與日本 —— 以在日時的田漢及其與日本作家的交流為中心〉，頁 536。

107 田漢：〈上海通信〉，《騷人》第 1 卷第 3 期（1926 年 6 月 1 日）；轉引自《田漢在日本》，頁 31。原文為日文，可參考同書中劉平中譯，頁 35。

108 村松梢風：《上海》（東京：騷人社書局，1927 年）。

1926 年 1 月，谷崎潤一郎第二次造訪上海，上一次是 1918 年，但當時谷崎並沒有認識到志同道合的中國作家，直至這次才是真正意義上達致中、日文學交流，谷崎這次訪華與田漢交流尤多，詳細情形見於〈上海交遊記〉。[109] 谷崎初到上海幾天便到了內山書店，在內山完造（1885-1959）的介紹和安排下，與內山口中的「新文學的代表人物」謝六逸、田漢和郭沫若三人，以及歐陽予倩、方光燾、徐蔚南（1900-1952）、唐越石（?-1926）等見面，會後田漢和郭沫若又到了谷崎下榻的一品香旅館作了一番長談。之後，谷崎接到歐陽予倩和田漢以「上海文藝消寒會」的名義發來的請柬，請他在 1 月 29 日下午到徐家匯路 10 號新少年影片公司參加上海文藝界的一次聚會，當天場面非常盛大，「作為藝術家的聚會，恐怕在上海是未曾有過的大型活動，這大概是田漢君事前宣傳的結果」，[110] 與會者除谷崎已見過的郭沫若、方光燾、徐蔚南、唐越石外，還包括東京美術學校畢業的西洋畫家陳抱一（1893-1945）、剛從法國意大利遊學歸來的漂泊詩人王獨清（1898-1940）、小提琴家關良（1900-1986）、電影導演任矜蘋（?-?）、剛從法國回來的飛行家唐震球（1898-1954，即唐槐秋）等

109　谷崎潤一郎：〈上海交遊記〉，《女性》第 9 卷第 5、6 期、第 10 卷第 2 期（1926 年 5、6、8 月）；轉引自《田漢在日本》，頁 97-136；可參考同書中劉平中譯，頁 137-166。

110　「恐らく芸術家の会合としては上海未曾有の大々的催しになるでせいと、田漢君は前からエライ振れ込みであった。」同前註，引文為劉平譯，頁 153。

九十餘人。田漢之後又因怕谷崎一個人寂寞，執意帶他到歐陽予倩的家裏過年吃年夜飯，又贈予谷崎易漱瑜題像。據谷崎潤一郎記載，當時田漢差不多每日領着他在上海灘四處跑，其中便提到「新六三」茶屋、「新月」、各種跳舞場和名為 Café Palais 和 Café Alcazar 的咖啡店。田漢亦提到自己與谷崎別後，又「在上海的夜裏，公宴、茶話會、酒館、咖啡店、跳舞場，又過了不少日子了」。[111]

1927 年 6 月，田漢出任南京政府總政治部宣傳處藝術顧問兼電影股長，為攝製電影《南京》赴東京聘請攝影技術人員，偕同舅舅易震（?-?）的朋友雷震，經長崎到達神戶，由谷崎潤一郎陪同遊覽大阪、京都，之後重返東京，再由神戶回國。在〈日本印象記〉中，田漢記錄這是自己第三次踏足長崎，由於距離開船還有四個鐘頭，因此決定上陸消磨時光，剛出稅關的門，就有好幾個汽車夫來招攬生意，車費比上海貴不了許多，田漢便與雷震一起上車，對車夫說先把長崎的名勝遊覽一週，「然後找一家美人頂多的加［咖］啡店或是酒館午餐！」，[112] 便到了一家福建人開的名為四海樓的菜館兼旅館吃飯。文末不吝筆墨地描寫在茶館底下的咖啡店遇見的一名女侍，以唯美的手法刻劃其有如閨中小姐的行動美態：

111 田漢：〈我的上海生活〉，《上海生活》創刊號（1926 年 12 月 15 日），頁 5。

112 田漢：〈日本印象記〉，《良友》第 19 期（1927 年 9 月 30 日），頁 16。

> ［……］底下這咖啡店也僱了好幾個日本的姑娘做堂倌，就中一個年紀最輕的，最為美麗，她和其他幾個同事一樣梳着流行的高髻却因為她的頭髮柔潤怪可憐，所以當她背着你站着時，你可由她那故意向後方吐露的粉類［頸］和雲髮相生之際得着一種麻醉。她又特別愛穿一雙高底錦紐的拖鞋，斜着纖腰夾着肥大的腿子懶洋洋地，夢幻地，縹緲凌風似的走着——簡直可以說是飛着［。］她「飛」着的時候那蝴蝶的兩個翅膀似的長袖子中間還弔［吊］着一幅［副］銀鈴玎玲作響，——她真會作態呀！
>
> 我心裏這麼想。但她那櫻桃似的小嘴使人疑他［它］是不會開的［，］若不是剛才她也曾微微的露出一點細而白的牙笑過一下的時候。但她是何等可恨啊，斟過三次日本酒之後她就坐在壁鏡傍［旁］的一張小桌子上像個幽嫻貞靜的小姐。[113]

上述描寫與田漢作品中一貫表現出來的女性崇拜、美化女性作為男性心目中的理想形象的傾向殊無二致，體現着田漢傾向於「靈」的審美取向。此外，與其說這種描寫把咖啡店女侍物化、透露出供男性消費的商品形象，倒不如說當中透露着一種矛盾而統一的特質：這位咖啡店女侍既有着古代美女、傳統佳人的姿態，又有着「摩登女性」

113　同前註，頁21。

或「新女性」的獨立身世。在傳統與現代、東方與西方、卑微與獨立之間，「咖啡店女侍」這個女性身份的曖昧性賦予了作家無盡的靈感與啟示。

一年後，田漢翻譯了谷崎潤一郎〈上海交遊記〉中「致田漢君書」的部分，並回信給谷崎潤一郎，信中除了交代谷崎信中提到的中國諸人（如郭沫若、歐陽予倩）的現況外，信末回憶這次赴日行程，提到在大阪咖啡店的情景，不勝感慨：

> 上大阪去喝酒時請千萬致意那情熱的「Chitsuko」。去年歸國前一日的「咖啡店之一夜」是我不容易忘記的。她在那紅燈之下，綠酒之旁低聲訴說：她在那店子裏一兩年間雖日與群客相對，而所得的祇是莫明其妙的「寂寞」與「悲哀」，咳，谷崎先生，這正是我這幾年奮鬥生活的結論啊。[114]

這次是現實生活中的「咖啡店之一夜」，客人田漢和女侍 Chitsuko 傾訴衷腸，女侍 Chitsuko 就像《咖啡店之一夜》中的白秋英那樣，不只以酒撫慰來賓，亦將自己的心事悄然揭露：在這家咖啡店裏的一兩年間，她和不同客人把酒談心，但客人來去如過客，客人在酒精的消費中得

114 田漢致谷崎潤一郎信，《南國》（不定期刊）第 5 期（1928 年 8 月），頁 46。

到滿足後，留給她的只有無端「寂寞」與「悲哀」。對田漢來說，這份「寂寞」與「悲哀」正好擊中他的心事，自回國以後，易漱瑜因病去世、與第二任妻子黃大琳的婚姻生活並不美滿、《南國》停刊、電影公司因資金問題被迫中斷等，種種不如意就仿如每一天的奮鬥生活得不斷推倒重來。在此，女侍傾吐自己的身世使男性得到同病相憐的感應，咖啡店縱是冷漠都市的縮影，但在這「大沙漠」中，田漢就像林澤奇得到白秋英安慰後如獲知己：「這時候若是有別一個旅行者，忽然相遇，給他一口涼水喝，你看他如何感激流涕，可是那一種旅行者總不容易遇着」。[115]

數月後，田漢在詩作〈報告〉中再次表達了他對這間大阪咖啡店的強烈懷念：

> 天上的樂園，
> 人間的咖啡，
> 偶來小坐傾金杯。
> 斜風忽來細雨飛，
> 暮煙帶着秋之悲。
> 猛憶大阪阪井咖啡店中千鶴子，
> 令人直欲相思死。[116]

115　田漢：《咖啡店之一夜》，《創造季刊》創刊號，頁 50。

116　田漢：〈報告〉（1928 年 11 月 5 日）；轉引自《田漢全集》第 11 卷，頁 76。

「千鶴子」的日語正是 Chitsuko（ちずこ），可見〈報告〉和〈致谷崎潤一郎〉中提及的咖啡店和女侍為同一人事。在此詩中，田漢甚至將咖啡店高舉為天上的樂園，而咖啡則是上天賜予人間的瓊漿玉液。大概是心中種種鬱結無法在現實世界中宣洩，只能透過咖啡店中的獨特情調、女侍體貼入微的心靈撫慰而得到緩解。

1928 年 8 月 9 日至 11 日，南國社連續三天在《申報》刊出大型綜合廣告，其中一條是南國書店招股。書店的賣點是附設精美的咖啡店 Café la Midi，並有「訓練懂文學趣味的女侍，使顧客既得好書，復得清談小飲之樂」。[117]《南國週刊》一卷一期的〈南國書店股份有限公司章程摘要〉亦提及組織南國社的目的之一在於「出版業外兼營咖啡店，使顧客既得好書，後得陶醉於藝術的波希米亞的空氣內」。[118] 南國社成立簡章的「權利」一項亦特別提到「社員於本社之各種文化的設備，如書店咖啡店劇場……之類皆得享受優越之權利［，］其辦法另訂之」。[119]「南國咖啡」之有名，甚至連談起「上海咖啡」的時候，日本友人（上述中國戲劇研究會的菅原英次郎）亦探詢「田先生何不

117 〈南國．書店附珈琲店招股〉（廣告），《申報》，1928 年 8 月 9 日至 11 日。

118 〈南國書店股份有限公司章程摘要〉，《南國週刊》（南國書店發行）第 1 卷第 1 期（1928 年 9 月 1 日），封底。

119 〈南國社簡章〉，《南國的戲劇》，頁 223。

把南國咖啡幹起來」。[120] 由這幾條資料可見田漢對咖啡店之重視，甚至以之作為南國社成立時不可或缺的文化設備之一，與書店、劇場等量齊觀。《申報》廣告中對女侍的描述，不但符合中國傳統文人對「書中自有顏如玉」的雙重嚮往，並可視為田漢身體力行，希望在現實世界中實現虛構作品中白秋英和盧美玉這兩個理想的文學形象，以及異國記憶中的日本咖啡店的理想原型，從而實現心目中藝術的波希米亞目標。幾乎同一時間，田漢亦記載「咖啡館裏面沉醉着憤慨帝國主義的暴壓的大學生」。[121] 唯美與浪漫、頹廢與革命，既是咖啡店的雙重特質，也是東京和上海雙城的鏡像縮影。

120　田漢：〈讀「湖南牛」〉，《南國週刊》（現代書局發行，月訂本第 2 冊）第 7 期（1929 年 10 月 15 日），頁 295。

121　壽昌：〈南國劇談〉，《南國》（不定期刊）第 5 期（1928 年 8 月），頁 60。

徵引文獻

一、田漢著譯

漢兒：〈俄國今次之革命與貧富問題〉，《神州學叢》第 1 期，1917 年 9 月 20 日。

田漢：〈平民詩人惠特曼的百年祭〉，《少年中國》第 1 卷第 1 期，1919 年 7 月 15 日，頁 6-22。

田漢：〈秘密戀愛與公開戀愛〉，《少年中國》第 1 卷第 2 期，1919 年 8 月 15 日，頁 33-35。

田漢：〈第四階級的婦人運動〉，《少年中國》第 1 卷第 4 期「婦女號」，1919 年 10 月 15 日，頁 28-29。

田漢：〈歌德詩中所表現的思想〉，《少年中國》第 1 卷第 9 期「詩學研究號」，1920 年 3 月 15 日，頁 142-161。

田漢：〈竹葉〉，《少年中國》第 1 卷第 9 期「詩學研究號」，1920 年 3 月 15 日，頁 168。

田漢：〈漂泊的舞蹈家〉，《時事新報．學燈》，1920 年 4 月 27 日。

田壽昌、宗白華、郭沫若：《三葉集》，上海：亞東圖書館，1920 年 5 月。

田漢：〈新羅曼主義及其他 —— 覆黃日葵兄一封長信〉，《少年中國》第 1 卷第 12 期，1920 年 6 月 15 日，頁 24-52。

田漢:〈吃了「智果」以後的話〉,《少年世界》第 1 卷第 8 期「婦女號」，1920 年 8 月 1 日，頁 1-46。

田漢：〈一個日本勞働家〉，《少年中國》第 2 卷第 2 期，1920 年 8 月 15 日，頁 38。

田漢：《環珴璘與薔薇》，《少年中國》第 2 卷第 5 期，1920 年 11 月 15 日，頁 42-62；第 6 期，1920 年 12 月 15 日，頁 33-54。

田漢：〈《靈光》序言 —— 致李劍農先生一封信〉，《太平洋》第 2 卷第 9 期，1921 年 1 月，頁 1-5。

田漢：《靈光》，《太平洋》第 2 卷第 9 期，1921 年 1 月，頁 5-28。

王爾德著，田漢譯：《沙樂美》，《少年中國》第 2 卷第 9 期，1921 年 3 月 15 日，頁 24-51。

莎士比亞著，田漢譯：《哈孟雷特》，《少年中國》第 2 卷第 12 期，1921 年 6 月 15 日，頁 38-53。

田漢：〈喝呀，初梨！〉，《民國日報・平民》第 63 期，1921 年 8 月 6 日，第四版。

田漢：〈莫明其妙〉，《民國日報・平民》第 65 期，1921 年 8 月 20 日，第三、四版。

田漢：《薛亞蘿之鬼》，《少年中國》第 3 卷第 9 期，1922 年 4 月 1 日，頁 30-41。

田漢：《薔薇之路》，上海：泰東圖書局，1922 年 5 月。

田漢：《咖啡店之一夜》，《創造季刊》第 1 卷第 1 期，1922 年 5 月 1 日，頁 39-66。

田漢：《午飯之前》，《創造季刊》第 1 卷第 2 期，1922 年 8 月 25 日，頁 53-73。

莎士比亞著，田漢譯：《羅蜜歐與朱麗葉》，《少年中國》第 4 卷第 1 至 5 期，1923 年 3 至 7 月。

田漢：《江戶之春》組詩，《少年中國》第 4 卷第 1、2 期，1923 年 3、4 月，無頁碼。

田漢：《鄉愁》，《南國半月刊》創刊號，1924 年 1 月 5 日，頁 1-21。

田漢：《獲虎之夜》，《南國半月刊》第 1 卷第 2 期，1924 年 1 月 25 日，頁 16-27；第 3 期，1924 年 2 月 5 日，頁 10-25。

田漢：《咖啡店之一夜》，上海：中華書局，1924 年 12 月。

田漢：〈《翠豔親王》本事〉，《醒獅週報．南國特刊》第 12、13 號，1925 年 11 月 14、21 日，第 6 版。

田漢致潤璵信，〈通訊．青青草〉，《醒獅週報．南國特刊》第 13 號，1925 年 11 月 21 日，第 6 版。

田漢：〈到民間去〉，《醒獅週報．南國特刊》第 23、24 號（應為 27、28 號），1926 年 3 月 12、20 日，第 6 版。

田漢：〈ABC 的會話〉，《民新特刊》第 3 期「三年以後號」，1926 年 12 月 5 日，頁 13-17。

田漢：〈我的上海生活〉，《上海生活》創刊號，1926 年 12 月 15 日，頁 3-5。

田漢：〈銀色的夢〉（一至三），《銀星》第 5 期，1927 年 1 月 1 日，頁 39-45。

田漢：〈銀色的夢〉（四至六），《銀星》第 6 期，1927 年 3 月 1 日，頁 8-15。

田漢：〈銀色的夢〉（七），《銀星》第 7 期，1927 年 4 月 1 日，頁 8-12。

田漢：〈銀色的夢〉（八至十），《銀星》第 8 期，1927 年 5 月 1 日，頁 14-19。

壽昌：〈宮崎龍介及其他〉，《三民週報》第 7 期，1927 年 5 月 29 日，頁 7-9。

田漢：〈日本印象記〉，《良友》第 19 期，1927 年 9 月 30 日，頁 14-21。

田漢：〈關於《哈孟雷特》與《到民間去》——致《幻洲》雜誌記者〉，《幻洲》第 2 卷第 2 期，1927 年 10 月 16 日，頁 72-75。

田漢作，朱應鵬畫：〈上海 · 一、刺戟（下）〉，《申報 · 本埠增刊 · 藝術界》，1927 年 10 月 18 日，第 3 版。

田漢作，朱應鵬畫：〈上海 · 一、刺戟（下）〉，《申報 · 本埠增刊 · 藝術界》，1927 年 10 月 21 日，第 4 版。

田漢作，朱應鵬畫：〈上海 · 一、刺戟（下）〉，《申報 · 本埠增刊 · 藝術界》，1927 年 10 月 22 日，第 4 版。

壽昌：〈薔薇與荊棘〉，《中央日報 · 摩登》，1928 年 2 月 2 日，第 3 張第 4 面。

田漢：〈從佐藤春夫的殉情詩集〉，《中央日報 · 摩登》，1928 年 2 月 9 日，第一版。

田漢：《湖上的悲劇》，《南國》（不定期刊）第 5 期，1928 年 8 月，頁 1-37。

壽昌：〈南國劇談〉，《南國》（不定期刊）第 5 期，1928 年 8 月，頁 58-61。

谷崎潤一郎著，田漢節譯：〈與田漢君書〉，《南國》（不定期刊）第 5 期，1928 年 8 月，頁 37-43。

田漢致谷崎潤一郎信，《南國》（不定期刊）第 5 期，1928 年 8 月，頁 43-46。

田漢：〈上海〉，《南國月刊》第 1 卷第 1 期，1929 年 5 月 1 日，頁 89-138。

田漢：〈憂愁夫人與姊姊 —— 兩個不同的女性〉，《南國月刊》第 1 卷第 1 期，1929 年 5 月 1 日，頁 139-164。

田漢：〈公演之前 —— 替自己喊叫，替民眾喊叫〉，《申報・本埠增刊》，1929 年 6 月 23 日，第五版。

田漢：〈編輯後記〉，《南國月刊》第 1 卷第 3 期，1929 年 7 月 1 日，頁 587-590。

小山內薰著，田漢譯：〈日本新劇運動的經路〉，《南國週刊》（現代書局發行）第 1 期，1929 年 8 月 24 日，頁 18-26；第 2 期，1929 年 8 月 31 日，頁 56-63。

田漢：《垃圾桶》，《南國週刊》（現代書局發行）第 2 期，1929 年 8 月 31 日，頁 70-83。

田漢：〈我們的自己批判——「我們的藝術運動之理論與實際」上篇〉，《南國月刊》第 2 卷第 1 期，1930 年 4 月，頁 2-145。

梅里美原著，田漢改編：《卡門》，《南國月刊》第 2 卷第 2 期，1930 年 5 月 20 日，頁 213-255；第 2 卷第 3 期，1930 年 6 月 20 日，頁 404-455。

田漢：《田漢戲曲集》第 3 集，上海：現代書局，1932 年 1 月。

田漢：《田漢戲曲集》第 1 集，上海：現代書局，1933 年 2 月。

托爾斯泰原著，田漢改編：《復活》，上海《晨報・晨曦》，1933 年 6 月 30 日、7 月 2 至 5 日、7 日、9 至 12 日、14 日、15 日、26 至 31 日、8 月 2 日（第一幕及第二幕之一部分）；南京《新民報・新園地》，1936 年 1 月 12 至 20 日、22 日、4 月 4 日。

田漢作詞:〈怨別離〉,《新民報・新園地》,1936 年 3 月 30 日。

田漢作詞:〈莫提起〉,《新民報・新園地》,1936 年 3 月 31 日。

田漢作詞:〈望鄉曲〉,《新民報・新園地》,1936 年 4 月 1 日。

田漢作詞:〈喀瞿沙〉,《新民報・新園地》,1936 年 4 月 3 日。

田漢作詞:〈德米屈里〉,《新民報・新園地》,1936 年 4 月 4 日。

田漢作詞:〈寒衣曲〉,《新民報・新園地》,1936 年 4 月 8 日。

田漢作詞:〈茫茫的西伯利亞〉,《新民報・新園地》,1936 年 4 月 10 日。

田漢:〈與沫若在詩歌上的關係〉,《詩創作》第 6 期,1941 年 12 月 15 日。

田漢:《田漢劇作選》,北京:人民文學出版社,1955 年 2 月。

田漢:《卡門》,北京:藝術出版社,1955 年 10 月。

田漢:〈我所認識的十月革命〉,《戲劇報》第 22 期,1957 年 11 月 26 日。

田漢:《復活》,北京:中國戲劇出版社,1957 年。

田漢:《田漢選集》,北京:人民文學出版社,1959 年。

田漢:《田漢文集》第 1 至 16 卷,北京:中國戲劇出版社,1983-1987 年。

田漢著,《田漢全集》編委會編:《田漢全集》第 1 至 20 卷,石家莊:花山文藝出版社,2000 年。

二、報刊文章

〈少年中國學會叢書〉(廣告),《少年中國》第 4 卷第 1 期,1923 年 3 月,頁 2。

〈南國・書店附珈琲店招股〉（廣告），《申報》，1928 年 8 月 9 日至 11 日。

〈南國書店股份有限公司章程摘要〉，《南國週刊》（南國書店發行）第 1 卷第 1 期，1928 年 9 月 1 日，封底。

〈昨日南國劇社之茶酒會〉，《申報・本埠增刊》，1926 年 7 月 11 日。

〈新時代流行の象徴として観たる「自動車」と「活動写真」と「カフェー」の印象〉（特輯），《中央公論》第 361 号，1918 年 9 月 1 日，頁 67-96。

小山內薫著，歐陽予倩譯：〈日本戲劇運動的經過〉，《戲劇》第 1 卷第 3 期，1929 年 9 月 5 日，頁 91-116。

山風大郎：〈卓賓鞋和田漢的翻譯〉，《幻洲》第 1 卷第 12 期，1927 年 9 月，頁 581-606。

本間久雄著，佛突譯：〈性的道德底新趨向〉，《民國日報》第 1618-1920 號「覺悟」，1920 年 8 月 1 日至 3 日。

本間久雄著，瑟廬譯：〈性的道德底新傾向〉，《婦女雜誌》第 6 卷第 11 期，1920 年 11 月 5 日，頁 1-10。

坪内雄蔵：〈近世劇に見えたる新しき女〉，《婦人くらぶ》第 3 巻第 12 号，1910 年 11 月，頁 51-55。

易君左：〈田漢和郭沫若〉，《大人》第 24 期，1972 年 4 月，頁 20-25。

易漱瑜：〈雪的三部曲〉，《少年中國》第 1 卷第 9 期「詩學研究號」，1920 年 3 月 15 日，頁 163-165。

易漱瑜：〈半年來居東京的實感〉，《少年世界》第 1 卷第 8 期「婦女號」，1920 年 8 月 1 月，頁 145-157。

易漱瑜：〈桃花菌〉，《南國半月刊》第 1 卷第 1 期，1924 年 1 月 5 日，頁 21-26。

易漱瑜：〈漣漪〉，《南國半月刊》第1卷第2期，1924年1月25日，頁1-16；第3期，1924年2月5日，頁1-10。

易漱瑜：〈黑馬〉，《醒獅週報．南國特刊》第19號，1926年1月2日，第6版。

易漱瑜：〈哭父〉，《醒獅週報．南國特刊》第20號（應為第24號），1926年2月6日，第5版。

洪深：〈我的打鼓時期已經過了麼？〉，《良友》第108期，1935年8月，頁12-13。

胡適：〈美國的婦人——在北京女子師範學校講演〉，《新青年》第5卷第3號，1918年9月15日，頁213-224。

胡適：《終身大事》，《新青年》第6卷第3號，1919年3月15日，頁311-319。

郁達夫：〈雪夜（日本國情的記述——自傳之一章）〉，《宇宙風》第11期，1936年2月16日，頁520-522。

風草子：〈（東西社交界の花）悩める名花（武子　燁子　欣子）〉，《日本一》第7卷第1期，1921年1月，頁83。

風聲：〈盲詩人最近時的蹤跡〉，《晨報副鐫》第1版，1921年10月22日。

浩：〈摩登〉，《申報月刊》第3卷第3號，1934年3月，「新辭源」欄，頁103。

康白情：〈送客黃浦〉，《少年中國》第1卷第2期，1919年8月15日，頁15-16。

康白情致若愚、慕韓信，〈會員通訊〉，《少年中國》第1卷第2期，1919年8月15日，頁57-58。

雁冰：〈讀《少年中國》婦女號〉，《婦女雜誌》第6卷第1期，1920年1月5日，頁1-4。

雁冰：〈男女社交公開問題管見〉，《婦女雜誌》第 6 卷第 2 期，1920 年 2 月 5 日，頁 1-4。

黃日葵致王光祈和曾琦函，《少年中國》第 1 卷第 1 期，1919 年 7 月 15 日，頁 42-43。

黃日葵：〈題須磨子 Sumako 像〉，《少年中國》第 2 卷第 2 期，1920 年 8 月 15 日，頁 40-41。

埃羅先珂著，魯迅譯：〈狹的籠〉，《新青年》第 9 卷第 4 號，1921 年 8 月，頁 13-27。

埃羅先珂著，魯迅譯：〈狹的籠〉，《晨報附刊》，1921 年 11 月 23 至 26 日。

喬其．麻亞著，郁達夫譯：〈一女侍〉，《小說月報》第 18 卷第 8 號，1927 年 8 月 10 日，頁 48-53。

損：〈「創造」給我的印象〉，《時事新報．文學旬刊》第 38 期，1922 年 5 月 21 日，第二、三版。

漢年：〈覆田漢先生〉，《幻洲》第 2 卷第 2 期，1927 年 10 月 16 日，頁 75-76。

三、專書

（一）中文專書

《中國現代文藝資料叢刊》第 8 輯，上海：上海文藝出版社，1984 年。

上海戲劇學院、柏彬、徐景東等編選：《中國當代文學研究資料叢書．田漢專集》，南京：江蘇人民出版社，1984 年。

中華全國婦女聯合會婦女運動理事研究室：《五四時期婦女問題文選》，北京：三聯書店，1981 年。

王自立、陳子善:《郁達夫研究資料》,天津:天津人民出版社,1982 年。

王新命:《新聞圈裏四十年》(上)(下),台北:龍文出版社股份有限公司,1993 年。

王德威、宋明煒編:《五四 @100:文化,思想,歷史》,新北:聯經出版事業股份有限公司,2019 年。

田本相、吳戈、宋寶珍:《田漢評傳》,重慶:重慶出版社,1998 年。

史書美著,何恬譯:《現代的誘惑:書寫半殖民地中國的現代主義(1917-1937)》,南京:江蘇人民出版社,2007 年。

伊藤虎丸著,孫猛等譯:《魯迅、創造社與日本文學:中日近現代比較文學初探》,北京:北京大學出版社,1995 年。

伊藤虎丸監修,小谷一郎、劉平編:《田漢在日本》,北京:人民文學出版社,1997 年。

竹內好著,孫歌編,李冬木、趙京華、孫歌譯:《近代的超克》,北京:三聯書店,2005 年。

何寅泰、李達三:《田漢評傳》,長沙:湖南人民出版社,1984 年。

吳佩珍主編:《中心到邊陲的重軌與分軌 —— 日本帝國與台灣文學．文化研究》(中),台北:台大出版中心,2012 年。

呂美頤、鄭永福:《中國婦女運動(1840-1921)》,鄭州:河南人民出版社,1990 年。

李奭學:《中外文學關係論稿》,台北:聯經出版事業股份有限公司,2015 年。

李歐梵著,王宏志等譯:《中國現代作家的浪漫一代》,北京:新星出版社,2005 年。

李歐梵著，毛尖譯：《上海摩登：一種新都市文化在中國（1930-1945）》，增訂版，香港：牛津大學出版社，2006年。

李歐梵著，毛尖譯：《上海摩登：一種新都市文化在中國（1930-1945）》，北京：人民文學出版社，2010年。

村松梢風著，徐靜波譯：《魔都》，上海：上海人民出版社，2018年。

汪暉：《去政治化的政治：短20世紀的終結與90年代》，北京：三聯書店，2008年。

肖霞：《浪漫主義：日本之橋與「五四」文學》，濟南：山東大學出版社，2003年。

周作人譯：《域外小說集》，上海：群益書社，1920年。

周佳榮：《近代日本文化與思想》，香港：商務印書館，1985年。

河竹繁俊著，郭連友等譯：《日本演劇史概論》，北京：文化藝術出版社，2002年。

哈貝馬斯著，曹衞東、王曉珏、劉北城、宋偉杰譯：《公共領域的結構轉型》，上海：學林出版社，1999年。

胡纓著，龍瑜宬、彭姗姗譯：《翻譯的傳說：中國新女性的形成（1898-1918）》，南京：江蘇人民出版社，2009年。

郁達夫：《郁達夫全集》第1卷，杭州：浙江大學出版社，2007年。

夏志清著，劉紹銘等譯：《中國現代小說史》，香港：中文大學出版社，2001年。

孫遜編：《全球化進程中的上海與東京》，上海：三聯書店，2007年。

張向華編：《田漢年譜》，北京：中國戲劇出版社，1992年。

張勇：《摩登主義：1927-1937 上海文化與文學研究》，台北：人間出版社，2010 年。

張偉：《談影小集 —— 中國現代影壇的塵封一隅》，台北：秀威資訊科技股份有限公司，2009 年。

郭沫若：《創造十年》，上海：現代書局，1932 年。

陳正茂：《理想與現實的衝突 ——「少年中國學會」史》，台北：秀威資訊科技股份有限公司，2010 年。

陳望道：《戀愛　婚姻　女權 —— 陳望道婦女問題論集》，上海：復旦大學出版社，2010 年。

彭小妍：《浪蕩子美學與跨文化現代性：一九三〇年代上海、東京及巴黎的浪蕩子、漫遊者與譯者》，台北：聯經出版事業股份有限公司，2012 年。

渡邊淳一著，陳辛兒譯：《女優》，上海：文匯出版社，2009 年。

新井一二三：《我這一代東京人》，台北：大田出版，2007 年。

新井一二三：《偏愛東京味》，台北：大田出版，2007 年。

董健：《田漢評傳》，南京：南京大學出版社，2012 年。

詹姆斯．L. 麥克萊恩著，王翔、朱慧穎、王瞻瞻譯：《日本史》，海口：海南出版社，2014 年。

靳明全：《中國現代文學興起發展中的日本影響因素》，北京：中國社會科學出版社，2004 年。

劉平：《戲劇魂：田漢評傳》，北京：中央文獻出版社，1998 年。

劉禾著，宋偉杰譯：《跨語際實踐：文學、民族文化與被譯介的現代性（中國，1990-1937）》，北京：三聯書店，2002 年。

鄭伯奇著，鄭延順編：《憶創造社及其他》，香港：生活．讀書．新知三聯書店，1982 年。

魯迅等著：《創作的經驗》，上海：天馬書店，1933 年。

錢理群、溫儒敏、吳福輝：《中國現代文學三十年》，北京：北京大學出版社，1998 年。

閻折梧編：《南國的戲劇》，上海：萌芽書店，1929 年。

霍普特曼著，李永熾譯：《沉鐘》，台北：遠景出版事業公司，1981 年。

（二）外文專書

Habermas, Jürgen. *The Structural Transformation of the Public Sphere: An Inquiry into a Category of Bourgeois Society.* Cambridge, Mass.: Polity Press, 1989.

Ko, Dorothy and Zheng, Wang ed. *Translating Feminisms in China: A Special Issue of Gender & History.* Oxford: Blackwell Publishing Limited, 2007.

Larson, Wendy. *Women and Writing in Modern China.* Stanford: Stanford University Press, 1998.

Lee, Leo Ou-fan. *Shanghai Modern: The Flowering of a New Urban Culture in China, 1930-1945.* Cambridge, MA: Harvard University Press, 1999.

Liu, Lydia H. *Translingual Pratice: Literature, National Culture, and Translated Modernity - China, 1900-1937.* Stanford: Stanford University Press, 1995.

Luo, Liang. *The Avant-Garde and the Popular in Modern China: Tian Han and the Intersection of Performance and Politics.* Ann Arbor: University of Michigan Press, 2014.

McClain, James L. *Japan, A Modern History.* New York: W.W. Norton & Co., 2002.

McDougall, Bonnie S. *The Introduction of Western Literary Theories into Modern China, 1919-1925*. Tokyo: Centre for East Asian Cultural Studies, 1971.

Peng, Hsiao-yen. *Dandyism and Transcultural Modernity: The Dandy, the Flâneur, and the Translator in 1930s Shanghai, Tokyo, and Paris*. New York: Routledge, 2010.

Seidensticker, Edward. *Low City, High City: Tokyo from Edo to the Earthquake*. New York: Knopf, 1983.

Shih, Shu-mei. *The Lure of the Modern: Writing Modernism in Semicolonial China, 1917-1937*. Berkeley and Los Angeles: University of California Press, 2001.

ズーダーマン原作，島村抱月訳補：《故郷：マグダ》，東京：金尾文淵堂，1914 年。

山川菊栄：《婦人の勝利》，東京：日本評論社，1919 年。

平塚らいてう：《平塚らいてう著作集》第 1 巻，東京：大月書店，1983 年。

本間久雄：《現代の婦人問題》，東京：天佑社，1919 年。

伊藤虎丸、祖父江昭二、丸山昇編：《近代文学における中国と日本 —— 共同研究・日中文学交流史》，東京：汲古書院，1986 年。

吉田精一：《日本文学講座・第 6 巻》，東京：河出書房，1950 年。

村松梢風：《魔都》，東京：小西書店，1924 年。

村松梢風：《上海》，東京：騒人社書局，1927 年。

星田宏司：《黎明期における日本珈琲店史》，東京：いなほ書房，2003 年。

島村民蔵：《近代文学に現れたる両性問題の研究》，東京：天佑社，1919 年。

厨川白村：《近代文學十講》，東京：大日本圖書，1921 年第 50 版。

渡邊淳一：《女優》，東京：集英社，1983 年。

楠山正雄譯：《近代劇選集（三）》，東京：新潮社，1921 年。

鈴木裕子編：《山川菊栄評論集》，東京：岩波文庫，1990 年。

藤井省三：《エロシェンコの都市物語：1920 年代東京・上海・北京》，東京：みすず書房，1989 年。

四、論文

（一）中文期刊論文

小谷一郎著，劉平譯：〈創造社與日本 —— 青年田漢與那個時代〉，《中國現代文學研究叢刊》1989 年第 3 期，頁 255-56。

朱壽桐：〈田漢早期劇作中的唯美主義傾向〉，《文學評論》1985 年第 4 期，頁 92-103。

李歐梵：〈「批評空間」的開創 —— 從《申報》「自由談」談起〉，《二十一世紀》總第 19 期，1993 年 10 月號，頁 39-51。

沈睿：〈她者的眼光 —— 兩本女性主義的中國現代文學研究著作〉，《二十一世紀》總第 69 期（2002 年 2 月號），頁 142-148。

周鵬飛：〈田漢加入少年中國學會考〉，《當代教育理論與實踐》2010 年 2 月，頁 168-170。

姜建強：〈在咖啡之神與咖啡之鬼之間——日本咖啡文化的一個視角〉，《書城》2018 年 6 月號，頁 51-61。

胡澎：〈從「賢妻良母」到「新女性」〉，《日本學刊》2002 年第 6 期，頁 133-147。

逄增玉：〈咖啡店裏的風花雪月——《咖啡店之一夜》與都市文化及其他〉，《中國現代文學論叢》第 2 卷第 1 期，上海：上海人民出版社，2007 年。

郝譽翔：〈雙城漫遊：郁達夫小說中二〇年代的東京與上海〉，《淡江中文學報》第 31 期，2014 年 12 月，頁 229-247。

陳明遠：〈田漢和少年中國學會〉，《新文學史料》1985 年第 1 期，頁 139-140。

陳明遠記：〈宗白華談田漢〉，《新文學史料》1983 年第 4 期，頁 79-83。

陳青生：〈《狗史》·王新命·田漢研究〉，《中國現代文學研究叢刊》2007 年第 4 期，頁 61-71。

彭麗君：〈民國時期上海中國知識分子的集體主體性及他們的咖啡文化〉，《勵耘學刊》第 5 輯，2007 年 11 月，頁 193-216。

黃愛華：〈近代日本戲劇對中國早期話劇演劇風格的影響〉，《戲劇藝術》1994 年第 3 期，頁 77-83。

盧敏芝：〈「藝術的社會主義」——田漢、南國運動與左翼世界主義視野下的唯美主義藝術實踐〉，《中國文化研究所學報》第 68 期，2019 年 1 月，頁 109-135。

韓素玲：〈田漢早期劇作《咖啡店之一夜》版本記異〉，《首都師範大學學報（社會科學版）》2007 年第 5 期，總第 178 期，頁 138-143。

（二）外文期刊論文

Pang, Laikwan. "The collective subjectivity of Chinese intellectuals and their café culture in republican Shanghai," *Inter-Asia Cultural Studies* 7.1 (Mar. 2006): 24-42.

小谷一郎：〈創造社と少年中国学会・新人会——田漢の文学及び文学観を中心に—〉，《中国文化》1980 年第 38 号，頁 41-56。

小谷一郎：〈日中近代文学交流史の中における田漢：田漢と同時代日本人作家の往来〉，《中国文化：研究と教育：漢文学会会報》第 55 巻，1997 年 6 月，頁 66-77。

小谷一郎：〈田漢と日本（一）——「近代」との出会い〉，《日本アジア研究》創刊号，2004 年 1 月，頁 87-103。

小谷一郎：〈資料の「虚」と「実」—— 田漢研究を通して（二）〉《中国文芸研究会会報》第 330 号（2009 年 4 月 26 日），頁 1-3。

松尾尊兊：〈コスモ倶楽部小史〉，《京都橘女子大學研究紀要》第 26 号，2000 年 3 月，頁 19-58。

垂水千恵：〈東京・台北：カフェを通して見るプロレタリア文学とモダニズム〉，《横浜国立大学留学生センター紀要》第 11 号，2004 年 3 月，頁 87-96。

（三）學位論文

吳小龍：《少年中國學會研究 —— 從最初的理想認同到政治思想的激烈論爭》，中國社會科學院研究生院博士學位論文，2001 年。

周鵬飛：《田漢與少年中國學會》，湘潭大學碩士學位論文，2009 年。

柯伶蓁：《咖啡與近代上海》，國立台灣師範大學歷史學系碩士論文，2011 年。

（四）研討會論文

吳佩珍：〈日本戲劇與東亞左翼思潮：秋田雨雀、田漢與吳坤煌〉，「視覺再現、世界文學與現代中國和東亞的左翼國際主義」研討會，2015 年 5 月 22 日。

張歷君：〈愛力與解放：田漢的戀愛神聖論與「情」的現代性〉，「現代中國的左翼國際主義」研討會「田漢、世界文學與文化政治」小組場次，2013 年 5 月 27 日。

彭麗君：〈左翼知識分子，從國家機器外到國家機器內〉，「現代中國的左翼國際主義」研討會「田漢、世界文學與文化政治」小組場次，2013 年 5 月 27 日。

潘少瑜：〈七襲面紗之舞：田漢譯《沙樂美》的「見」與「不見」〉，「翻譯與跨文化協商——華語文學文化的現代性、認同、性別與創傷」，2016 年 7 月 28 日。

潘少瑜：〈唯美主義與革命：論田漢翻譯《沙樂美》之策略及文學史脈絡〉，「華文與比較文學協會雙年會：文本、媒介與跨文化協商」，「跨文化協商、跨語際實踐與左翼世界主義」三天大型研討小組，2017 年 6 月 21 日。

盧敏芝：〈「藝術的社會主義」——田漢、南國運動與左翼世界主義視野下的唯美主義藝術實踐〉，「華文與比較文學協會雙年會：文本、媒介與跨文化協商」，「跨文化協商、跨語際實踐與左翼世界主義」三天大型研討小組，2017 年 6 月 21 日。

羅靚：〈高爾基的《母親》在世界文學與視覺文化中的旅程：以普多夫金的電影、布萊希特的戲劇、和田漢的文本為中心〉，「『赤』的全球化與在地化：二十世紀蘇聯與東亞的左翼文藝」學術研討會，2014 年 6 月 5 日。

Luo, Liang. "Cosmopolitanism in Interwar China: Centered on Tian Han's 'Spiritual Light' (1920) and 'Mother' (1932)," 「現代中國的左翼國際主義」研討會「田漢、世界文學與文化政治」小組場次，2013 年 5 月 27 日。

Luo, Liang. "Joris Ivens, Left-wing Cosmopolitanism, and Visualizing Modern China"，「視覺再現、世界文學與現代中國和東亞的左翼國際主義」研討會，2015 年 5 月 22 日。

五、網絡資源

Café Paulista 官方網頁：http://www.paulista.co.jp/paulista/

人名索引

一、外國人名索引

二、中文人名索引（按姓氏筆劃）

後記

2006 年 9 月，我得到香港中文大學新亞書院的資助，到位於日本東京的創價大學交換留學一年。這一年的我大學三年級，仍然青春懵懂，在異地的孤獨中拋棄來自土生土長的城市的各種羈絆，貪婪地呼吸着截然不同的自由空氣，當時的我除了學習日文，便把青春浪擲在讀小說、看電影、旅行等「不務正業」的事情之上，尤其最多的是每逢週末在東京市內四處浪蕩，當時的我已深知這將是我人生中永誌難忘的短暫歲月。2007 年 8 月回港前夕，我曾在日記中紀念這段經歷，日記標題題曰「鄉愁」:「鄉愁」跟「思鄉」不一樣，「思鄉」指的是「少小離家老大回」的那種現實意義上的家鄉，簡單來說就是想家，是對「第一故鄉」的孺子思慕；而「鄉愁」指的是精神意義上的故鄉、原鄉，是對於一個自己深知之後沒法回到當時、人生中可一不可再的美好時光的眷戀和追念，是具有烏托邦意味的「第二故鄉」。

許是「近鄉情怯」，此後我一直沒有勇氣重回東京，其間人生已經歷了各種重要轉折。直至 2019 年 9 月因受邀主講兩場有關「田漢與大正時期東京」的學術講座，我才終於再次踏足這個「第二故鄉」，帶着田漢研究者的眼光，這次行程得以把過往沒有發掘到的東京重新再走一趟。回想起來，當初自己從事本書的研究題目的緣起，便是因為在茫無頭緒地閱讀二十卷《田漢全集》時，最先觸動我的正是田漢在字裏行間透露出對東京生活的深情；最後又由於田漢的緣故，使我得以重返舊地，這樣的不解之緣（日文稱為「絆（きずな）」）使我驚異。更巧合的是，田漢也有「鄉愁」和「第二故鄉」的說法：田漢在歸國前一個月寫了一部名為《鄉愁》的劇作，這部作品甚少受到論者關注，我卻在其中處處讀到心靈的呼應，其內容主要是田漢與表妹兼愛妻易漱瑜在歸國前夕的生活和人事的反映，劇中強烈流露了兩人對東京的眷戀不捨，兩人商量如果沒法不離開東京的話，就到和東京最接近的上海吧——這就是之後轟轟烈烈的「南國運動」的契機。《鄉愁》的寫作和發表橫跨田漢回國前後，「此心安處」的「吾鄉」，不在兩人的家鄉湖南長沙，而在東京。田漢對《鄉愁》的評價亦甚高：「我的習作期的文學生涯中，以此篇最為會心之作」。[1] 除此之外，田漢 1922 年回國之後遇到日本友人之時，往往強調東京是他的「第二故鄉」(「第二の故鄉」)，

1 田漢：《鄉愁・前言》，《南國半月刊》創刊號（1924 年 1 月 5 日），頁 1。

例如他至少向村松梢風和佐藤春夫這樣提過，[2] 儘管此一說法卻在之後受到佐藤春夫的曲解。[3] —— 種種一切連結起來，我才驚覺，這本小書不但是我一個研究階段的總結，而且在無意間穿插了我過去十多年的人生歷程，乃至透現了潛意識烏托邦的冰山一角。

本書原型為筆者 2012 年畢業於香港中文大學中國語言及文學系時的哲學碩士論文，部分章節內容經修訂後曾發表於台灣《雲漢學刊》（2012 年 8 月）、《清華學報》（2015 年 12 月）和香港《中國文學學報》（2015 年 12 月）。本書再在上述基礎上重新作了大幅增補、修訂、考證和勘誤，與原貌已相去甚遠，惟筆者學力所限，深知本書尚有許多不完善之處，還望方家讀者海涵和不吝賜教。我在中大先後完成學士、碩士、博士學位，中大奠定了我的學術基礎，其間領受多位師友的指點和幫助，難以一一言謝。最希望感謝我一直以來的論文指導老師何杏楓教授，尤其感激老師當初鼓勵我回到研究院繼續進修，並建議我從事田漢與日本方面的研究。感謝鄺可怡教授一直以來親切的教導和關顧，尤其是在理論閱讀和研究視野方面

---

2 （一）村松梢風：〈不思議な都『上海』・（五）田漢先生〉，《中央公論》第 38 卷第 9 号（1923 年 8 月）；轉引自《田漢在日本》，頁 77；中譯本見村松梢風著，徐靜波譯：《魔都》，頁 46。（二）村松梢風：〈来朝せる田漢君〉，《読売新聞》，1927 年 6 月 25 日；轉引自《田漢在日本》，頁 238。（三）佐藤春夫：〈人間事〉，《中央公論》第 42 卷第 11 号（1927 年 11 月）；轉引自《田漢在日本》，頁 266。

3 田漢：〈從佐藤春夫的殉情詩集〉，《中央日報・摩登》，1928 年 2 月 9 日，第一版。

對我啟發良多。感謝主持「講論會」課程的陳平原教授，以及論文口試委員許子東教授（校外）、樊善標教授、黃念欣教授，不但仔細批閱拙稿，更指點往後研究的可能方向。對於課裏課外老師們所給予點點滴滴的學術浸潤和啟示，筆者銘感於心。

關於本書的生成，首先感謝陳潔儀教授的敦促，使我鼓起勇氣將本書付梓。感謝田漢侄女田偉女士和李明曉先生邀請和出資安排東京講學之旅，這是我人生中的第一次學術演講，花了甚多時間準備，本書的不少修訂便是在準備演講期間一併完成。四天三夜的行程中有許多意想不到的重要得着：感謝東京法政大學國際日本學研究所王敏教授邀請演講，使我得以結識一些在日從事中日研究的中國學者；感謝東京大學 JSPS 研究員馮雷博士帶領我親身走訪小谷一郎教授考察的田漢相關地點，以及周邊有着魯迅、郁達夫等中國作家足跡的東京文學地景；感謝「郭沫若文化研學會」的郭京會女士在東京中國文化中心的演講中充當翻譯，並邀約在我上機回港前帶領走訪郭沫若流亡日本時期居住的市川舊居一帶；感謝田偉女士安排拜訪東京內山書店老闆內山籬先生，增進了我對內山完造和他與田漢等中國現代作家關係的認識。這一切人與事都使我切切實實感受到從事中日現代文學研究的重要意義，使本來屬於想像神馳中的研究對象陡然增加了立體感，並證吾道不孤。另外，感謝在偶然機會下通訊、素未謀面的陳小眉教授答應為本書撰寫中文序言，沒想到能夠在出版前夕把這本小書交給這位心儀已久的海外田漢研究學者過目，並得到多番親切鼓勵。以上種種都是出版本書的意外收穫。感謝香港中華書局接受本書的出版，尤其是黎耀強編輯對本書一路以來的跟進，田漢在接近一個世紀之前曾任上海中華書局編輯，這也算是我和研究對象的另外一項小小的緣份吧。同時，感謝香港藝術發展局資助本書的出版。

最後，謹將這本小書獻給我的兩位家人，我多麼希望能把書捧到他們的手上，但他們竟都在尚值壯年、剛完成上一代的家庭責任，理應享受下一代的回饋之時不敵病魔謝世 —— 樹欲靜而風不息。紀念我剛過世的三姨，我的中國文學啟蒙老師；以及我十年前離世的父親，機緣巧合下自小督促我學習日文，命途多蹇的他在我的整個青春期都在反對我唸文科選中文系，但當時的他讀着我發表的文章時明明欣喜之情溢於言表。藉此機會並感謝家中長輩對家庭的無私照顧和辛勞付出，使我得以無後顧之憂地專注研究工作。外子多年來對我從事學術研究給予無限支持，許多論文想法和初稿都是由他最先聆聽和過目。兩個兒子逐漸長大，提醒我時光匆促、生命有限，今後只有繼續加倍努力，毋負此身。

二〇二〇年八月於香港

資助
香港藝術發展局全力支持藝術表達自由，本計劃內容並不反映本局意見。